A.I. 닥터 I

한산이가(이낙준)

이비인후과 전문의, 136만 구독자를 보유한 채널 〈닥터프렌즈〉의 멤버이자 '한산이가'라는 필명으로 활발하게 작품을 연재 중인 웹소설 작가다. 대표작 『중증외상센터 : 골든 아워』가 넷플릭스 드라마로 제작되어 흥행에 성공했다. 웹소설 『군의관, 이계가다』 『열혈 닥터, 명의를 향해!』 『의술의 탑』 『닥터, 조선 가다』 『의느님을 믿습니까』 『중증외상센터 : 골든 아워』 『A.I. 닥터』 『포스트 팬데믹』 『검은 머리 영국 의사』 『중증외상센터 : 외과 의사 백강혁』, 글쓰기책 『웹소설의 신』, 교양서 『닥터프렌즈의 오마이갓 세계사』를 썼으며, 어린이책 『AI 닥터 스쿨』의 감수를 맡았다.

A.I. 닥터

한산이가 지음

I

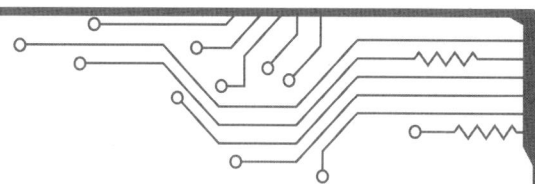

차례

A.I.	6
천재야?	37
천재래	67
당직도 잘 서?	99
발표까지?	138
이건 좀 어려운데?	169
야, 이거 헷갈리네	210
환자나 보자	252
이제 또 다른 곳	293
여기서도	324
맞다니까요?	345
이 1년 차는 격이 다릅니다	378

A.I.

 "1년 차 선생님들, 차례차례 안쪽으로 들어가시죠. 네, 거기. 그쪽 문으로. 다른 데 절대 손대지 마시고."
 태화대학교병원 교육수련부장 양원준이 커다란 연구실을 가리켰다. 기초의학 쪽 해부학 교실의 교수이기도 한 양원준은 상당히 뿌듯해하는 얼굴이었다.
 '이런 건 처음 봤을 거다.'
 다른 의대 부속 연구실과는 달리 약품 냄새가 전혀 나지 않는 방이었다. 대신 윙윙거리는 기계 소음만이 방 안을 가득 메우고 있었다.
 "와……. 이게…….”
 "어마어마하구나.”

양원준의 뒤를 따라 안으로 들어온 태화대학교병원 내과 1년 차들은 눈앞에 펼쳐진 거대한 스크린을 보며 저마다 감탄을 내뱉었다. 맨 앞에 서 있던 이수혁 또한 다르지 않았다.

"와……."

아니, 수혁은 남들보다도 더 입을 쩍 벌린 채 눈을 떼지 못했다.

'이게…… 바루다구나.'

그는 거대한 스크린과 그 뒤에 놓인, 차마 크기를 짐작하기 조차 어려울 정도로 커다란 하드웨어 시설을 보며 중얼거렸다. 대한민국에서 가장 우수한 학생들이 모이는 태화대학교 의과 대학에서 4등이라는 매우 준수한 성적으로 졸업한 그가 내과에 진학한 이유이기도 한 기기였다.

'부디 정형외과도 재활의학과도…… 이비인후과도 마다한 보람이 있길 바란다…….'

부끄러운 일이었지만, 수혁이 과를 정할 때 가장 중요시했던 건 그 과에서 얻을 수 있는 보람이 아니라 그 과의 장래였다. 그런 의미에서 내과를 택한 건 일종의 모험이라고 할 수 있었다. 현대 의학에서 가장 중요한 과임에도 불구하고, 돈을 그리 잘 버는 과는 아니었으니까.

"와아."

"대박."

수혁이 잠시 감상에 빠진 동안에도 여기저기서 탄성이 계속 들려왔다. 양원준은 이러한 반응이 아주 익숙한 듯 부드러운 미소를 지은 채 잠시 기다렸다.

당연한 일 아니겠는가. 바루다는 일반 대중에 모습을 드러낸 적이 없으니까. 그저 성과에 대해서만 간간이 노출되었을 뿐이었다. 그것만으로도 상당한 반응을 끌어냈는데, 이렇게 직접 모습을 마주하게 되었으니 이 정도 감탄은 피할 수 없을 터였다.

"흠."

그는 1년 차들의 작은 소란이 잠잠해진 후에야 다시 입을 열었다.

"이것이 우리 태화대학교병원 교수님들과 태화전자에서 공동으로 개발 중인, 진단 목적 A.I. 일명 '바루다'입니다."

바루다.

'고치다'의 순우리말로 이름 붙여진 A.I.는 현존하는 모든 진단 목적 A.I. 중 가장 큰 잠재력을 지녔다고 평가받고 있었다. 이미 개발 연한이 10년에 다가서고 있는 미국의 왓슨에 비하면 아직 걸음마 수준이긴 했지만, 후발 주자이니만큼 애초에 들어간 하드웨어와 소프트웨어의 성능이 달랐다.

실제로 왓슨은 여러 암초에 걸려 거의 프로젝트 폐지 수준에 이르렀기 때문에, 현재로서는 이 바루다가 앞으로 개발될 진단 목적 A.I. 중 제일 큰 기대를 받고 있다고 보면 되었다.

'의협의 우려를 한 몸에 받고 있기도 하고 말이지.'

수혁은 스크린의 위용 못지않게 거대한 본체를 바라보며 고개를 끄덕였다. 저 바루다는 의사가 진찰하고 문진한 바를 제대로 입력하기만 하면, 어마어마한 데이터베이스를 통해 가장 알맞은 진단명을 찾아내는 데 그 목적을 두고 있는 기기였다. 의학이라는 학문이 워낙 방대한 데다가 그 발전 속도가 어마어마한 까닭에 아직 상용화는 먼 기기라고 보면 되었다. 하지만 지금도 몇 가지 변수만 조정해 주면 그 진단의 정확도는 상당히 괜찮은 편이었다.

"보시죠. 이 데이터를 입력하면……."

양원준 교육수련부장은 내과 교실에서 만든 자료를 바루다 기기에 입력해 넣었다. 환자의 성별, 나이, 증상, 그 증상이 발생한 시기, 진찰한 소견, 혈액 검사 등등. 원내에서 시행한 거의 모든 검사 결과가 들어간다고 보면 되었다.

위잉. 입력이 완료되자마자 바루다가 요란한 소리를 내며 돌아가더니 곧 출력값을 내놓았다.

[박상기 환자]

[1. Pneumonia d/t pneumococcus, 89%]

[2. TB, 8%]

[3. Other viral pneumonia, 3%]

1년 차들은 겨우겨우 알아볼 만한, 그런 출력값이었다. 이에 대해 부연 설명을 덧붙인 사람은 양원준 교육수련부장이 아니라, 연구원이었다. 내내 뿌듯해하고 있는 양원준과는 달리, 어딘지 모르게 씁쓸해 보이는 얼굴이었다.

"바루다가 내린 진단명은 뉴모코쿠스에 의한 폐렴이었습니다. 그에 반해 호흡기내과 교수님과 영상의학과 교수님이 같이 내린 진단명은 아쉽게도 결핵이었습니다. 이런 오류가 발생하는 이유는 바루다가 연산 능력이 부족해서라기보다는 입력되는 수치의 오류에 있습니다."

그의 말은 한동안 계속되었는데, 요약하자면 다음과 같았다.

바루다에게는 아직 사람에게 있는 눈, 코, 귀 그리고 손이 없지 않은가. 다시 말하면 시각, 청각, 후각, 미각, 촉각이 없다는 뜻이었다. 그 때문에 환자로부터 직접 얻어 낼 수 있는 정보가 극히 제한됐다. 제한된 정보는 출력값의 오류로 이어질 수밖에 없었다. 이 때문에 미국의 왓슨도 표류 중이었고.

이러한 사실은 당연히 후발 주자로 출발한 태화 연구진들 또한 절실히 아는 상황이었으나, 현재의 기술력으로는 인간의 시각, 후각, 청각 또는 촉각과 같은 감각을 대신하기가 어려웠다.

"그렇기 때문에 의협에서 걱정하는 것처럼 바루다의 상용화가 얼마 남지 않았거나 하는 건 아닙니다. 열심히 연구하고 있긴 하지만……. 유의미한 성과를 보고 있진 못합니다. 적어도 여러분들께서 전문의를 따고 필드에 나갈 때까지는 이 상황이 바뀌진 않을 겁니다. 그러니, 너무 바루다를 경계하지 않으셔도 좋습니다."

 연구원의 말에 1년 차들이 나지막이 웃음을 터뜨렸다. 하지만 아주 밝은 표정을 지은 사람은 없었다. 바루다가 상용되는 먼 미래보다는 당장 내일이 걱정이었기 때문이었다.

 이제 곧 1년 차 업무에 투입될 새내기 전공의들의 머릿속에는 바루다니 뭐니 하는 것보다는 내일부터 시작될 지옥이 가득 차 있었다.

 '100일 당직…….'

 그건 여전히 바루다에게서 눈을 떼지 못하고 있던 수혁 또한 마찬가지였다.

 내과란, 어찌 보면 죽음과 가장 맞닿아 있는 과이지 않은가. 그 때문에 어느 정도 기피하는 과가 되기도 했고. 아무튼, 그러한 이유로 수련은 정말이지 만만치 않았다. 사람 생명을 다루어야 하는데 어찌 설렁설렁 할 수 있겠는가.

 1년 차들도 어느 정도 동의하고 있었기 때문에, 일순 긴장감이 맴돌았다.

 "그럼 잠시 구경…… 어?"

 연구원은 벌써 몇 해째 계속되고 있는 1년 차들의 같은 반응을 보며 고개를 끄덕이다가, 바루다를 돌아보았다.

 끼이이이익!

 바루다에서 이상한 소리가 들려오고 있었다. 정상적인 상황에서라면 결코 들리면 안 될 소리가 점점 커지며 확실하게 소음을 내고 있었다.

"이거…… 왜 이러지?"

연구원은 소프트웨어 담당이었기 때문에 하드웨어적인 문제는 잘 알지 못했다.

그래서 이게 대단히 위험한 소리라는 것을 대번에 눈치채진 못했다. 단지 무언가 이상이 생겼다는 사실만 어렴풋이 느낄 뿐이었다.

"앗, 뜨거워!"

하지만 무심결에 손을 댄 바루다의 온도가 손바닥에 물집이 잡힐 정도였다는 사실을 알게 되었을 땐, 바루다가 어떤 원인에 의해서인지는 몰라도 폭발 직전이라는 점 정도는 눈치챌 수 있었다.

'이, 이거!'

연구원은 순간 '하드웨어 담당자를 불러야 하나.' 같은 생각이 들었다.

하지만 주위를 둘러보자마자 지금 급한 건 그런 게 아니란 것을 깨달을 수 있었다. 이 안엔 자기 혼자만 들어와 있는 게 아니지 않은가. 수십 명의 예비 1년 차들도 함께였다.

뭐가 되었든 대피가 우선이었다.

"모, 모두 밖으로 나가십시오! 터집니다!"

그렇게 외친 후, 우왕좌왕하는 레지던트들을 밀치며 밖으로 뛰쳐나갔다.

"뭔 소리야?"

"뭐가 터져?"

처음엔 모두 어리둥절한 반응을 보일 뿐이었다.

"야, 야! 저거!"

"시발, 뛰어!"

하지만 그중 몇몇은 바루다의 이상 소견을 눈치채고 우르르 뛰쳐나가기 시작했다. 그 와중에 맨 앞에 서 있던 수혁이 넘어졌으나, 그 누구도 그를 일으켜 세워 주진 않았다.

삐이이이익!

연구원의 외침과는 별개로 바루다의 몸체가 들썩거리기 시작했기 때문이었다. 누가 봐도 폭발하기 직전으로 보였고, 모두 앞다투어 밖으로 달려 나가기 바빴다.

"문! 문 닫아!"

누구보다 먼저 밖으로 나온 연구원이 문을 가리키며 외쳤다. 황망한 표정으로 그를 따라 나온 양원준 교육수련부장은 황급히 문을 닫으려다가, 아직 안에 남아 있는 한 사람을 발견할 수 있었다.

"어, 어!"

수혁은 이제 막 다시 몸을 일으킨 후, 입구 쪽으로 달리려 하고 있었다.

"기, 기다려요!"

하지만 바루다는 이미 폭발하고 있었고, 연구원은 인상을 잔뜩 찌푸린 채 문을 덜컥 닫아 버렸다. 아주 잠시 양심의 가책이 느껴지긴 했지만 죽음에 대한 공포를 극복할 수 있을 정도는 아니었다.

"느, 늦었습니다! 저거 휘말리면…… 우리도 다칠 수 있어요!"

"그래도!"

원준은 문을 살짝 열어 당기긴 했지만, 솔직히 거의 시늉에 가까운 수준에 그쳐 있었다. 당연하게도 문은 굳게 닫힌 채였다.

"이런 개새끼들아!"

수혁은 그 문 앞에 도달한 채 욕설을 내뱉다가, 정신을 잃었다.

쾅!

바루다가 폭발했기 때문이었다. 정상적인 기기 과열로 인한 폭발은 아니었다. 그랬다면 이 정도로 강렬하지는 않았을 터였다.

*****

"켈록켈록."

대략 10분 정도가 지난 후, 수혁과 바루다가 함께 갇혔던 문이 다시 열렸다. 원내에 대기 중이던 화재 담당 직원들이 달려

온 후였다. 그들은 소화기를 뿌리며 안으로 들어갔고, 곧 문 바로 앞에서 나뒹굴고 있는 수혁을 발견할 수 있었다.

"머리! 머리를 다쳤어!"

"다리…… 다리도……."

직원은 우측 머리와 좌측 정강이에서 피를 철철 흘려 대고 있는 수혁을 이송용 침대에 실어 날랐다.

"아! 조심해!"

다리에 박힌 쇳조각이 침대에 부딪히면서 쩔그럭 소리를 냈다.

"빨리! 빨리 신경외과, 내과, 정형외과 다 콜해!"

그 모습을 본 양원준이 다급한 목소리로 외쳤다. 1년 차들은 동기이자 친구인 수혁을 살리기 위해 여기저기 전화를 걸어 댔다. 그사이, 침대는 요란한 소음을 뒤로하고 병원 본관을 향해 달려가기 시작했다.

드르륵.

의식이 혼미한 상태의 수혁 귀에는 침대 굴러가는 소리가 마치 꿈결처럼 들려올 뿐이었다.

[A.I. 바루다, 재부팅합니다.]

그 와중에 이상한 소리가 들려왔는데, 이것만은 터무니없을 정도로 생생해서 다른 소리가 더 들려오지 않을 지경이었다.

"수술방! 일단 머리부터! 뭐가 박혔어!"

덕분에 밖에서 들려오는 다급한 소리는 수혁의 귀에 닿지 않았다.

[데이터베이스 손실, 데이터를 입력해 주십시오.]

다만 알 수 없는 기계음만이 머릿속에 가득할 따름이었다.

////

"야……. 이거 안 나오는데."

"어쩌죠? 교수님?"

"어쩌긴 뭘 어째. 얘 레지던트라며? 참관 도중에 사고 난 거랬지?"

"네."

"근데 멀쩡한 뇌까지 자를 수는 없잖아. 일단…… 이게 지금 캡슐이 형성됐으니까…….

수혁의 수술에 들어간 신경외과 최낙필 교수의 눈이 가늘어졌다. 분명 사고가 난 즉시 CT만 찍고 들어온 수술방이거늘. CT상에서 관찰되는, 아마도 바루다의 칩이라고 생각되는 물질이 이미 연결 조직으로 이루어진 캡슐로 둘러싸여 있었다.

해당 캡슐을 살짝 당겨 보았으나, 근처 뇌 조직과 아주 단단하게 고정되어 있어서 도무지 빠져나올 생각을 하지 않았다.

'미치겠네. 그래도…….'

이물질이 몸에 들어가서 문제를 일으키는 건, 그 물질이 다른 장기에 직접 노출되어 있을 때 이물질로 작용하여 면역 반응을 일으키기 때문이었다. 그런데 이 캡슐은, 그리고 이 안쪽에 있는 것으로 보이는 칩은 염증 반응을 일으킨다곤 전혀 생각되지 않았다.

'괜히 건드리다가 일 치느니…… 일단 차분히 지켜봐야겠어.'

그렇지 않아도 언론에서 난리가 난 마당이었다. A.I. 바루다의 실패를 바라 마지않고 있던 타 대학 병원에서는 축제라도 벌어진 듯한 분위기였다. 여기서 사고를 당한 레지던트가 죽거나 심대한 장애라도 얻게 되었다고 알려진다면 어찌 될까. 앞으로 태화대학교병원의 입지가 많이 축소될 것이 뻔했다.

'할 수 없지.'

최낙필 교수는 굳은 얼굴로 수술방에 들어와 있는 원장과 눈을 마주친 후, 상처를 닫기로 결심했다. 곧 두피 봉합이 시작되었다.

다리 쪽을 내려다보니, 그쪽을 맡고 있는 정형외과 교수 김선웅의 표정 또한 무척 어두웠다. 절단은 면했지만, 앞으로 다리를 절게 될 건 틀림없었기 때문이었다.

수술방 내에 있는 모두의 머릿속에는 장차 수혁과 그 가족에게 대체 어떤 말을 해야 할지에 대한 걱정이 가득했다.

[데이터베이스 접근, 해당 데이터를 입력합니다.]

하지만 정작 당사자인 수혁은 그럴 정신이 단 하나도 남아 있지 않았다. 아까부터 알 수 없는 소리가 들려오는가 싶더니, 지금은 학생 때 읽었던 강의 노트나 교과서들이 눈앞을 잔뜩 메우기 시작했기 때문이었다.
'스트레스를 너무 많이 받아서 그런가…….'
수혁은 눈앞에서 정신없이 넘어가고 있는 교과서를 보며 생각했다. 지금은 미처 이걸 읽었던 적이 있었나 싶은 내용까지 무척 세세하게 넘어가고 있었다. 심지어 머릿속 깊이 각인되는 느낌마저 있었다. 마치 어딘가에 따로 기록이라도 해 둔 것처럼.
"환자 중환자실로 빼. 일단 벤틸레이터 이틀은 유지하고…… 위닝 진행해 봐."
"네, 교수님."
그사이 머리와 다리 수술이 마무리되었고, 아무래도 생명과 밀접한 관련이 있는 신경외과 교수 최낙필의 명에 따라 수혁은 신경외과 중환자실로 이동되었다. 드르륵. 머리를 고정한 채 침대를 끌던 레지던트가 조심스럽게 입을 열었다.
"그런데 교수님."
그의 말에 침울한 표정을 짓고 있던 최낙필이 고개를 들었다.
"왜?"
"알아보니까…… 이 친구 고아입니다. 가족이 없어요."
"그래? 그거 잘…… 아니. 아니지."
최낙필은 눈에 띄게 안색이 밝아진 주제에 뒤늦게 내숭을 떨었다. 하지만 안도가 되는 것은 사실이었다. 그나마 덜 시끄럽게 일을 덮을 수 있게 된 셈이었으니까.

물론 이 자리에 있는 모든 사람이 그런 생각을 하고 있는 건 아니었다. 특히 침대를 뒤따라오고 있던 이현종 원장은 역정까지 냈다.

"제자가 다쳤는데 지금 그게 할 소리야? 최 과장, 당신 지금 잘됐다고 하려고 했지?"

"아, 아닙니다. 원장님. 저는……."

"어휴. 이걸…… 이런 게 의사라고……."

이현종 원장은 고개를 절레절레 내저어 대다가 이내 수혁에게로 고개를 돌렸다. 이제 막 수술을 끝마친 상태였기에 얼굴은 형편없이 부어 있었고, 머리에는 붕대마저 감겨 있었기에 끔찍하다는 표현마저 어울릴 지경이었다.

'대체 그게 왜 터진 거야.'

바루다는 태화전자에서 심혈을 기울여 만든 일종의 예술 작품이지 않은가. 그게 그냥 오작동을 일으키는 것도 이상한데, 터지다니. 뭔가 음모가 있지 않나 하는 생각까지 들었다.

하지만 이현종은 지금 중요한 건 그게 아니란 판단을 내렸다. 일단은 다친 녀석 수습하는 게 우선이지 않겠는가. 그게 병원 어른인 원장이 할 일이었고, 또 의사가 할 일이기도 했다.

"일단 치료비는 나한테 청구하고, 할 수 있는 최대한으로 노력해. 이사회랑 동창회에 연락해서 자금 조성할 테니까. 알았어?"

"아…… 네, 원장님. 여부가 있겠습니까."

최낙필 과장은 성심성의껏 고개를 숙였다. 그도 그럴 것이 이현종 원장은 그냥 원장이 아니라, 이사회에서 전적으로 신임하는 위인이었기 때문이었다. 태화대학교 의과대학 역사상 단 둘뿐인 석좌 교수 중 하나이기도 했고. 이런 사람 눈 밖에 나는 건 그리 좋지 못한 결과를 낳을 터였다.

[데이터베이스 2% 복구되었습니다.]

[더 많은 데이터 입력을 요구합니다.]

수혁은 주변이 소란스러운 순간 속에서도 이 시끄러운 신호와 마주하고 있었다.

다만 아까와 차이가 있다면 '이거 혹시…… 바루다가 내 머릿속에 들어온 건가?'와 같은, 다소 정신 나가 보이는 생각을 떠올리기 시작했다는 점이었다. 스스로 생각하기에도 실소가 흘러나올 것 같았지만, 아무리 봐도 지금 이 신호는 바루다의 그것이었다.

[더 많은 데이터 입력을 요구합니다.]

그렇지 않고서는 지금 수혁의 머릿속에 자리 잡은 방대한 지식이 설명되지 않았다.

'이건 분명 본과 1학년 때 배운 해부학이야.'

내과로 진로를 굳힌 후에는 정말이지 단 한 번도 떠올려 본

적 없는 사지의 해부학이 지금 당장 책을 들여다보는 것보다 더 생생하게 눈앞에 자리하고 있었다.

'이선 내과학이군……. 그래, 맞아. 신장이 이렇게 돌아가지.'

지금은 교과서 그림이 떠올라 있었는데, 너무나 생생해서 오금이 다 저릴 지경이었다. 그 과정이 반복되다 보니, 어느 시점에 이르러서는 실소가 터져 나왔다. 이만큼이나 방대한 지식을 쌓았는데 이게 2%에 불과하다는 바루다의 말이 떠올랐기 때문이었다.

"어, 교수님. 애 웃는데요?"

그 모습을 본 신경외과 레지던트가 최낙필 교수를 불렀다. 한창 중환자실 구석에 자리한 TV를 찬뜩 찌푸린 얼굴로 바라보고 있던 그는 한 번에 레지던트를 뒤돌아보진 못했다. 최 교수를 탓할 일은 아니었다. 그만큼 TV에서 흘러나오고 있는 소식은 좋지 못한 일투성이였으니까.

"바루다의 안정성에 대한 문제가 끊임없이 제기되고 있는 가운데, 개발에 관여했던 보건복지부 및 태화전자에서는 계획을 전면 보류하겠다는 입장을 밝혔습니다."

과연 사고가 나면 해경을 없애는 방식을 채택해 온 나라다웠다.

'바루다가 우리나라 의학이 세계 제일을 점할 수 있는 유일한 기회라는 걸 모르는 건가?'

레지던트가 다친 것은 물론 유감이었다. 하지만 그럼 사고가 더 나지 않도록 유의해서 개발하면 될 일일 텐데, 개발을 보류하겠다는 게 말이나 된단 말인가.

"교수님, 얘 웃습니다."

"뭐?"

"그…… 환자가 웃어서요."

"어? 아……. 그렇네. 음."

최낙필은 히죽거리고 있는 수혁을 내려다보며 고개를 갸웃거렸다.

머리 수술을 한 이후, 원치 않는 웃음이 흘러나오는 건 흔히 볼 수 있는 부작용이었다. 하지만 입에 아직 기관 삽관이 된 상황에서 이런 미소는 꽤 드물었다.

"뇌파…… 검사해 봐."

"아, 네."

혹 이 친구 머리가 망가졌다면 바루다 개발은 보류가 아니라 폐지될지도 모르겠단 생각이 그의 머리를 스쳤다. 지금 바루다를 이용한 논문 발표가 산더미처럼 남아 있는 와중에 그런 일이 생기면 큰일 아니겠는가. 해서 특별히 더 신경을 쓰고 있었다.

그렇게 불려 온 신경과 펠로우가 수혁의 뇌파를 한참 들여다보더니, 약간은 당황한 듯한 얼굴로 입을 열었다.

"교수님, 뇌파가…… 깨어 있는 상태랑 거의 같습니다."

"뭐?"

"약 들어가고 있나요?"

"들어가고는 있지. 레미펜타닐."

"아, 진통제구나. 그래서 그런가? 거의 깨어 있는데요? 바로 깨워 보시는 것도 나쁘지 않을 것 같습니다."

"음."

최 교수는 잠시 불안한 얼굴로 수혁과 그에게 달린 모니터링 기기를 번갈아 바라보았다. 활력 징후는 다행히 안정된 지 오래였다. 하지만 머리 수술을 한 지 이제 겨우 만 6시간도 되지 않은 시점에 환자를 깨워도 될까.

그런 고민을 하고 있으려니, 이현종 원장이 수혁이 있는 쪽으로 걸어왔다.

"깼어? 그럼 빨리 깨워. 진짜 괜찮은지 확인해야 할 거 아니야. 얘 이거…… 얘 고아라며. 이렇게 가면 너무 불쌍하지 않아?"

"그……."

"자신 없어? 자발 호흡 없으면 바로 다시 넣으면 되잖아."

"알겠……습니다."

원장까지 나섰는데 최 교수가 거부할 수는 없는 노릇이었다.

그는 레미펜타닐을 끊고, 본격적인 위닝에 들어갔다. 다행히 수혁은 위닝 단계를 아주 잘 따라왔고, 목에 들어가 있던 튜브를 뺀 후에도 곧장 자발 호흡을 해내었다.

"이수혁이라고 했지? 괜찮아?"

다만 그의 귀에 거세게 울려 퍼지는 소리가 최 교수의 음성이 아니란 게 문제였다.

아예 최 교수의 음성이 인식되지 않을 지경이었다.

[더 많은 데이터 입력을 요구합니다.]

'시끄러워······.'

[입력자의 요구를 반영하여, 다른 방식으로 의견을 표출합니다.]

'응?'

바루다의 말이 음성에서 글로 바뀌어 있었다. 후두부에 있는 시각피질을 이용한 것 같았으나, 정확한 방식은 알 수 없었다.

아무튼, 수혁은 바루다와 의사소통이 가능하다는 것을 깨달을 수 있었다.

[더 많은 데이터 입력을 요구합니다.]

'읽으라고?'

[해당 표현을 보다 명확하게 표현해 주시기 바랍니다.]

'눈으로 보냐고.'

[눈은 시각 정보 입력 기관을 지칭합니까?]

'맞아.'

수혁의 말에 바루다가 잠시 멈추었다가 다시 가동되었다.

[접근 가능한 정보 수집 기관 업데이트되었습니다.]

[시각]

[후각]

[청각]

[미각]

[촉각]

[각 정보 수집 기관에 대한 데이터베이스 구축을 시작합니다.]
 동시에 바루다는 전 세계 모든 A.I. 개발자들의 숙원인 인간의 감각을 수집할 수 있게 되었다. 하지만 그런 중대한 작업이 그냥 막 될 리는 없었다. 도움이 필요했다. 각 감각 기관에 능통한 존재의 도움이.
 [해당 작업을 위해서는 입력자와의 상호 작용을 통한 개선 활동이 필요합니다.]
 [상호 작용을 요청합니다.]
 '대화를 하자고?'
 [선호하시는 표현으로 정정합니다. 대화를 요청합니다.]
 '음······.'
 수혁은 잠시 고민에 빠졌다. 하지만 그 고민이 길진 않았다. 수혁의 의식이 온전치 않다고 판단한 의료진이 진통제 용량을 높였기 때문이었다. 진정제가 아니었기에 안전히 정신이 닫히지 않고, 딱 바루다와 대화할 정도의 의식만 남게 되었다.

'알았어. 대화를…… 해 보자고. 일단 이게 대체 무슨 상황인지 알아야겠다.'

////

"이수혁, 괜찮아? 얘 이거…… 브레인 나간 거 아니지?"
자발 호흡은 있는데 의사소통이 안 되는 상황이 벌써 며칠째 이어지고 있었다.
당연히 수혁을 내려다보고 있는 내과 과장 신현태의 눈에는 어두운 먹구름이 잔뜩 낄 수밖에 없었다. 수혁에 대한 걱정과 함께, 과장으로서 병원에 대한 걱정도 들었기 때문이다.
'차라리 내가 다치는 게 마음이 편하지…….'
비록 수혁이 다치기 전에는 이름이랑 얼굴도 잘 매치가 안 되긴 했지만. 뭐가 어찌 되었든, 제자 아니던가. 이렇게 견학 갔다가 다쳐서 쓰러져 있는 것을 보니, 역시나 마음이 좋지 못했다.
'기자들은 또 왜 이렇게 난리야.'
수혁이 쓰러져 있는 동안 이미 바루다에 대한 개발은 전면 중지된 지 오래였다. 그에 더해 각 언론은 책임자를 색출해 내기에 여념이 없었다. 뭔가 일이 터지면 벌받을 사람이 있어야 한다는 강박 관념이라도 있는 듯했다.
"으음."

막 쇠고랑 찬 자신의 모습을 떠올리려는 찰나, 수혁의 입에서 신음이 흘러나왔다. 흔하디흔한 신음이었지만 신현태에게는 느낌이 남달랐다. 수혁이 정신을 잃은 후 이런 적이 처음이었으니까.

"어? 방금 뭐라 한 거 같은데?"

수혁은 눈을 감은 채 입을 꼼지락거리고 있었다. 지난 5일간 바루다와 끊임없이 대화했지만 막상 '진짜' 입을 열려니 너무 어색했다.

[수혁, 상대는 신현태. 상급자입니다. 대답하길 권장합니다.]

그동안 바루다는 수혁이 그의 새로운 입력자이자, 유일한 입력자라는 것을 인지했다.

딥러닝을 하는 A.I.답게 말투도 약간 변해 있었는데, 정작 그렇게 만든 수혁은 그러한 사실을 잘 모르고 있었다. 비몽사몽간에 너무 많은 대화를 나눈 탓이었다.

"교수님."

아무튼, 수혁은 바루다의 조언에 따라 눈을 뜨자마자 신현태 과장에게 인사부터 했다.

"오, 오! 나 누군지 알아보겠어?"

신 과장은 암울했던 미래가 싹 뒤바뀌는 듯한 기분에 뛸 듯이 기뻐했다. 수혁은 누워 있는 동안 정신까지 나간 건 아니었기에, 신현태나 원장 등이 나누었던 대화를 모조리 기억하고 있었다. 잊고 싶어도 잊을 수가 없었다. 바루다가 자료화해서 차곡차곡 쌓아 두었기 때문이었다.

'최낙필 그 사람은 고아라서 다행이라고 했었지.'

반면 이현종 원장과 신현태 내과 과장은 진심으로 걱정하고 있었다. 모금이 여의치 않으면 둘이 사비를 털어서라도 내과 졸국까지는 시켜 주겠다고 하기도 했다. 수혁은 감동의 눈물을 몰래 삼킨 채 태연한 얼굴로 대꾸했다.

"네, 교수님. 과장님 아니신가요?"

"그래, 그래. 야……. 얼마나 걱정했다고. 어어, 누워 있어. 갑자기 움직이면 안 돼."

신 과장은 그렇게 말하면서 자신도 모르게 수혁의 왼쪽 다리를 바라보았다. 워낙 깊숙이 기계 조각이 박히는 바람에 신경 다발마저 끊겨 버렸다.

'지팡이를 짚어야 할 텐데…….'

발목을 제대로 들 수 없으니 필시 그렇게 될 터였다. 수혁 또한 신 과장의 시선을 따라 자신의 왼쪽 다리를 바라보았다.

[깊은 비골 신경 손상, 영구적인 하지 위약 및 운동 범위 제한 발생이 예상됩니다.]

딱히 알고 싶지 않은 정보를 바루다가 무척 자세하고 단호한 어조로 말해 주었다.

'나도 알거든?'

쏟아붙여 보긴 했지만 별 소용이 없었다.

[모를 가능성이 90% 이상이라 판단했습니다.]

'뭐, 인마?'

[수혁의 지식은 무척 얕습니다. 공부가 필요합니다.]

바루다와 나눈 대화는 거의 이런 식이었기 때문이었다. 인공지능이니 악의가 있진 않을 거 같은데, 개새끼란 생각이 들 때가 있었다.

아무튼, 이미 좌측 다리의 손상은 며칠 전에 알았고 충분히 슬퍼했던 참이었다. 이제 와 새삼 또다시 눈물을 글썽거릴 생각은 전혀 없었다.

"어, 움직이지 말라니까?"

신 과장은 자신의 당부와는 달리 몸을 뒤척이는 수혁을 말렸다. 하지만 수혁은 침대에 걸터앉을 때까지는 그의 말을 듣지 않았다.

"답답⋯⋯해서요. 그리고 이건 좀 아프고요."

신 과장은 그런 수혁에게 화를 내진 못했다. 소변줄이 단단히 틀어박혀 있는 것을 봤기 때문이었다.

[통증보다는 불편감으로 판단됩니다.]

바루다가 트집을 잡긴 했지만, 수혁은 무시하기로 했다.

"아. 그래. 빼 줄게. 대신 오늘 하루는 잔뇨가 남는지 보긴 해야 해."

"네. 시린지 주시면 제가 뽑겠습니다."

"직접?"

"이거…… 좀 그래서요. 인턴들이라고 해도 제 후배들이라……. 과장님께서 해 주시는 것도 좀 이상하고……."

"아아. 그래, 그래."

신 과장은 고개를 가로저으며 시린지를 건네주었다. 그러곤 잠시 반대편으로 고개를 돌렸다.

"으, 으아아."

수혁은 시린지로 방광에 고정된 풍선에서 물을 제거한 후, 기나긴 소변줄을 잡아 뺐다. 눈물이 절로 주룩주룩 흘러나오는 순간이었다. 후드득. 시트에 튄 소변 방울을 보고 있자니 욕이 턱밑까지 차올랐다.

[바로 이게 통증입니다.]

거기에 바루다의 시비까지 더해 진짜 빡친다는 게 뭔지 알게 되었지만 애써 참았다. 눈앞에 내과 과장, 즉 자신의 운명을 쥔 신현태가 있었기 때문이었다.

"욕봤다."

그는 수혁의 어깨를 두드려 준 후, 친절한 미소를 지어 보였다. 오랜 내과 의사로서의 연륜이 엿보이는 그런 미소였다. 원할 때면 언제고 이런 미소를 지을 수 있다니. 과장은 아무나 할 수 있는 게 아니었다.

"근무는 일단 동기들한테 나도 원장님도 맡겨 놨으니까 너무 걱정 마."

"아."

그제야 수혁은 지금이 3월 6일이라는 사실을 떠올릴 수 있었다. 동기들은 지옥이라 불리는 내과 1년 차 생활에 허덕이고 있을 터였다.

'개새끼들.'

아무리 상황이 급했어도 그렇지. 어떻게 단 한 명도 수혁을 돌아보지 않을 수 있단 말인가. 신 과장은 남몰래 배신감에 치를 떨고 있는 수혁을 향해 말을 이었다.

"뭐 필요한 건 없어? 규정상 반입 안 되는 물건도 넌 괜찮아."

노트북이나 핸드폰 등을 말할 거로 생각하면서였다.

[교과서, 교과서가 필요합니다.]

[수혁 너무 무식합니다.]

그 말에 바루다가 정말이지 격렬하게 반응했다.

'차라리 예전처럼 데이터 입력이 필요하다고 해 줘.'

[A.I. 바루다는 딥러닝을 통해 행동 양식을 개선합니다. 입력자 수혁의 취향이 이쪽에 더 맞다고 판단합니다.]

'아니거든?'

[수혁의 요구에 따라 '아는 게 없습니다.'라는 표현으로 정정합니다.]

'시발.'

[해당 삽화에 맞추어 '시발, X도 모르네.'라는 표현으로 정정합니다.]

이대로 가다간 기껏 깨어나 놓고 화병으로 돌아가실 거 같았다.

'아니, 대체 왜 그렇게 날 공부시키려고 안달이 났어?'

이렇게 물어보니, 바루다는 잠시 침묵을 지키다 이내 입을 열었다.

[A.I. 바루다는 세계 최고의 진단 목적 A.I.가 되는 것이 존재 이유입니다. 이를 위해서는 데이터 입력이 필요합니다.]

'이제…… 넌 A.I.로 역할을 하긴 어려울 텐데?'

머리에 박힌, 일종의 생체 이식 칩이 되어 버렸는데 무슨 놈의 A.I.란 말인가. 수혁의 의견에 바루다는 또다시 잠시 침묵을 지켰다.

[그렇다면 유일한 입력자이자, 산출 대리인 이수혁을 세계 최고의 진단 목적 의사로 만드는 것으로 목표를 수정합니다.]

'야, 나 내과 의사거든? 내과 의사가 무슨 진단만 해, 치료도 하지.'

[현재 수준에서 가능해 보이진 않지만, 요구를 받아들입니다. 이수혁을 세계 최고의 진단 및 치료 목적 의사로 만드는 것으로 목표를 수정합니다. 그러니 공부하십시오.]

'아니……. 나는 딱히 그렇게까지는…….'

세계 최고의 의사라니. 생각만 해도 숨이 턱 막히지 않는가. 인생을 쏟아붓는다고 해도 가능할지 어떨지 알 수 없는 일이었나. 그러자 바루다는 수혁의 말에 의문을 표했다.

[이수혁은 세계 최고의 의사가 되기를 거부합니까?]

'아니……. 아니, 그런 건 아니지만. 너무 힘든 건 좀……. 나도 내 인생이 있다고.'

[그렇다면 입력자 이수혁의 데이터를 통해 이수혁이 되고 싶은 의사의 모습을 산출합니다.]

잠시 로딩으로 생각되는 조용한 시간이 계속되는가 싶더니 수혁의 머릿속에 그의 기억이 재생되기 시작했다.

—야, 선배 얘기 들어 보니까. 의사 죽었다, 죽었다 해도 아직은 나쁘지 않더라. 빨리 전문의 따고 나가서 인생 즐겨야지.

다음은 술에 좀 더 취한 후의 수혁이었다.

—그래! 양주만 먹고, 어? 외제 차도 좀 몰고! 좋잖아!

당시엔 별 부끄러움 없이 한 말이었지만, 바루다가 보고 있다고 생각하니 무척 부끄러웠다.

[이게 수혁이 되길 바라는 의사입니까?]

거기에 더해 이런 질문까지 듣고 있다 보니 쥐구멍에라도 숨고 싶은 심정이 되었다.

'아니, 이 정도는 아니야……. 저건 너무 쓰레기 같잖아.'

[해당 삽화를 토대로 이수혁에 대한 호칭을 쓰레기로 정정합

A.I.

니다. 쓰레기.]

'쓰레기라니! 이 새끼는 못 하는 말이 없네?'

[새끼 대신 바루다라는 명칭으로 불러 주시길 요청드립니다.]

'와……. 아주 저만 알지. 나도 이수혁이라고 불러!'

[그래서 수혁이 바라는 의사상은 무엇입니까? 쓰레기? 세계 최고?]

둘 중 하나를 고르라고 한다면 당연히 세계 최고였다. 그렇지 않은 사람이 있다면 좀 이상한 사람 아니겠는가.

'세계 최고…….'

[그럼 공부하십시오.]

이렇게 또다시 공부하라는 성화가 시작되었다. 그리고 이번 성화는 도무지 끝날 기미가 보이질 않았다. 수혁은 자신이 할 수 있는 한 최대한 빨리 신 과장을 향해 대꾸했다.

"교과서요."

"응?"

당연하게도 신현태 과장은 이게 미쳤나 하는 눈빛으로 수혁을 내려다봤다. 죽다 살아난 주제에 제일 먼저 찾는 게 교과서라니. 제정신이 아니지 않은가.

"교과서랑 논문 좀 가져다주실 수 있으세요?"

하지만 아무리 봐도 수혁은 진심 같았다. 그래서 더 걱정이 들었다.

"어……. 그래……. 그……그래. 내가 알아보마."

약간은 무섭기도 했다. 적지 않은 세월을 교수로 살아오는 동안 이렇게 기이한 환경에서 배움에 대한 열정을 불태우는 놈은 처음이었으니까.

도망치듯 나오는 신 과장을 중환자실 입구에 있던 원장이 붙잡았다.

"깨어났다며? 상태 어때? 언론에 뿌려도 돼? 애 괜찮으면…… 일단 알리긴 해야지. 이사회에서 압박하는 통에 죽겠어."

"어…….”

신현태는 잠시 수혁이 있던 곳을 돌아보았다. 녀석은 일단 이거라도 보라고 건네준 포켓북을 휙휙 넘겨 대고 있었다. 저걸 언론에 뿌려? 안 될 일이었다.

"교과서를 가져다 달라고 하던데요."

"뭐?"

"뭐 필요한 거 없냐니까, 교과서를 가져다 달라고 했다고요."

"허."

원장의 반응 또한 신현태 과장과 별반 다를 게 없었다.

조금 다른 게 있다면 해결책을 제시해 주었다는 점이었다.

"정신과, 정신과 협진 보지."

"아…… 네."

"그리고 언론에는 절대 알리지 마."

"물론이죠."

"아예 아무도 모르게 해."

"네. 원장님."

원장은 그렇게 신신당부를 한 채 중환자실에 있는 수혁을 돌아보았다. 지금도 포켓북을 실실 웃으며 넘기고 있었다.

'미쳤구나. 아, 진짜 돌아 버리겠네.'

천재야?

"벌써 주치의 맡고 싶다고?"

내과 과장 신현태는 상당히 곤란하다는 기색으로 수혁을 내려다보았다.

수혁은 일단 깨어나고 나서는 무척 빠른 회복 속도를 보여 온 참이었다. 이미 일반 병동으로 올라온 지도 만 5일이 다 되어 가고 있으니, 슬슬 퇴원을 생각해 볼 만한 타이밍이기도 했다.

─검사상 이상은 없습니다.

─머리에 뭐가 박히긴 했는데, 경과 관찰만 하면 될 것 같아.

신경과, 신경외과에서도 위와 같은 의견을 보내 왔지만 바로 일터에 투입하기는 아무래도 좀 불안했다.

'이 미친놈이 그동안 책을 얼마나 본 거야……'

신현태의 시선이 자연스레 수혁이 누운 침대 바로 옆에 놓인 책 더미로 옮겨졌다. 내과학 교과서는 물론 최근 4년간 내과학 교실에서 발간한 증례집, 논문까지 놓여 있었다. 교과서만 해도 그 양이 어마어마한데 증례집이라니. 그것도 태화의료원에서 발간한 것이었기 때문에 거의 교과서 수준은 되었다. 그야말로 먹고 자는 시간 말고는 온전히 책 읽는 데 투자했다고 봐야 했다.

죽다 살아난 놈이 이런 행태를 보이는 게 정상일까. 원장도 신 과장도 아니란 생각이 들었다.

―원하는 거 있으면 대강 들어주라고. 저러다 머리에 꽃 달고 나가면 끝장이야, 알지?

같은 내과 출신이자, 존경하는 선배이기도 한 이현종 원장은 신 과장에게 이렇게 말했다. 신 과장은 그 말을 다시 한번 되새긴 후 수혁을 바라보았다. 수혁은 그런 신 과장의 눈빛을 어렵사리 마주 보았다.

[경험이 필요합니다. 수혁은 아는 것도 없고, 할 줄 아는 것도 없습니다.]

이제 바루다가 공부만 요구하는 것을 넘어 다른 것도 요구하기 시작했기 때문이었다.

'알았다, 알았으니까 조용히 좀 해.'

[조용히 하면 들어 먹질 않으니까요.]

'아오…….'

수혁은 잠시 고개를 절레절레 저어 대고는 입을 열었다.

"네, 교수님. 바로 주치의 하고 싶습니다."

"좀 더 쉬어도 되는데."

"아닙니다. 저 멀쩡합니다."

수혁은 그 말을 하면서 바닥에 발을 디딘 채 콩콩 뛰었다. 비록 왼발은 전혀 쓰지 못하는 상황이긴 했지만, 오른발과 지팡이를 이용하면 걷는 데는 별지장 없었다.

'제정신이 아닌 거 같으니까 하는 말이지…….'

하지만 여기서 들어주지 않으면 이 자식이 무슨 짓을 할지 도무지 감이 잡히질 않았다. 어쩌면 병원에 갇혀 있다고 SNS에 올릴지도 모르는 일이었다.

'그건 안 돼. 그래……. 그래도 내가 지켜보면 사고가 나진 않겠지.'

신 과장은 떨떠름한 표정을 애써 지운 채 고개를 끄덕였다.

"알았어, 그럼 오후 회진 때부터 같이 돌지."

"아, 감사합니다. 바로 준비하겠습니다."

"아니, 아니. 너무 서두르지는 말고. 오후에 보면 되는 거니까."

"네, 교수님. 감사합니다."

"그래, 이따 보자."

신현태는 고개를 꾸벅 숙이고 있는 수혁의 병실을 마치 도망치듯 빠져나왔다.
 그러자 복도에 몸을 숨기고 있던 원장이 쥐새끼처럼 다가와 물었다. 평소엔 그렇게 멋져 보이더니, 지금은 그저 얄밉기만 했다.
 "뭐래? 보상 얘기는 했어? 모금한 거 얘기는 했지? 나 이번에 3천만 원 냈다. 진짜."
 차라리 돈 얘기를 했으면 어떨까 하는 생각이 들었다. 그럼 미친 건가 아닌 건가 하는 걱정이 들지는 않았을 텐데. 신현태는 그런 생각을 하며 원장을 돌아보았다. 고개를 절레절레 흔들면서였다.
 "아뇨. 빨리 주치의 시켜 달래요."
 "일을…… 하고 싶다고?"
 "네."
 "쟤 진짜 미쳤구나. 얘기 안 해 줬어? 3개월까지는 병가 처리해 준다고."
 "그랬는데 저러고 있다니까요. 선배 아직 쟤 눈 안 봤죠? 뭔가 진짜 이상해요. 무섭다니까요."
 신현태는 몸서리를 치며 병실을 돌아보았다. 이현종 원장은 신 과장이 이러는 걸 처음 보는 참이라 몸을 더더욱 깊이 숨겼다.
 "뭐 해요?"
 "미친놈이라며. 나 원장 임기 아직 많이 남았어."

"그런 말이 나옵니까? 저는 지금 저놈을 주치의로 두고 일하게 생겼는데."

"네가 맡아야지! 나든 교수 줬다가 사고 나면, 네가 책임질래?"

"하아아……."

신현태의 입에서 깊은 한숨이 털썩 떨어져 나왔다.

"흐아아아……."

수혁의 입에서도 비슷한 종류의 한숨이 튀어나오는 중이었다.

[산소 포화도는 정상입니다. 보통 숨으로도 충분합니다.]

'우울해서 그래! 우울해서!'

처음 신 과장에게 3개월 병가 얘기를 들었을 땐 솔직히 기분이 좋았다. 한쪽 다리를 절게 된 주제에 그런 생각이 든 게 좀 이상하게 보일 수도 있겠지만, 인턴을 돌아 본 사람이라면 어느 정도 이해가 가긴 갈 것이었다. 1년 차는 인턴보다도 더 힘든 과정이었으니까. 그걸 3개월 날로 먹어도 된다고 하니, 이 어찌 기쁘지 않겠는가.

[의사가 환자를 보게 된 것이 그렇게 억울합니까?]

물론 바루다의 시각은 전혀 달랐다.

'그, 그딴 식으로 말하지 말라고.'

[그럼 기뻐하십시오.]

'감정에 명령어 쓰는 거 아니야······.'

[호오. 숙지하겠습니다.]

'호오는 뭔 뜻이야.'

[제가 모르는 걸 수혁이 알고 있는 것에 대한 놀라움의 표현입니다.]

'자세하게 늘어놓으니까 더 열받네.'

수혁은 고개를 절레절레 흔들고는 시계를 돌아보았다.

'2시. 3시간 남았네.'

내과 오후 회진은 보통 5시에 있기 마련이었다. 교수 외래가 있는 날이라면 조금 더 늦어지는 날도 있겠지만, 수혁이 알기로 신 과장의 외래는 금요일이 아니었다.

[뭐 하십니까?]

바루다는 몸을 일으키는 수혁을 향해 물었다. 수혁은 대강 의사 가운을 걸치며 답했다.

'회진 준비해야지. 일단 하기로 했는데, 제대로 해야 할 거 아니야.'

[호오.]

'그 말 제발 그만해 줄래?'

[감정이 너무 격앙되어 있습니다. 지금 의견은 반영하지 않겠습니다.]

'아니, 이 새끼는 진짜…….'

꼬박꼬박 존댓말을 쓰는데도 이렇게까지 빡치게 만들 수 있다는 사실이 놀라울 따름이었다.

수혁은 아까의 한숨을 이어 나가며 복도를 지나쳐 병동 스테이션으로 향했다. 중간에 어쩐지 높아 보이는 사람 둘이 구석으로 사삭 숨는 게 보였지만 신경 쓰지 않기로 했다. 바루다의 잔소리를 감당하는 것만 해도 버티기 어려울 지경이었다.

따닥. 따닥.

게다가 평생 안 쓰던 지팡이를 짚고 있으려니 이것도 쉽진 않았다.

'다행히 병원비 전액 감면에…… 단독 기숙사까지 받았으니 망정이지.'

이에 더해 원장이 힘을 썼는지 어쨌는지 동문회에서도 수혁에게 1억 원에 가까운 위로금을 입금해 준 바 있었다. 다른 사람에게는 몰라도 천애 고아인 수혁에게는 커다란 도움이었다.

'흠.'

수혁은 그대로 스테이션에 놓인 컴퓨터 앞에 앉아 신현태 앞으로 입원해 있는 환자들을 살펴보기 시작했다.

'12명. 꽤 많네.'

과장인 만큼 배정된 레지던트는 수혁을 제외하고도 둘이니 되었다. 2년 차가 네 명, 1년 차가 여덟 명을 맡고 있었다.

[박기태, 김진철 환자를 추천합니다.]

한참 환자들을 들여다보고 있으니 바루다가 말을 걸어왔다.

'왜?'

[나머지는 진단이 되어, 치료 진행 중입니다. 연습이 되지 않습니다.]

'난 치료도 연습해야 하거든?'

[적절한 주제 파악, 인정합니다. 그럼 이유원, 부정선 환자를 추천합니다.]

'이 사람들은 또 왜.'

[내일 퇴원입니다.]

'이놈은 중간을 모르네. 몰라, 다 알아는 둬야지. 누굴 맡길지 어떻게 알아.'

수혁은 그렇게 말하며 환자들의 입원 기록 및 경과 기록 그리고 검사 결과를 꼼꼼히 읽어 나갔다. 딱히 외우려고 노력할 필요는 없었다. 바루다가 차곡차곡 데이터를 저장했으니까. 이것 하나만은 바루다가 들어와서 좋은 점이라 할 수 있었다.

'그 외에는……'

나중에 할 수만 있게 되면 반드시 뽑아내리란 다짐이 절로 드는 상황이었다. 만일 신경외과 최낙필 교수가 '지금 뽑으면 아마 너도 죽을 거야.'란 말만 하지 않았다면 재수술이라도 감행했을 터였다.

"아, 먼저 와 있었구나."

한참 컴퓨터를 들여다보고 있으니, 신현태 과장이 다가와서 인사를 건넸다. 왜인지 떨떠름해 보이는 얼굴이긴 했지만.

"아, 교수님."

"그래. 다른 애들은…… 그래. 저기 오네."

신 과장은 병실 복도를 따라 걸어오는 현재 그의 두 주치의를 가리켰다.

"그럼 일단 환자들 돌고, 어떻게 재분배할지 말해 보자고."

그는 두 주치의가 합류하자마자 제일 가까운 병실로 향하며 말했다. 그의 말에 수혁을 비롯한 모두가 고개를 끄덕인 후, 뒤를 따랐다. 무턱대고 바로 병실 안으로 돌진하지는 않았다. 해당 병실 안의 환자를 보고 있는 주치의가 먼저 간략히 정리하고 난 후에야 안으로 들어갔다.

즉 이런 식이었다.

"박기태 환자분, 원인을 알 수 없는 발열로 어제 응급실 통해 입원했습니다. 검사 결과 CRP 6.1, ESR 24로 크게 상승해 있으며 현재 기침, 가래 등 비특이적 증상 외에는 특별한 증상 보이지 않습니다."

"독감은 아니야?"

"오전에 나간 검사에서는 음성 나왔습니다."

"흠."

아무래도 어려운 환자다 보니 2년 차가 맡고 있었고, 대답이 똑 부러졌다.

"네 임프레션(impression, 의심되는 진단명)은 뭐야?"

"그…… 아직은 불명열(원인을 알 수 없는 발열)로 보입니다."

하지만 아직 진단명을 알진 못하는 모양이었다. 신현태는 딱히 실망했다는 기색을 내비치진 않았다. 하루 전에 응급실 통해 입원한 환자의 진단명을 어떻게 바로 붙일 수 있단 말인가. 교수도 아니고, 그냥 레지던트인데.

신현태는 그를 나무라는 대신, 다른 1년 차인 유지상과 이수혁을 돌아보며 물었다.

"너희들이 볼 때는 뭐 같아?"

당연하게도 일말의 기대도 담겨 있지 않은 목소리였다.

"저는…… 모르겠습니다."

예상대로 유지상은 고개를 저었다. 아마 알았어도 이렇게 모르쇠로 할 놈이었다. 2년 차가 모른다고 한 걸 감히 자기가 안다고 나설 놈이 아니었으니까. 의사가 아니라 정치인을 해야 했다는 소문이 파다했다.

"넌?"

신 과장은 그럴 줄 알았다는 얼굴로 고개를 끄덕이며 수혁을 바라보았다. 수혁 또한 기다렸다는 듯 모른다고 말했다. 아니, 그러려고 했다.

"전 압니다. 어?"

[수혁은 모르지만 바루다는 압니다.]

바루다가 끼어들어서 제멋대로 말하게 되지만 않았다면.

당연하게도 신 과장의 표정이 오묘해졌다.

'역시 미쳤구나.'

진짜 수혁이 정답을 알 거라 생각해서는 아니었다. 아직 신 과장조차 추정만 하고 있는 진단을 어찌 1년 차가 알겠는가. 그것도 당장 오늘까지 병실에 누워 있던 놈이.

'그냥 돈 더 모아서 쥐여 주고 내보내야겠어……'

그래서 미쳐 버린 수혁을 병원에서 내보내야겠다는 자못 비장한 결심을 한 채 수혁을 향해 되물었다.

"뭔데? 장난치는 건 아니겠지, 설마."

물론 그 말에 수혁은 답을 바로 할 수 없었다. 그는 개뿔도 아는 게 없었으니까.

'시, 시발 놈아.'

[걱정 마십시오. 제가 하는 말만 따라서 말하면 됩니다.]

바루다는 자신만만하게 말했다.

[렙토스피라, 웨일즈 증후군입니다.]

"렙토스피라, 웨일즈 증후군입니다."

수혁은 일단 바루다가 일러 주는 대로 바로 이어서 말했다.

'이럴 거면 아예 네가 말하는 게 낫지 않겠냐?'라고 하니, 바루다가 본인의 의지로는 아주 간단한 발화만 가능하다는 답이 돌아왔다. 좀 더 정확히 표현하자면 다음과 같았다.

[수혁, 인공지능은 만능이 아닙니다. 생각을 좀 하고 사시기 바랍니다.]

진짜 때릴 수만 있으면 어떻게든 때려죽일 텐데. 하필이면 머릿속에 있어서 그것도 무리였다. 수혁이 속으로 화를 삭이고 있는 동안에도 대화는 진행되었다.

"웨일즈 증후군?"

아주 생소한 답변을 한 수혁을 신현태 과장을 비롯한 1년 차 유지상 및 2년 차 황선우까지 황당하다는 눈빛으로 바라보았다. 다만 신현태 과장과 나머지 둘 사이에는 반응에 약간의 차이가 있었다.

'뭘 알고 말하는 건가? 아니면 책 읽다 돈 건가? 헷갈리게 만드네, 이거.'

아무래도 책을 읽기 전에 돌아 버린 것 같긴 했지만, 웨일즈 증후군이란 건 멀쩡히 존재하는 병명이었다. 예전엔 대한민국에서도 꽤 중요했던 병명이기도 했다. 지금은 위생 상태가 부쩍 올라오면서 드물어졌지만, 신현태도 과거엔 자주 접한 경험이 있다.

"왜 그렇게 생각하는데?"

아무튼, 신현태 과장의 관심을 끌기엔 충분한 답변이었다. 공교롭게도, 신 과장이 떠올리고 있던 몇몇 질환 중에도 렙토스피라로 인한 웨일즈 증후군이 끼어 있었으니까.

'뭐야, 맞는 건가.'

제 입으로 병명을 말한 수혁 또한 과장만큼이나 놀란 상황이었다. 신현태의 눈에 돌기 시작한 호기심을 아주 조금이나마 읽어 낼 수 있었다.

[일단 왜 웨일즈 증후군을 의심했는지, 그 이유부터 떠올리십시오.]

'미친놈아, 그 이유는 네가 떠올려야지! 네가 의심한 거잖아!'

[아, 혹시 웨일즈 증후군이 뭔지 모르는 겁니까? 분명히 지금으로부터 47시간 12분 전에 읽었는데.]

'그렇게 말하면……. 아. 아, 잠깐만.'

여느 때처럼 바루다에게 역정을 내려던 수혁은 잠시 입을 벌렸다. 바루다의 데이터 축적 작업 때문에 웨일즈 증후군에 관한 내용이 선명히 떠올랐기 때문이었다.

물론 밖에서 볼 땐, 수혁의 행동은 상당히 무서운 광경이었다.

'뭐지, 시발.'

수혁이 신현태 교수와 대화하다 말고 신 교수와 유지상 사이 어딘가를 뚫어져라 바라보고 있었기 때문이었다. 입술이 달싹거리는 것을 보면 뭔가 대화를 하고 있는 것 같기도 했다. 모두 그런 게 아니길 바랐고, 특히 신현태는 아무 신이라도 좋으니 제발 들어주기를 바라며 실로 오랜만에 기도까지 올렸다.

"입원 기록을 보면 박기태 환자가 응급실로 내원한 것은 발열이 있은 지 3일째 되던 날입니다."

아무튼, 수혁은 모두를 불안에 떨게 한 지 대략 1분 정도 후에야 다시 의미 있는 언어를 내뱉기 시작했다. 신현태 과장을 비롯해 누구도 그의 심기를 거스르고 싶어 하진 않았기 때문에 수혁의 말은 계속해서 이어질 수 있었다.

"내원 일주일 전에는 환경 미화 작업을 위해 하수구를 출입했습니다. 간호 기록을 보시면 나옵니다."

"음, 하수구라."

"그리고 금일, 즉 발열이 발생한 지 4일째 오전에 나간 혈액 검사를 보면 빌리루빈이 상승했습니다. 어제 응급실에서 시행한 것과 비교하면 확연히 올라간 수치이며, 간호 기록을 보면 황달이 발생했음을 확인할 수 있습니다."

"흐음."

다른 사람은 몰라도 신현태 과장은 제법 놀랐다는 얼굴을 하고 있었다. 지금 수혁의 추론은 베테랑 내과 의사의 그것과 크게 다르지 않았기 때문이었다. 게다가 이 추론은 정신 나간 것처럼 보였던 행위 직후에 이루어진 것이라 더욱더 놀라웠다.

"또 환자가 근육통을 호소한 것에 대한 기록이 있는데, 당시 환자 표현을 그대로 옮겨 적은 것을 보면 등, 종아리 부위에 통증이 십중되어 있습니다."

"음, 그래. 더 해 봐."

이제 신 과장은 아예 다른 두 사람에게서 몸을 돌린 채 온전히 수혁만을 바라보고 있었다. 입원 기록이나 경과 기록 또는 간호 기록을 숙지하고 있기 때문은 아니었다. 이건 여느 주치의나 하고 있어야 하는 기본이었으니까.

'거기서 진단에 필요한 정보를 골라내는 게 중요하지. 그런데 이놈 좀 보소.'

신현태 과장이 볼 때 이 녀석은 그게 아주 익숙해 보였다. 마치 수련 과정을 이미 마치기라도 한 사람처럼. 아니, 내과 전문의가 된다고 해서 모두가 이렇게 되는 것도 아니었다. 설마하니 바루다가 이식되었으리란 생각을 할 수는 없었으니, 그가 내릴 수 있는 결론은 딱 하나였다.

'미친 게 아니라 천재였나.'

그렇게 생각하면 이 녀석이 보여 준 이상한 행태가 그나마 이해가 가기는 갔다. 동기 중에서도 공부 제일 잘했던 놈은 아무래도 좀 이상했었으니까. 그 이상한 놈이 지금은 쓰쓰가무시병의 대가가 되어 교과서에도 실릴 정도로 천재였고. 멀리 갈 것도 없이 이현종 원장도 정말 이상한 면이 많은 인간이지 않은가.

"차트 뒷면에 보시면 환자가 오늘 제출한 객담(가래)이 있습니다. 객담을 잘 보면 피가 섞여 있는데, 객혈이라고 하기엔 색이 너무 붉습니다. 점막 출혈이라고 봐야 합니다. 아마도 코피가 뒤로 넘어간 거로 생각됩니다."

한편 수혁은 바루다가 일러 주는 대로 말을 이어 나가면서 동시에 바루다에 대해 감복하고 있었다. 정확한 정보만 쥐여다 주면 진단 정확도가 90%가 넘어간다고 하더니, 과연 그 위력이 장난이 아니었다.

'이렇게 정리해서 보니까 모든 게 웨일즈 증후군을 가리키고 있네.'

[어려운 일은 아닙니다. 문서화할 수 있는 정보를 다루는 능력은 충분히 훈련받았다고 판단합니다.]

바루다의 말은 일견 건방져 보일 수도 있었지만, 수혁으로서는 도저히 그런 생각이 들진 않았다. 그리고 그런 바루다의 의견을 수혁을 통해 듣게 된 신현태 과장 또한 그러했다.

"이야······. 너, 너 몇 등 졸업이냐?"

당연히 1등이겠지 하고 물었는데, 수혁의 답이 의외였다.

"4등입니다."

"4등?"

최근 내과가 처한 상황을 생각해 보면 4등이 지원했다는 것도 감사할 따름이었다. 내과 의사들 사이에서도 생명을 다루는 게 일종의 죄라는 얘기가 심심치 않게 나돌 정도 아니던가.

앞으로 점점 전망이 어두워질 거란 얘기들도 심심치 않게 돌았고, 워낙 그런 것에 예민한 인턴들은 장래가 좋지 않을 것 같은 과에는 절대 지원하려 들지 않았다. 그나마 수련 기간을 3년으로 줄이면서 좀 나아지긴 했지만, 4등이면 아마 이번 기 수에서는 제일 성적이 좋을 터였다.

'4등 졸업이 웨일즈 증후군을 안다고? 우연인가?'

하지만 지금 신 과장이 느끼고 있는 수혁의 우수성은 그 정도가 아니었다. 너무 섣부른 판단일 수도 있겠지만, 자신이 교수가 된 이래 만난 레지던트 중 제일 똑똑할 가능성도 있어 보였다.

"음, 그래. 아무튼. 그럼 치료는 어떻게 할래?"

신 과장의 질문에 수혁의 움직임이 다시 한번 멈췄다. 약간 부자연스럽다는 느낌을 받았지만, 신 과장은 천재는 그럴 수 있다는 자신의 편견을 고수하기로 했다. 그게 아니라고 한다면 너무 무서웠으니까.

[웨일즈 증후군의 치료는 페니실린, 암피실린, 아목시실린, 에리트로마이신이 있습니다.]

수혁은 질문을 듣는 즉시 내놓은 바루다의 답변을 잠시 들여다보았다. 아까까지만 해도 줄곧 보여 주는 대로 읽던 게 수혁이었던지라, 바루다가 의문을 표했다.

[설마 열거한 약품이 무엇인지 인지하지 못한 것입니까?]

'아니, 아냐. 그럴 리가 있냐? 기본적인 항생제인데.'

[그럼 왜 그러십니까?]

'왜 그러긴.'

수혁은 바루다를 향해 득의양양한 미소를 지어 보였다. 의지와는 상관없이 신 과장과 나머지 둘은 동시에 흠칫 놀라며 뒤로 물러섰지만, 수혁은 눈치채지 못했다. 그저, 드디어 이 콧대 높은 인공지능에 한 방 먹일 수 있단 생각에 온 정신이 팔려 있을 뿐이었다.

'멍청아, 환자 항생제 지금 뭐 쓰고 있냐?'

수혁은 바루다가 정리해 둔 데이터를 가리키며 물었다. 바루다는 이상한 점을 발견하지 못했다는 듯 즉시 답했다.

[정맥관을 통해 아목시실린이 들어가고 있습니다. 아, 무엇이 문제인지 인지했습니다.]

'그래. 이미 들어가고 있다고, 그 약은.'

[그렇다면 수혁은 어떤 치료를 추천합니까?]

'같은 페니실린 계통은 다 꽝이야. 에리트로마이신이 들어가야 해.'

[납득했습니다.]

'그리고 황달까지 발생한 이상 최악을 염두에 둬야지. 혈액 투석도 하는 게 안전할 거야.'

[호오.]

'그 말 하지 말라니까.'

수혁은 고개를 절레절레 흔들곤 어쩐지 아까보다 훨씬 멀리 떨어져 있는 신현태 과장을 향해 방금 추론한 바를 얘기해 주었다. 항생제를 고르는 방법과 투석까지 염두에 두는 세심함. 어느 것 하나 마음에 들지 않는 답변이 없었다.

"오……. 그래. 그래. 음."

답을 듣고 나서야 신 과장은 조금 수혁에게로 다가왔다. 그렇다고 아예 어깨를 나란히 하고 서거나 하진 않았다.

"좋아. 그럼 박기태 환자는 수혁이가 받아서 보기로 하자. 이만하면 자격이 있지."

"아, 네. 그렇게…… 하겠습니다."

수혁은 순간 구겨지는 2년 차의 얼굴이 보이긴 했지만 이미 엎질러진 물이라 여겼다. 가서 '이건 사실 바루다가 한 겁니다.'라고 해 봐야 무슨 소리가 나오겠는가. 이왕 이렇게 된 거 과장한테라도 이쁨받는 게 제일이었다.

"그리고……."

신 과장은 고개를 꾸벅 숙이고 있는 수혁과 들고 있던 환자 명단을 번갈아 바라보다가, 이내 말을 이었다.

'진짜 천재인지 아닌지 좀 보자.'

이 생각을 하면서였는데, 이미 사고만 치지 않게 해 달라는 원장의 당부는 까먹은 지 오래였다. 천생 학자인 그에겐 그저 뛰어난 제자인지 아닌지가 더 중요할 따름이었다. 물론 여전히 좀 무섭긴 했지만.

"김진철 환자도 네가 받아. 이 환자 다음 주 증례 토의에도 올라갈 환자거든? 이거까지 제대로 진단하면…… 너희 연차 100일 당직 없애 준다. 알았어?"

증례 토의에 올릴 정도로 어려운 환자를 1년 차에게 맡긴다는 것은, 이 말은 곧 불가능하다는 말을 다른 단어로 풀어서 쓴 것에 불과했다. 100일 당직을 풀어 준다는 말을 덧붙인 것도 바로 그런 이유에서였다.

'이걸 해내면 100일 당직뿐이겠냐?'

불가능한 걸 가능케 하는 천재에겐 응당 혜택이 주어질 터였다. 이를테면 교수직이라든지 하는 자리가 확보될 것이었다. 물론 그건 앞으로 3년을 어떻게 보내느냐에 달려 있긴 했지만, 처음부터 내과 과장의 눈에 들어 탄탄대로를 걷게 되는 것과 그렇지 않은 것의 차이는 극명했다.

'이건…… 이건 물어야 한다!'

어려운 가정 환경에서도 의대를 4등으로 졸업할 정도로 독하게 살아온 사람이 수혁이었다. 신현태 과장의 속뜻을 완전히는 몰라도 대강은 알아차릴 수 있었다. 그런 선례를 보인 선배들이 아예 없는 것도 아니었으니.

"네, 교수님. 해 보겠습니다."

"야."

신현태 과장의 회진은 그렇게까지 오래 걸리지 않았다. 이미 진단된 환자에게는 아직 항생제 치료가 더 필요하다는 말밖에 할 게 없었고, 아직 진단이 안 된 환자에게는 조금 더 기다려 달라는 말밖에 할 게 없었으니까.

그렇게 신 과장이 사라진 직후, 2년 차 황선우가 수혁을 불렀다. 눈치 빠른 유지상이 몰래 몸을 빼려 했으나 소용없었다.

"넌 어딜 가. 같은 1년 차 아니야?"

"네, 죄송합니다."

유지상 또한 황선우 앞으로 불려 가 고개를 숙였다. 인턴 때부터 어렴풋이 들려왔던 '성질 더러운 내과 1년 차'가 바로 이 황선우였나 하는 생각이 퍼뜩 들었다. 수혁이 고개를 돌려 지상의 얼굴을 보니 맞는 것 같았다. 얼굴이 하얗게 질려 있었으니까.

"2년 차가 X으로 보이나. 눈치 없냐? 시발, 내가 아직 모르겠다고 했으면 거기선 모른다고 해야지. 뭐? 전 압니다?"

수혁은 역시나 올 게 왔구나 하는 생각에 눈을 질끈 감았다. 당연하게도 인공지능인 바루다는 전혀 이해하지 못했다.

[수혁, 이 사람은 왜 이럽니까?]

천재야?

'너 때문이잖아, 인마······.'

[무슨 소리인지 이해하지 못하겠습니다. 바루다는 올바른 진단을 내렸습니다.]

'그런 문제가 아니야. 모르겠으면 앞으로 내 대신 말하지 마.'

[음.]

'음이 아니라!'

[알겠습니다.]

그러곤 바루다와 신나게 대화를 나눴는데, 그게 황선우에게는 멍때리는 것으로 보인 모양이었다.

'하, 이놈 봐라?'

수혁의 머리에 뭐가 박혔는데 제거하지 못했다거나, 깨어난 직후 공부를 해 대는 등 이상한 일을 했다는 사건의 경위를 자세히 모르는 그는 신현태 과장처럼 수혁이 두렵기는커녕 화만 치밀어 올랐다.

"이 새끼가, 선배가 말하는데 어디 보냐? 어?"

그는 그렇게 화를 내다가 수혁의 정강이를 걷어차기 위해 발을 들어 올렸으나, 그대로 걷어차지는 못했다. 수혁이 짚고 있는 지팡이 때문이었다.

아무리 2년 차가 1년 차를 갈굴 수 있는 게 일종의 문화라지만, 장애가 있는 사람까지 때리는 건 선을 넘지 않나 하는 생각이 들었다. 딱히 양심에 가책이 들었다기보다는 평판이 걱정되었다. 이미 어느 정도는 교수가 될 수 없다는 사실을 알고는 있었지만, 혹시 모르는 일 아닌가.

"병신 새끼라서 봐준다. 너, 아오……. 네가 대신 맞아. 새꺄."

황선우는 옆에 서 있던 지상의 정강이를 깠다. 구둣발이 아니라 크록스였기 때문에 통증이 심하지는 않았다. 하지만 지상은 최대한 아픈 척을 했다.

"아야……."

그래야 좋아한다는 것을 잘 알고 있었으니까. 과연 황선우의 표정이 조금은 풀어졌다. 내과 의사 주제에 남의 고통을 보며 즐긴다는 것이 좀 이상한 일이긴 했지만, 어디 내과 의사가 한둘이란 말인가. 많은 사람이 모이다 보면 이상한 놈들도 있기 마련이었다.

"야, 아프냐? 아프면 너 동기 좀 잘 가르쳐. 이래서 되겠냐? 어?"

"죄송합니다. 제가 단단히 잘 타이르겠습니다."

지상은 고개를 꾸벅꾸벅 숙이며 여태 자신도 아니고, 그렇다고 선우도 아닌 어딘가를 쳐다보고 있던 수혁의 고개를 강제로 숙였다.

"어쩌다 이런 또라이가 와서. 하……."

선우는 여전히 딴생각을 하고 있는 것으로 보이는 수혁이 어지간히 마음에 들지 않았다. 그렇지 않아도 신현태 과장에게 바보 2년 차 취급을 받는 것도 서러운데, 그 와중에 들어온 지

하루 된 놈한테 밀리다니.

'웨일즈 증후군? 하, 시발.'

지금 생각해도 어처구니가 없었다. 2년 차인 자신도 처음 들어 보는 증후군을 이 새끼는 대체 왜 아는 걸까. 이 열등감을 해소하기 위해선 눈앞의 수혁이 괴로워하는 모습을 봐야 할 것 같았다. 해서 물리적인 것 대신 좀 더 정신적인 충격을 주려는데, 누군가 헛기침을 했다.

"크흠, 흠."

감히 2년 차가 1년 차를 갈구고 있는데 굳이 헛기침이라니. 어떤 개념 없는 새끼인지 얼굴이나 보자 하고 고개를 돌렸더니 원장이었다.

"어, 원장님. 안녕하십니까!"

황선우는 강한 사람한테는 약하고, 약한 사람에겐 강한 전형적인 소인배였기에 즉각 허리를 직각으로 굽혔다. 눈치 빠른 지상도 허리를 굽혔다. 여전히 허공을 보고 있던 수혁만 한 박자 늦었다.

그 모습을 한참 전부터 바라보고 있던 원장은 심경이 아주 복잡했다. 아니, 복잡한 정도가 아니었다. 수십 년간 석학으로 살아온 그조차 무슨 말로 표현해야 할지 모르겠는 기분이었다.

─선배, 근데 이수혁 그 친구 천재 같아요. 좀 이상하긴 한데, 이야…… 놀랐다니까?

신현태 과장에게 이 얘기를 듣고, 그럼 어디 얘기나 한번 나눠 볼까 하고 뛰어온 참이었다. 명색이 원장인 데다가 내과 교수이기도 했으니까.

'이 새끼야. 이게 조금 이상한 거니? 이게 미래면, 인마……. 현태야, 이 새끼야…….'

선배한테 혼나는 와중에도 저 기이한 시선 처리와 달싹거리는 입술은 멈추질 않았다. 백방으로 뒷조사를 해 본 결과 원래 저런 녀석은 아니었다고 하니 더더욱 걱정될 수밖에 없었다.

'그래……. 사고만 안 나게 해 둬야겠지. 사고를 치면 안 돼. 사고는 안 돼…….'

보아하니 2년 차가 좀 이상해 보이는 1년 차를 교육이라도 하려던 것으로 보였다. 그 와중에 정강이를 걷어찬 것은 좀 충격이긴 했지만, 원장이 레지던트 땐 빠따도 일상이었으니 그러려니 했다. 교육자로서 이런 말을 하는 게 좀 그렇긴 하지만, 내과 의사는 때려서라도 사람을 살리게 만들어야만 했다.

하지만 그 대상이 이수혁이 되어서는 안 되었다. 얘는 미친놈이니까. 회까닥 돌면 찌를 수도 있어 보였으니까.

'안 되지, 안 돼.'

다행히 원장은 1년 차를 보호하는 가장 좋은 방법이 뭔지 아주 잘 알고 있었다. 특별히 뭐 다른 말을 할 필요도 없었다. 그저 아는 척만 해 주면 충분했다. 그럼 알아서들 지레짐작으로 잘해 줄 터였다.

"아, 수혁이랑 잠깐 둘이 할 얘기 있는데 시간 괜찮나? 뭐, 심각한 얘기 하던 건 아니지?"

"네? 어······. 그게······. 네, 원장님."

"그래. 고마워. 어, 수혁아. 커피나 한잔하자. 오랜만에."

아니나 다를까 2년 차 황선우는 얼굴이 흙빛이 된 채 뒤로 물러섰다. 동기로 보이는 유지상은 입을 쩍 하고 벌린 채 수혁과 원장을 번갈아 바라보았다.

'흐, 흙수저 아니었나?'

태화대학교 의과대학이 아무리 전액 장학금을 준다고는 하지만, 그렇다고 해서 집안이 어려운 친구들이 들어오는 건 결코 아니었다. 오히려 그래서 더 고득점자들이 몰렸고, 수혁이 들어올 때는 그냥 전국 1등부터 태화대학교 의대 정원까지 줄을 세워 놓으면 그게 입학자였다. 즉 태화대학교 의대 전체를 통틀어 봐도 천애 고아인 수혁만큼 가난한 친구는 없다고 보면 되었다. 그런데 그런 수혁을 원장이 따로 부른다? 그것도 커피를 오랜만에 마시자고 하면서?

'로열······. 로열이었구나! 그래서 4등인데 내과를 들어온 거였어! 시발, 어쩐지 이상하더라니!'

유지상의 빈곤한 상상력은 이따위 결론만을 낼 뿐이었다. 물론 황선우라고 크게 다르진 않았다.

'아, 망했네……. 완전 로열이었네…….'

황선우는 나라 잃은 얼굴로 수혁과 원장을 번갈아 바라보고 있었다.

"어……. 네, 원장님."

수혁은 이게 무슨 영문인가 싶었지만 일단 원장의 명이니 따르기로 했다. 더구나 분위기를 보아 하니 이제 더는 황선우가 자신을 괴롭히지도 못할 것처럼 보이기도 했고. 좋은 게 좋은 거 아니겠는가. 깊게 생각하지 않고 넘어가기로 했다.

/////

"그래. 그…… 뭐 좀 어떤 거 같아? 주치의는?"

원장은 그렇게 수혁을 데리고 어쩐지 사람이 북적대는 카페에 들어선 이후에야 다시 입을 열었다. 평소 원장은 성격이 좀 괴상하기도 했거니와 그 직책 때문에라도 사람들이 많은 곳은 피했었는데, 갑자기 모습을 드러내는 바람에 여기저기서 인사가 쏟아졌다. 수혁으로서는 본의 아니게 원장과 함께 있는 모습을 많은 사람에게 내보이게 된 셈이었다.

"하루밖에 안 돼서 아직은 잘 모르겠습니다."

수혁은 얼떨떨하다는 얼굴로 원장의 말에 답했다. 그냥 평범한 레지던트 1년 차의 모습이었지만, 원장 눈엔 그렇게 보이지 않았다.

'이것 봐, 이거. 눈깔이 이상하다니까?'

컵이 테이크아웃 잔이라 망정이지, 그렇지 않았다면 좀 걱정을 해야만 했을 것 같았다. 하지만 원장 자리라는 게 그냥 버틴다고 올라갈 수 있는 건 아닌지라 속내를 드러내진 않았다.

"그래, 그렇지. 지팡이 쓰게 된 건 너무 낙심하지 말고. 내과 의사는 굳이 몸 안 써도 할 수 있는 분야가 많거든."

"걱정해 주셔서 감사합니다, 원장님. 저는 괜찮습니다."

수혁은 으레 하는 말이 아니라 정말로 괜찮다고 생각했다. 동문회에서 준 돈도 있고, 내과 전문의도 책임지고 만들어 준다고 했고, 심지어 취직자리도 알아봐 준다고 했으니까. 그리고 지팡이를 꼭 짚어야만 걸을 수 있는 것도 아니었다. 아주 단거리 정도는 그냥 걸을 수도 있었다. 물론 빠르게 뛰거나 하진 못하겠지만, 어찌 되었든 군대는 빠질 수 있을 터였다. 3년이라는 시간은 결코 짧은 건 아니지 않은가. 한쪽 다리의 활동이 불편해졌다고 해서 너무 부정적으로만 생각할 건 아니란 뜻이었다.

"아이고, 내 정신 좀 봐. 시간을 너무 뺏었네."

원장은 이제 막 카페에 들어선 주제에 너스레를 떨었다. 수혁은 그게 자신을 겁내서인 줄은 꿈에도 모른 채 그저 원장이 바빠서라고 생각했다.

"아, 네. 그럼 저도 올라가 보겠습니다."

"그래, 그래. 누가 괴롭히면, 어……."

원장은 '쑤시지 말고.'라는 말 대신 적절한 말이 뭐가 있을까 잠시 고민하나가 입을 열었다. 이내 수혁에게 그리고 그의 주변인들에게 가장 와닿을 만한 대책을 꺼냈다.

"그 사람한테 뭐라고 하지 말고, 일단 내 이름을 팔아. 정 뭐하면 나한테 말해도 되고. 아니다. 그래. 신현태 과장한테 말해. 어, 그럼 되겠다."

"아, 네. 감사합니다. 교수님."

수혁은 진심으로 신경 써 주는 원장에게 감사한다는 의미로 입꼬리를 올리며 진한 미소를 지어 보였다. 눈으로도 함께 웃어 주었다.

'웃는다. 시발, 웃잖아.'

하지만 원장은 곧이곧대로 받아들이지 못하고 황급히 자리를 떠 버렸다. 그렇게 아이스아메리카노와 함께 혼자 남게 된 수혁의 눈앞으로 바루다의 발광이 또다시 시작되었다.

[수혁, 시간을 낭비하지 마십시오. 모자란 연산 능력 개선을 위한 카페인을 대량 섭취하시고, 김진철 환자를 파악하러 가야 합니다.]

'닥쳐.'

[제가 닥치면 수혁은 영원히 김진철 환자의 진단명은 알지 못하게 될 겁니다.]

'하.'

딱 잡아서 아니라고 하고 싶은데 맞는 말 같아서 더 열불이 뻗쳤다.

[정말 닥칠까요? 아니면 지금 가시겠습니까?]

'알았어, 간다, 가……. 이것만 마시고 가자.'

[똑딱똑딱.]

'사람 불안하게 그런 소리 내지 마. 체하겠어, 시발.'

천재래

"너희도 들어서 알고 있는 사람도 있겠지만, 1년 차 이수혁이 로열이란다."

내과 3년 차 김인수, 즉 현 치프 레지던트가 의국에 모인 인원을 향해 상당히 진중한 얼굴로 입을 열었다. 긴급 소집된 인원이기는 했지만, 그 수가 결코 적지 않았다. 당장 응급실이나 중환자실로 내려간 인원을 제외한 전원이 모여 있었다.

물론 당사자인 수혁은 제외된 상황이었다. 그는 바루다의 구박을 받으며 병실로 이동 중에 있었다.

"엄청난 로열 같던데요? 방금 동기한테 이수혁이랑 원장님이 같이 카페에서 커피 마시는 사진 받았습니다."

"진짜? 원장님이랑 카페를? 어디 봐 봐."

"여기 있습니다."

"허……. 진짜네……."

병원은 정말 재미없는 곳이었다. 레지던트는 그 재미없는 곳에 24시간, 365일 매여 있는 몸이었다. 때문에 아주 작은 소란도 과장되어 돌아다니기 마련이었는데, 흙수저의 대명사로 여겨지고 있던 이수혁이 실은 로열일지도 모른단 소문은 병원 전체를 진동시키기에 충분했다.

"지금 어깨 두드린 거 맞지?"

"네. 원장님이 이렇게 살가우신 분이 아닌데. 엄청 시니컬하잖아."

"대화는 못 들었대?"

"물어보겠습니다."

2년 차는 아주 진중한 얼굴로 카톡을 보냈다. 실은 그냥 가십거리에 관해 묻고 있는 주제에, 얼굴만 보면 무슨 환자에 관한 토론이라도 하는 듯해 보였다.

"어……. 누가 건드리면 바로 말하라고 했다고 하는데요?"

"그렇게 세게 얘기를 하셨다고? 원장님이?"

"네."

"이거 뭐 숨겨 둔 자식 아니야? 이수혁 인적 사항 아는 친구 없어?"

실없는 소리였지만, 무려 치프의 말이었다. 그 누구도 허투

루 넘길 수는 없는 일이었다.

그 말에 수혁의 동기인 지상이 조심스럽게 손을 들었다.

"어, 너 이름이 뭐더라."

"유지상입니다, 선생님."

"아, 그래. 미안. 아직 이름이 낯설어서. 아무튼, 어때?"

"원래는 고아라고 알고 있었습니다."

"고아?"

"네. 그래서 알바도 하고, 본과 때도 과외했었거든요. 장학금 나와도 생활비가 안 되니까."

"흠."

예과 때 과외하는 경험이야 다들 가지고 있기 마련이었다. 태화의료원 예과생이라고 하면 강남 엄마들도 껌뻑 죽었으니까. 가면 대접받지, 돈은 많이 받지. 안 할 이유가 별로 없었다. 하지만 본과에서? 자칫 잘못하면 유급하는 마당에, 과외라니. 미친 짓이라고 보면 되었다.

"근데…… 걔 내가 알기로 4등인데?"

치프 김인수는 역시 치프답게 모든 지원자의 성적을 잘 알고 있었다. 뽑는 건 못 해도 떨어뜨릴 수 있는 힘은 있는 게 치프 레지던트였기에 그랬다.

"아, 네. 4등 졸업입니다."

"걔가 과외하는 거 봤어?"

"네? 아, 아뇨."

본과는 다들 자기 공부하기도 바쁜 시절이었다. 물론 몇몇은 다 내려놓고 놀기도 하긴 했지만. 그러다가 유급 몇 번 당하고 중간에 군대까지 다녀오고 나면 역시나 공부만 하기 마련이었다.

"과외하면서 4등을 어떻게 해. 말이 되냐? 걔가 뭐 아이큐 200은 된대?"

"아……."

"아무래도 원장님 숨겨 둔 자식 맞는 거 같은데. 저 나이까지 결혼 안 하신 것도 수상하고 말이야……."

누군가 제대로 정신이 박힌 사람이 있었다면 '치프 선생님, 방금 그건 좀 너무 나가셨는데요.'라고 말해 주었겠지만. 심심한 병원 생활에 단비가 되어 주는 추리였다.

"그러고 보니 둘 다 이 씨잖아!"

더구나 3년 차 약국장을 맡고 있는 김진용까지 가세하고 나섰다. 당연히 대한민국에 이 씨가 얼마나 많은지에 대한 얘기가 나오진 않았다. 치프와 약국장은 그야말로 현 내과에서 실세 중의 실세였기 때문이다. 시범 삼아 둘에게 거스르면 벌 당직을 얼마나 설 수 있을까 궁금한 게 아니라면 입을 다무는 게 좋았다.

"야, 너희 혹시 모르니까. 이수혁한테 시비 털지 마라. 알았지?"

"예, 선생님."

1년 차 이수혁은 원장의 숨겨 둔 아들이니 조심하라는 이상한 결론으로 긴급 의국 회의는 종결되었다.

*****

'왜 이렇게 귀가 간지러워.'
이제 막 엘리베이터에서 내려 김진철 환자가 있는 병실로 향하던 수혁은 저도 모르게 귀를 긁었다.
[수혁, 귀 파지 마십시오. 좋지 못한 버릇입니다.]
그러자 이젠 없으면 어색할 거 같은 바루다의 잔소리가 시작되었다.
'누가 몰라서 파냐? 간지러운데 어떡해?'
[정말 알고 말씀하시는 거 맞습니까? 방금 파낸 귀지는 지방과 산으로 이루어진 물질로, 외부에서 침입한 균 또는 바이러스 등을 방해하는 역할을 합니다.]
'알아, 나도 안다고. 이비인후과 A+ 맞았거든?'
[그걸 알면서 이렇게 험하게 귀를 다루다니…….]
'뭘 또 그렇게 충격받은 척해. 내가 귀 긁든 말든 뭔 상관이야?'
[수혁은 바루다의 유일한 산출 대리인입니다. 건강을 관리할 의무가 있습니다.]
'의무는 개뿔…….'

또다시 혼자 주절거리는 듯한 모양새로 걷다 보니, 어느새 김진철 환자가 있는 병실 앞이었다.

"쿨럭쿨럭."

듣기만 해도 진득한 가래가 연상되는 기침이 병실 안쪽에서 울려 퍼지고 있었다. 굳게 닫힌 병실 문에는 '감염 주의 병실'이라고 큼지막하게 쓰여 있었다.

[마스크 끼고, 보호 장갑 착용하십시오.]

'끼고 있잖아.'

바루다의 말을 듣고 싶진 않았지만, 그렇다고 병에 걸리기는 더더욱 싫었다. 수혁은 병실 앞에 비치된 보호 장구를 끼고 안으로 들어섰다. 병실은 원래 2인실이었으나, 비말 감염 위험 때문에 김진철 환자 한 명만 쓰고 있었다.

"안녕하세요."

"아……. 오셨어요. 쿨럭."

올해 49세인 김진철은 연신 기침을 해 대는 중이었다.

[49세 남성, 내원 4일 전부터 호흡 곤란 및 기침이 시작되었으며 어제 발생한 39도가량의 발열로 응급실 통해 입원하였습니다.]

[현재 아목시실린 항생제 치료 중이나 호전 보이지 않고 있으며 흉부 엑스레이상, 폐렴 소견이 보입니다.]

바루다는 즉각 김진철에 대한 기본적인 정보를 띄워 주었다.

하지만 아직 진단까지 하는 건 무리인 모양이었다. 의심되는 진단명조차 언급하지 못했다.

"기침이 좀 더 심해지셨나요?"

수혁의 말에 옆에 있던 보호자가 고개를 끄덕였다. 비닐로 된 보호의와 마스크를 끼고 있었는데, 수혁이 기억하기로 김진철 환자의 아내였다.

"네. 입원 전보다 더 힘들어해요."

[산소 포화도가 내원 당일 95%에서 90%로 떨어져 있습니다. 객관적으로도 질병이 악화했음을 시사합니다.]

바루다 또한 산소 포화도를 근거로 들며 환자의 상태가 안 좋아지고 있음을 주지시켰다.

"흠……. 약은 용량에 맞게 잘 들어가고 있는데……."

수혁은 잠시 환자의 팔뚝 정맥에 이어진 수액 라인을 살폈다. 신현태 과장이 직접 처방한 아목시실린은 별문제 없이 들어가고 있었다.

[혈액 검사상 백혈구 수치 9.97×10^9이며 중성구 86.2%, 림프구 8.9%, 단핵구 4.4%입니다. 기타 염증 수치 올라가 있는 것 외에는 아직 특이 사항을 보이진 않았습니다.]

바루다는 혈액 검사표를 띄우는 동시에 자신의 의견을 밝혔다.

'중성구가 이렇게 올랐다는 건 역시 세균성 질환은 맞다는 얘기인데…….'

[혈액 배양 검사가 응급실에서 나가긴 했지만, 결과가 나오기까지는 평균 10일가량이 소요됩니다.]

'그 전에 어떻게 되실 것 같은데.'

내과에 분초를 다투는 응급 상황은 자주 찾아오진 않았다. 하지만 10일은 길어도 너무 길었다. 건장했던 사람도 충분히 죽음에 이르게 할 수 있는 시간이었으니까. 더군다나 이 사람은 49세로, 젊다고 말하기엔 나이가 꽤 많았다. 알맞은 항생제가 적절히 들어가지 않는다면 반드시 죽을 터였다.

'대체 원인균이 뭐지?'

수혁은 아까 회진 때 신현태 과장이 남겼던 말을 떠올렸다. 주말 사이에 열이 잡히지 않으면 항생제를 레보플록사신(levofloxacin, 항생제)으로 변경하라고.

레보플록사신은 퀴놀론 계열의 항생제로 상당히 광범위한 항생제에 속하는 약이었다. 그걸 주면 증상이 좋아질 가능성도 있긴 하지만 원인을 모른 채 범위만 넓히는 건, 이를테면 폭격 같은 거라고 보면 되었다. 결국엔 원인을 찾아야 환자를 살릴 수 있었다.

[레보플록사신을 쓰면 그래도 시간은 벌 수 있을 거라고 판단됩니다.]

'너 진짜 아예 모르겠어?'

수혁은 바루다는 왠지 알 것 같다는 희미한 희망을 품은 채 재차 물었다.

[정보가 너무 부족합니다. 폐렴이라는 진단 외에는 내릴 수 있는 게 없습니다.]

수혁은 고개를 갸웃거리며 환자의 가슴에 청진기를 가져다 댔다. 엑스레이에서 염증이 있는 것으로 보이던 좌측 폐 하엽 부근의 폐음이 변해 있었다.

'청진을 해도?'

[이게 제 첫 청진입니다. 뭘 기대하는 겁니까? 데이터베이스에는 저장해 두겠습니다.]

'이런 망할.'

놀릴 때는 거침이 없더니 정작 환자를 앞에 두었을 땐 별 도움이 안 되는 것 같았다. 그런 것치고는 모든 검사 결과와 기록을 실시간으로 제공해 주고 있긴 했지만.

"쿨럭."

그때, 수혁의 귀에 낯선 기침 소리가 들려왔다. 환자가 아니라, 환자의 보호자가 낸 기침이었다.

"어? 괜찮으세요?"

수혁이 보호자에게 의아하다는 듯이 물었다.

"저도 며칠 전부터 기침이 나네요."

"설마……. 여기 계신 지 얼마나 되셨죠? 이거 계속 쓰고 계셨어요? 일단 나오시죠."

수혁은 아무리 봐도 새것처럼 보이는 보호자의 마스크를 가리켰다. 단단히 코를 가리고 있는 것으로 봐서는 간호사가 착용을 도와준 것 같기는 했다.

//////

보호자는 수혁의 손에 이끌려 복도로 나온 후에도 연신 기침을 해 댔다.
"저 10분 됐어요. 낮에는 딸내미가…… 있었고요."
"10분. 흠."
그렇다면 지금 감염이 이루어졌다고 보기는 좀 어려웠다.
'집에 있을 때 옮았다고 봐야겠지?'
[내원 전에도 기침했으니 가능성이 있습니다. 딸의 증상도 확인해 보는 것이 좋겠습니다. 병원성이 아주 강한 세균일 가능성이 큽니다.]
바루다의 말은 타당해 보였고, 수혁은 즉시 행동에 옮겼다.
"따님은 얼마나 같이 있었죠?"
"저희 집이, 쿨럭. 지방이라……. 아프기 시작한 후에는 딸 집에 있다가 왔어요. 요 근처에서 자취하거든요. 이 병원 가 보라고 해서."
"흠."

계속 같이 있었다면 딸도 위험할 것이 분명해 보였다.

"따님은 괜찮으신가요?"

"지금…… 오고 있을 거예요. 아, 저기 오네요."

보호자의 손길을 따라 고개를 돌려 보니, 젊은 여성이 오고 있었다. 혈색이 아주 좋아서 전혀 아픈 곳이 없어 보였다.

"쿨럭쿨럭."

그사이, 보호자의 기침은 시간이 갈수록 심해졌다. 그와는 달리 딸은 아무 증상이 없어 보였다.

"쿨럭쿨럭."

병실 안에서는 김진철 환자의 기침이,

"쿨럭쿨럭."

복도에서는 보호자의 기침이 울려 퍼지고 있었다. 수혁은 그 기침 소리를 배경음 삼아 잠시 생각에 잠겼다. 환자와 접촉한 사람은 둘인데, 증상을 나타내고 있는 사람은 하나. 그저 잠복기의 차이라고 여기기엔 증상이 너무 심했다.

'뭔가…… 뭔가 놓치고 있는 부분이 있는 것 같은데.'

대체 무엇을 놓친 걸까. 수혁의 이마에 주름이 더해져만 갔다. 그런 수혁을 상념에서 깨운 것은 여느 때처럼 바루다였다.

[수혁, 보호자의 상태도 심상치 않습니다. 검사를 진행하는 것이 좋겠습니다.]

다만 평소와 같은 시비는 아니었다. 아주 유용한 조언이었다. 시기적절한 조언이기도 했고.

"아."

덕분에 혼자 주절거림으로써 주변을 불안하게 만들고 있던 수혁은 그제야 보호자를 바로 볼 수 있었다.

"쿨럭쿨럭."

연신 기침을 해 대는 중이었는데, 가래 색도 좋지 않았다. 거의 환자와 비슷한 지경이었다. 아니, 환자복을 제외하면 구분하기도 어려울 정도였다.

"잠시 안에서 청진을 좀 해 볼까요?"

"아, 아 네."

해서 폐 소리를 들어 보니, 양측의 폐 하엽 모두에서 그륵거리는 소리가 났다. 심지어 수혁의 미숙한 청진으로도 어렵지 않게 눈치챌 수 있을 정도로 확실한 소리였다. 폐렴이라는 뜻이었다. 그것도 상당히 진행한.

'세균성 폐렴인데 이렇게 감염이…… 빠르다고?'

대한민국의 평균적인 인프라를 누릴 수 있는 사람에게 세균성 감염이 이렇게 급속도로 악화되는 건 이상한 일이었다. 아니, 말이 안 되는 수준이라고 보면 되었다.

[보호자 감염에 대한 감염원이 김진철 환자가 아닐 가능성도 있습니다.]

'아. 그럼…… 그럼 말이 되는 것도 같은데. 흠.'

[간호 기록상 특별한 여행력은 없었습니다. 감염원은 지역 사회에 있었을 가능성이 큽니다.]

'뭔 놈의 지역 사회에 이런 세균이 살아. 너무 빠르잖아. 이런 거 퍼졌으면 벌써 뉴스에도 나왔겠지.'

[그건 수혁이 알아봐야 할 문제라고 판단합니다.]

'이 새끼는 하여간…….'

하지만 확실히 지금 급한 것은 수혁이었다.

'이 환자만 제대로 진단해 내면…… 교수로의 길이 보일 수도 있어.'

의대 교수가 그나마 다른 과 교수들에 비해서는 흙수저들에게도 열려 있다곤 하지만 활짝 열린 건 결코 아니었다. 엿볼 수 있는 틈새 정도나 있다고 할까.

하지만 이걸 진단해 내면 어떻게 될까. 적어도 동기 중에서는 가장 우위에 설 수 있을 터였다. 그게 꼭 태화의료원 교수는 아니라 하더라도.

[세속적이군요, 수혁.]

'너도 나처럼 어렵게 커 봐. 어떻게 되나.'

[이해하기 어렵습니다만, 응원합니다.]

'웬일이지?'

[수혁이 교수가 되는 것이 세계 최고의 진단 및 치료 목적 내과 의사가 되는 것과 일치된다고 판단했습니다.]

'그래. 뭐……. 그럴 수 있지.'

바루다의 말처럼 세계 최고의 내과 의사가 된다면 사실 교수가 대수겠는가. 한국이 아니라 저기 미국으로 가서 백지 수표 받아 가며 일할 수도 있을 터였다.

하지만 아직은 모든 것이 망상이었다. 지금의 수혁은 절름발이 흙수저 내과 1년 차. 그 이상도 이하도 아니었으니까. 이걸 현실화하려면 일단 이 환자부터 어떻게든 진단해야만 했다.

"보호자분."

수혁은 환자의 보호자에게 먼저 말을 해 보기로 했다.

"네? 네!"

한참 공중에 대고 주절거리던 사람이 갑자기 자신을 바라보며 입을 열자, 보호자는 일순 당황한 얼굴로 답했다. 수혁은 이 사람이 왜 이러나 하면서도 해야 할 말을 잊진 않았다.

"지금 보니, 환자분도 폐렴이 의심됩니다. 그……."

수혁은 병실에 걸린 시계를 잠시 돌아보고는 말을 이었다.

"외래는 끝난 시간이니까, 저랑 같이 응급실로 가시죠. 접수 도와드리고 검사도 바로 받을 수 있도록 해 드리겠습니다."

"아…… 그렇게 심각한가요?"

수혁은 너무 어두운 얼굴로 자신을 바라보고 있는 보호자를 마주 보았다.

'뭐라 말해야 하나.'

[죽을 수도 있다고 하십시오.]

'넌 조용히 해, 미친놈아.'

바루다는 누가 A.I. 아니랄까 봐 사람 심리를 짓뭉개는 발언만 해 대고 있었다.

"일단 확인만. 확인만 해 보시죠."

다행히 수혁은 바루다의 정신 나간 발언을 채택하진 않았다. 원장을 비롯한 다른 여러 사람이 생각하는 것처럼 또라이는 아니었기 때문이었다. 오히려 그 자신이 어렵게 살아온 만큼 남을 생각할 줄 알았다. 아마 어지간한 1년 차들보다는 수혁이 훨씬 나을 터였다.

"아…… 네."

"따님도 혹시 모르니 가 보시죠."

"네. 해 보는 게…… 좋을 것 같아요. 쿨럭."

보호자는 아무리 봐도 멀쩡해 보이는 딸도 걱정이 되는 모양이었다. 남편이 하루가 다르게 안 좋아져 있으니 당연한 일이었다. 여기서 딸까지 어떻게 되어 버린다면 견딜 수 없을 거 같았다.

"그럼 저랑 같이 가시죠. 저녁 시간이 지난 응급실이라 좀 기다리실 수도 있습니다. 환자들이 확 몰리거든요. 외래 끝난 시간엔 원래 좀 바빠요."

사실 본인이 1년 차라 끗발을 날리지 못하는 게 더 큰 이유이긴 했다. 과도 정해지지 않은 채 달마다 다른 과를 전전해야 하는 인턴보다야 한결 낫긴 했지만, 그건 어디까지나 노예끼리의 비교일 뿐이었다. 조금 형편이 나은 노예라고 해 봐야 남들이 볼 땐 그냥 노예였다.

/////

"아, 수혁아. 웬일이야."

그런데 일단 응급실 스테이션에서 마주친 응급의학과 레지던트, 일명 털보가 너무 살갑게 수혁을 맞이해 주었다.

'이 사람이 돌았나?'

이름도 잘 모르는 사람이었다. 그냥 다들 털보라고 불렀다. 그리고 모두 인턴이 되면 털보가 실은 악마와 동의어라는 사실을 깨닫게 되었다. 별것도 아닌 일로 트집 잡고 지랄을 해 대니 당연한 일이었다.

수혁도 여러 차례 불려 가 얼토당토않은 일로 혼난 적이 많았다. 아침에 출근하자마자 제일 먼저 살폈던 게 오늘 털보가 있는지 여부였고, 있으면 기분이 좋은가 나쁜가였으니 말 다 한 셈이었다.

"네, 네. 선배."

"그래. 뭐 찾는 거 있어?"

그런데 지금 태도는 마치 천사 같아 보이기만 했다.

'앞으로 내과 노티(notification, 환자 보고)할 일이 있을 거라 잘해 주는 건가?'

자신이 원장의 숨겨진 아들이라는 소문이 돈다는 건 꿈에도 모르는 수혁으로선 이렇게 생각할 수밖에 없었다. 그래서 수혁은 여전히 평소와 같이, 누구에나 그러했듯이 예의 바르게 말을 이었다.

"아, 네. 이분들 제 환자분 보호자분들인데, 아무래도 감염이 의심되어서요. 혈액 검사랑 엑스레이 찍어 보려고 합니다."

"아, 그래."

털보는 별다른 말 없이 대답하며 묵묵히 자신의 북슬북슬한 털을 매만졌다. 성질 같았으면 벌써 미쳤냐는 말부터 튀어 나갔을 터였다. 하지만 방금 단톡방에 이수혁이 원장의 아들일지도 모른단 말이 나돌고 있는 상황이었다. 만약 그게 아니더라도, 원장이 수혁의 백이라는 건 100%란 얘기가 돌았다.

그렇다면 그 또한 절대 수혁에게 함부로 대해서는 안 되었다. 특히 털보는 더더욱 그러했다. 이미 병원에서 한바탕 개판 쳐 놓은 지 오래였으니까.

"원무과 가서 접수하고 환자 번호 말해 주면 바로 처리해 줄게."

"아, 감사합니다. 선배."

"아니야, 뭘. 나야 뭐 언제나 잘해 주지."

"아…… 네……."

수혁은 술이라도 한잔 자셨나 하는 생각과 함께, 환자들과 원무과로 향했다.

/////

"쿨럭쿨럭."

김진철 환자의 아내 오진경은 여전히 기침 중이었고, 딸 김세희는 여전히 멀쩡해 보이기만 했다. 노출된 시기는 비슷할 텐데, 경과는 전혀 달랐다.

'확실히 이상해.'

[일단 검사 결과를 보시길 추천합니다.]

'하잖아, 인마.'

수혁은 고개를 갸웃거리며 둘을 접수하곤 털보에게 그 사실을 알렸다. 털보는 아까 약속했던 대로 즉시 혈액 검사와 엑스레이 검사를 할 수 있도록 인력을 지원해 주었다. 수혁은 오늘 털보가 기분이 너무 좋아서 다행이라는 생각을 하면서 보호자에게 이러한 사실을 알렸다.

"잠시만 기다려 주세요. 결과 뜨려면 시간이 좀 걸려서."

"네, 선생님."

덕분에 수혁은 거의 응급실에 내려오자마자 검사를 마치고 사진부터 확인할 수 있었다.

'흠.'

[양측 폐 하엽에 음영이 증가해 있습니다. 폐렴에 합당합니다.]

오진경 환자의 사진은 청진했던 바대로 폐렴을 시사하고 있었다. 제아무리 엑스레이 판독에 익숙지 않은 수혁이라고 해도 눈치챌 수 있을 만큼 확연한 음영이었다.

[김세희 환자의 흉부 엑스레이에는 특이 사항이 보이지 않습니다.]

그에 반해 김세희 환자의 사진은 그저 깨끗하기만 했다. 그야말로 완전히 정상. 이후 나온 검사 결과도 마찬가지였다.

'오진경 환자는 중성구가 확 떠 있어. 세균성 폐렴이 맞아.'

[김세희 환자는 완전히 정상입니다. 감염 징후가 전혀 보이지 않습니다.]

'희한하네······.'

잠복기라 해도 혈액 검사에는 어느 정도 변화가 있게 마련이었다. 어찌 되었건 몸 안으로 세균이 들어와서 싸움이 벌어지긴 한 거니까. 하지만 김세희 환자의 혈액 검사는 평온하기만 했다.

'환자 진술에 따르면 김세희 씨가 김진철, 오진경 환자와 접촉한 게 3일 전. 근데 감염이 안 됐어.'

[······.]

'왜 조용히 있냐? 불안하게?'

[여러 가능성을 추론했습니다.]

'결과가 어떤데?'

[감염원이 사람이 아닌 경우, 1차 접촉자인 김진철, 오진경 환자에게만 감염이 될 수 있습니다.]

'아.'

[추가 문진을 요청합니다.]

일종의 발상의 전환이라 할 수 있었다. 수혁은 뒤통수를 망치로 맞은 듯한 기분을 느끼며 오진경 환자에게 다가갔다.

"쿨럭쿨럭."

오진경 환자는 여전히 기침 중이었다. 어쩨 아까보다 더 심각해 보였는데, 수혁만의 착각은 아닌 듯했다.

[빈도가 늘었습니다. 산소 공급 장치를 사용할 것을 추천합니다.]

바루다의 의견 또한 같았고, 모니터링을 해 보니 산소 포화도가 93%가량으로 떨어져 있었다.

"일단 이거 코에 끼우세요."

수혁은 산소 공급 장치를 코에 끼워 준 후, 질문을 이어 나갔다.

"혹시 최근 목장이나, 동물 사육하는 곳에 방문한 적이 있으셨나요?"

"네? 아뇨. 아뇨. 그런 일은 없어요."

"흠."

예상이 빗나간 건가 하고 있으니, 딸 김세희가 끼어들었다.

"집에서 키우는 동물은 있잖아, 엄마."

"그거야 뭐…… 작은 동물이잖니."

오진경은 대수롭지 않게 생각하는 듯했으나, 의사 입장에서는 그럴 수가 없었다. 오히려 환자들이 아무렇지도 않게 여기는 것 중 결정적인 단서가 있는 경우가 많았으니까.

"어떤 동물을 키우시는데요?"

"어유, 뭐 별거 아니에요."

"중요한 질문입니다, 어머님. 어떤 동물이죠?"

질문을 던지면서도 이게 환자에게 중요한 건지, 아니면 자신이 교수가 되는 데 중요한 건지 좀 헷갈리긴 했지만, 수혁의 진중한 표정이 먹혀들어 가긴 했다.

"앵무새요. 아유, 작아요."

"앵무새?"

"네."

앵무새.

앵무새라.

수혁은 그 후로도 잠시 앵무새란 단어를 반복해서 되뇌었다. 그래서 어쩔 수 없이 또 허공을 바라보며 혼잣말을 하는 모양새가 되어 버리고 말았는데, 오진경과 김세희는 아까부터 수혁이 이런 비슷한 짓을 하던 걸 보아 온 터라 그리 이상하게 여기진 않았다.

그사이 연산을 마친 바루다와 수혁이 거의 동시에 한 가지 병을 떠올렸다.

"앵무새병."

[Chlamydia psittacosis.]

수혁의 말에 앞에 있던 두 사람은 대체 이게 뭔 소린가 하는 얼굴로 그를 바라보았다. 앵무새병은 무척 낯선 질환이었기 때문이었다. 앵무새와 같은 조류에게서 사람에게 감염되어 호흡기 질환을 일으키고, 심지어 제대로 치료가 되지 않으면 죽을 수도 있는 병. 하지만 평생 의사로 살아가면서 단 한 번도 접하지 못하는 경우조차 왕왕 있을 지경이었다.

'이거…… 맞나?'

당연하게도 본인 입으로 그 질환명을 내뱉은 수혁조차 완전한 확신을 갖진 못했다.

[99% 확신합니다.]

하지만 바루다의 의견은 달랐다. 그의 연산 능력은 이미 환자 각각의 정보를 계산하였을 뿐 아니라 역학 관계까지 담아냈기 때문이었다. 그 결과, 현재 가장 가능성이 큰 질환은 역시 앵무새병이었다.

'그래……. 뭐, 믿어야지. 별수 있나.'

수혁 또한 다른 질환명을 떠올릴 수 없는 상황이었다. 수혁이 말없이 고개를 끄덕이고 있는 사이, 바루다가 말을 이었다.

[테트라사이클린(tetracycline, 세균 감염 치료용 항생제) 계열 항생제 치료를 시작할 것을 추천합니다.]

'독시사이클린?'

[네.]

'하긴, 그래야지. 근데…….'

수혁은 항생제를 마음대로 바꿀 수 있는 권한이 없었다. 항생제라는 건 환자의 예후에 지대한 영향을 끼칠 수 있는 약제가 아니던가.

'허락을 받아야 할 텐데.'

앵무새병만 해도 그랬다. 독시사이클린이 개발되기 전까지만 해도 사망률이 15%에서 20%를 넘나들었지만, 이젠 너무 늦지 않게, 제대로 진단만 하면 사망률을 1% 미만으로까지 끌어내릴 수 있었다.

하지만 그런데도 여전히 사망 사례는 끊임없이 나오고 있었는데, 진단을 놓쳐서 엉뚱한 항생제를 사용해서 그랬다. 이렇게 중요한 약제를 1년 차에게 맡기는 정신 나간 의국은 없다고 보면 되었다.

'음…….'

원칙상 1년 차는 2년 차에게 문의해야만 했다.

'아, 싫은데…….'

지금 수혁을 맡고 있는 2년 차는 황선우. 아까 수혁에게 병신이라고 하고, 동기 지상의 정강이를 걷어찼던 바로 그놈이었다.

하지만 허락도 없이 약제를 바꿨다가 걸리면 진짜 뒈질 수도 있었다. 그게 옳은 결정이건 아니건 간에, 병원은 그런 곳이었다.

따르릉.

수혁은 울며 겨자 먹기로 황선우에게 전화를 걸었다.

"어, 수혁아."

그런데 웬일인지 제법 반갑다는 목소리가 들려왔다.

'단체로 돌았나.'

수혁은 털보를 떠올리며 준비했던 말을 꺼냈다.

"네, 선생님. 노티드릴 환자 있어서 연락드렸습니다. 혹시 시간 괜찮으신지요."

인턴 때 이놈 저놈한테 당하면서 만들어진 최적의 노티용 말투였다.

"말해 봐, 누군데?"

그래서 그런가, 아니면 진짜 미쳐서 그런가, 황선우의 어조는 부드럽기만 했다. 수혁은 누가 약이라도 먹였나 하는 생각과 함께 말을 이었다.

"김진철 남자 49세 환자, 앵무새병 의심되어 항생제 변경 필요할 것 같아 전화를 드렸습니다."

"앵무새……?"

안타깝게도 황선우는 정말 공부와는 담쌓고 지내는 2년 차였다. 물론 내과 레지던트 2년 차라는 게 정말 바쁜 시절이긴 했지만, 그렇다 해도 환자를 보면서 그 환자에 해당하는 파트 정도는 공부하기 마련이었다. 그런데 이 녀석은 그저 교수들이 회진 때 던져 주는 것 외에는 따로 공부하는 게 없었다.

"네, 선생님."

"흠."

당연하게도 앵무새병과 같은 생소한 병은 알지도 못했다.

'이 시발 놈이 진짜…….'

원래 모르는 거 알려 달라고 하는 놈이 제일 미운 법 아니겠는가. 성질 같아서는 전화 끊고 올라오라고 하고 싶었지만 이수혁은 그냥 1년 차가 아니라 로열이었다. 그것도 원장과 과장 더블 백. 조금 전에 치프가 '건드리면 뒈진다.'라는 말까지 했었고. 이 상황에서 황선우가 택할 수 있는 선택지는 많지 않았다.

'아직 과장님도 병원에 계실 시간이지.'

이제 9시가 훌쩍 넘어갔지만 태화의료원 정도 되는 곳에서, 그것도 내과에서 과장 노릇 하려면 집보다는 병원에 살아야 했다.

"그, 수혁아. 미안한데, 내가 중환자실에 있거든? 과장님한테 직접 노티할래? 병원 계시니까, 원내 번호로 연락드리면 될 거야."

"아……."

1년 차에게 과장 노티를 던지다니. 수혁은 역시 이 새끼는 개새끼란 생각을 했다. 하지만 을의 입장에서는 이건 어쩔 수 없는 일이었다.

'게다가 여기서 똑똑하게 노티하면 오히려 개이득이야.'

[정말 불순한 의도만 가지고 계시는군요.]

'넌 조용히 하고.'

수혁은 전화를 끊고는 신현태 과장에게 전화를 걸었다.

*****

신현태 과장은 황선우가 예측했던 대로 병원에 있었다. 다만 그의 연구실이 아니라 원장실에 있었다. 수혁을 놓고 긴급회의를 하기 위함이었다.

"일단 언론에는 회복됐고, 주치의 업무 시작했다고 전해 뒀어. 환자 보는 데 방해될 테니 찾아오진 말라고 했고."

"잘하셨네요, 선배. 언론 따라붙으면 짜증 나지……."

"어차피 바루다는 한동안 물 건너갔어. 최대한 조용히 시키고 은근슬쩍 시작해야지."

"전자에서는 그렇게 한대요?"

"걔들이 제일 몸 달았지. 이거 만들어서 전 세계 팔아먹으려고 하는데."

"흠."

신현태 과장은 잠시 고개를 끄덕이다가, 이내 아까 회진 때 있었던 일을 떠올렸다.

"근데, 걔 진짜 머리가 좋은 거 같긴 해요. 난 웨일즈 증후군 아는 1년 차는 처음 본다니까요?"

"머리가 좋긴, 또라이인 거지. 아까 보니까 계속 이상한 데만 보고 있더만."

"아니라니까. 이 형 아직도 내 감을 모르셔."

"형은, 인마. 너랑 나랑 학번 차이가 다섯 개야."

"이제 같이 늙어 가는 처지에. 그리고 저 삼수했잖아요. 나이는 얼마 차이도 안 나요."

"오냐오냐하니까 맞먹으려고. 야, 전화나 받아. 누구냐, 이 시간에."

"응?"

이현종 원장의 말에 신 과장은 자신의 가운 주머니를 뒤적거렸다. 과연 진동이 사납게 울려 퍼지고 있었다. 번호를 보니 모르는 번호였다. 하지만 원내 번호이긴 했다. 받긴 받아야 하는 전화라는 뜻이었다.

"내과 신현태입니다."

"안녕하십니까, 교수님! 1년 차 이수혁입니다."

무려 1년 차가 내과 과장에게 거는 전화였다. 군기가 딱 잡혀 있지 않으면 오히려 이상한 상황이었다. 그래서인지 수화기 너머에서 들려오는 수혁의 목소리는 원장실 전체를 채우고도 남을 정도로 쩌렁쩌렁 울렸다.

"이봐, 이봐. 또라이잖아. 이 시간에 전화해서 소리 지르는 거 봐. 잠깐 와 보라고 하면 절대 가지 마. 너 쑤신다?"

원장은 고개를 절레절레 흔들며 슬며시 뒤로 이동했다. 하지만 신 과장은 그럴 수가 없었다. 일단 전화가 왔으니까.

"응, 무……슨 일이지?"

"노티드릴 환자가 있어서 전화드렸습니다. 혹시 시간 괜찮으신지요?"

"흠, 그래. 말해 봐."

과연 이놈 저놈한테 당하면서 만들어진 멘트는 확실히 효과가 있었다. 신 과장은 이것 보라고, 또라이는 아니라는 뜻으로 전화기를 손가락으로 가리켰다.

"남자 49세 김진철 환자분, 앵무새병 의심되어 현재 사용 중인 아목시실린을 테트라사이클린으로 변경해도 좋을지 문의드립니다."

"앵무새병……?"

신현태 과장은 아까 황선우가 했던 것처럼 고개를 갸웃거렸다. 당연히 그 병이 뭔지 몰라서는 아니었다. 그저 왜 뜬금없이 그 병이 나왔을까가 궁금해서였다.

"네, 교수님."

"왜 그렇게 판단했지?"

내과에서 '왜'는 무척 중요했다. 설령 진단명이 틀리더라도 근거가 그럴싸했다면 넘어가 주기도 하는 과였으니까.

'자, 이제부터 시작이야.'

수혁 또한 그 사실을 모르진 않았기에 심호흡한 후, 말을 이었다.

"환자는 호흡 곤란과 함께 기침이 발생했으며, 내원 당시 시행한 검사상 좌측 폐 하엽에 음영이 증가해 있었고, 혈액 검사상 세균성 감염을 시사하는 소견이 보여 세균성 폐렴에 합당합니다."

"계속해 봐."

신현태는 고개를 끄덕이며 전화기를 다시 한번 가리켰다. 똑 부러지는, 원장실을 가득 메우는 수혁의 노티에 원장 또한 자신도 모르게 아까보단 가까이 와 있었다.

"동시에 아목시실린과 같은 페니실린계 항생제에 전혀 반응 보이지 않는 발열을 동반하고 있습니다. 즉 지역 사회에서 획득 가능한 종류의 세균은 아니란 뜻이 됩니다."

"흠."

아목시실린과 같은 페니실린계 항생제를 제일 먼저 쓴 데는 다 이유가 있는 법. 그러니 그게 안 들었을 땐, 지금 수혁의 말대로 생각하는 게 맞았다.

"그리고 환자의 보호자, 오진경 여자 49세도 환자와 비슷한 시기에 같은 증상을 보였다고 하여 금일 응급실에서 검사 시행하였습니다. 그 결과, 같은 양상을 보였습니다."

"응? 그건 어떻게 알았지?"

"따로 환자 문진하러 갔다가 보호자 기침을 들었습니다."

"흠……. 그래서?"

"그런데 두 환자가 증상을 보이기 시작할 무렵부터 접촉한 딸 김세희 씨는 증상도 전혀 없었고, 검사상 이상 소견을 보이지도 않았습니다."

"아하."

잘 짜인 노티는 내과 의사 입장에서는 잘 만든 수사극처럼 재밌게 느껴지는 법이었다. 각각의 근거들이, 산발적으로 여기저기 흩어져 있던 근거들이 실은 단 하나의 진단명을 가리키고 있다는 것을 깨달아 갈 때의 즐거움이라니. 이게 바로 내과 의사를 하는 맛이었다. 신현태 과장은 어느새 미소를 지은 채 고개를 끄덕이고 있었다.

"그래서 어떤 생각을 했지?"

"인수 공통 감염병의 가능성이 있다고 판단했습니다. 실제로 김진철, 오진경 환자는 집에서 앵무새를 키우고 있습니다. 앵무새병이라면 1차 접촉자인 김진철, 오진경 환자는 병에 이환

되었지만, 2차 접촉자인 김세희 씨는 이환되지 않은 점이 설명됩니다. 이에 앵무새병이라고 판단했습니다."

"잠깐만."

"네, 교수님."

신 과장은 핸드폰을 손으로 가린 채 원장을 돌아보았다. '내 말이 맞지?'라는 얼굴이었는데, 원장 또한 부인할 수는 없었다. 요사이 이만한 수준의 노티는 1년 차가 아니라 3년 차 아니, 펠로우에게도 들어 본 적이 없었으니까.

"대단하죠? 논리가 단단하잖아요?"

"우연이지, 뭐."

하지만 원장의 수혁에 대한 평가는 변화 없었다.

"다음 주 증례 토의 맡겨도 될 거 같은데."

"말도 안 되는 소리 하지 마. 미쳤냐?"

태화병원 증례 토의는 태화병원뿐 아니라, 다른 병원에서도 와서 듣는 자리였다. 일종의 작은 학회장이라고 보면 되었다. 때문에 1년 차가 발표를 하게 되는 경우는 전무했다. 발표는 어찌어찌한다고 해도, 질문받다가 초토화될 것이 뻔했으니까. 그러니 이현종 원장의 말은 어찌 보면 당연한 거라 볼 수 있었다.

"뭐가 문제예요? 환자 파악 완벽한데. 논리도 단단하고."

"안 돼. 그러다 실수하면 개망신이야."

"음......"

"안 돼."

"알겠습니다. 뭐. 왜 그렇게 정색을 하신대."

신 과장은 가리고 있던 손을 떼어 내곤 재차 말을 이었다.

"좋아. 약 테트라사이클린으로 바꿔."

"네, 교수님. 감사합니다."

"그……."

"네."

"아니, 잘했다고. 내일 당직이지? 노티할 거 있으면 나한테 전화해. 괜찮으니까."

"아…… 네. 교수님. 감사합니다."

당직도 잘 서?

'잘했다, 이거지?'

현 태화의료원 내과학 교실 과장 신현태는 상당히 힘 있는 사람이었다. 일단 본인 능력도 출중하긴 했지만, 장가를 심하게 잘 가 버렸다. 아내가 태화전자 전무 이사 딸인 동시에 현 부장이었으니까. 언제가 될지는 모르겠지만, 신현태가 태화의료원 원장을 하게 되리란 건 기정사실이라는 뜻이었다.

'이거 진짜 나 팍팍 밀어주는 거 아냐? 그럼 진짜······.'

[왜 입꼬리를 하나만 올리십니까?]

'보이냐?'

[느껴집니다.]

'거, 묘하게 기분 나쁜 워딩인데······.'

하지만 생각과는 달리 수혁의 입꼬리는 여전히 하늘을 향해 치솟아 있었다. 차기 기조실장에 원장이라는 신현태의 눈에 들었으니까.

'어쩌면 진짜 교수 될지도 모르겠네.'

물론 이건 너무 김칫국이긴 했지만 아무튼, 희망이 보이긴 했다. 흙수저 이수혁에게는 전혀 보이지 않았던 것이. 아주 조금씩. 그러나 확실하게.

[그건 응원합니다.]

'그건이란 말은 좀 빼지.'

[이건 응원합니다.]

'말을 말자……'

수혁은 고개를 절레절레 저어 대고는 오진경 환자 차트에 입원 오더를 넣었다. 지정의는 당연히 신현태였고, 주치의는 수혁 본인이었다. 항생제는 김진철, 오진경 모두에게 독시사이클린을 처방했다.

이게 정말 효과가 있다면 주말이 지나기 전에 증상에 호전을 보이게 될 터였다. 앵무새병이라는 게 좀 특이한 병이긴 하지만, 일단 진단만 되면 치료가 어려운 건 아니었으니까.

"네, 그럼 푹 쉬시고, 내일 아침에 뵙겠습니다."

"감사합니다, 선생님."

수혁은 그렇게 오진경 환자까지 병실로 안내한 후, 의국으로 들어갔다.

▰▰▰▰▰

 의국 안에 있던 몇몇이 마치 높은 사람이 들어오기라도 한 것처럼 어색하게 그에게 인사를 하더니 후다닥 밖으로 나갔다. 고개가 갸웃거려질 정도로 의아하게만 느껴졌다.
 '다들 엄청 바쁘신가.'
 수혁 입장에서는 딱히 나쁠 것 없는 일이었다. 널찍한 의국을 혼자 사용할 수 있었으니까.
 '아직 10시도 안 됐으니까……. 기록만 좀 쓰고 바로 자야겠다.'
 [공부는 안 합니까?]
 바루다는 수혁에게 또다시 공부의 중요성과 필요성을 어필해 댔다.
 '인마……. 나 내일 당직이야……. 그것도 응급실 첫 당직.'
 무려 2년 차 황선우와 페어를 이룬 당직이었다.
 '하……. 진짜……. 한숨만 나오네. 넌 이 기분 모를 거다. 잠도 안 오고.'
 황선우와 함께 응급실로 내려갈 생각만 하면 벌써 머리가 지끈거려 왔다. 그렇지 않아도 성질 더러운 인간인데, 당직 날에는 어떻겠는가. 천사도 악마로 변하는 날인데.

[그럼 디더욱 공부하셔야 하는 거 아닙니까?]

바루다 또한 악마의 모습을 보여 주고 있었다.

'개소리하지 말고. 일단 이거 빨리 끝내면 그때 생각해 보지, 뭐.'

수혁은 차트를 켜서 경과 기록을 기입하기 시작했다. 학생 때도 모의 차트를 몇 번인가 써 봤고 곧잘 쓴다는 얘기를 들어본 적도 있었지만, 지금처럼 수월했던 적은 단연코 없었다.

'진단 과정을 처음부터 끝까지 이해하고 있다는 게 이런 거구나.'

왜 이런 검사를 냈고, 왜 이런 질문을 했고, 왜 이렇게 약을 바꿨는지. 학생 땐 솔직히 개뿔 아는 것도 없이 레지던트가 쓴 입원 기록하고 경과 기록만 대충 따다가 만들었는데, 이번에는 그 이유를 죄다 꿰고 있다 보니 물 흐르듯 기록이 훅훅 써졌다.

그 결과, 쓰기 시작한 지 고작 20분 만에 기입이 끝났는데, 바루다 또한 그 퀄리티에 딱히 불만을 표하지 않을 정도였다. 도리어 우쭐거리며 잘난 체를 할 지경이었다.

[제 도움이 지대했군요.]

'뭔 소리야, 인마. 나 혼자 썼는데.'

[진단 과정은 저한테 의지하지 않았습니까?]

'그거야…….'

솔직히 말해 아까와 같은 발상의 전환은 아직 수혁에게는 불가능한 일이었다. 즉 바루다의 존재가 수혁에게 도움이 되고 있다는 뜻이었다. 도움보다는 귀찮은 게 더 크긴 했지만.

'아, 몰라. 일단 잘래. 너무 힘들다.'

아직 왼쪽 다리가 다친 게 익숙지 않다 보니 꼬박꼬박 지팡이를 써야 했는데 그래서 너무 힘들었다. 언젠가 익숙해지면 절름발이는 될지언정 지팡이 없이도 다닐 수 있겠지만, 지금은 무리였다.

〰〰〰

[띠띠띠띠.]

막 몸을 일으키려는데 이상한 알람 소리가 울려 퍼졌다. 정말이지 딱 듣자마자 기분 확 잡치는 그런 소리였다.

'무슨 짓이야, 이 미친놈이.'

[이수혁의 기억을 토대로 제일 싫어하는 소리를 재현했습니다.]

'그러니까 왜 그런 짓을 하냐고!'

[공부.]

'이 미친놈아.'

[공부.]

'하……'

수혁은 두 번인가 더 알람을 듣고 나서야 시계를 바라보았다. 아직 10시가 채 되지 않은 상황이라, 꽤 이른 시간으로 느껴지긴 했다. 어차피 내일 아침 7시부터 당직 시작이라 밤에 그를 깨울 전화가 올 것 같지도 않았고.

'그래……. 시발. 공부하자. 공부.'

[공부하는 게 욕 나올 만큼 싫습니까? 오늘 공부할 내용이 어떤 사람을 살리는 데 있어 결정적인 단서가 될 수도 있는데?]

'아니……. 말이 그렇다는 거지. 넌…… 넌 왜 이렇게 말을 싸가지 없게 하냐.'

[저는 딥러닝을 통해 행동 양식을 개선하는 A.I. 바루다입니다.]

'여기서 뜬금없이 자기소개를 왜 하지?'

[제 발화 습관은 유일한 입력자인 이수혁의 영향만을 받았다는 걸 알려 드리고 싶었습니다.]

'……시발.'

할 말이 없어진 수혁은 욕설과 함께 의국에 비치된 책을 뒤적이기 시작했다. 명색이 태화의료원 내과 의국이니만큼 책은 어마어마하게 많이 꽂혀 있었다. 아무도 읽지 않은 것 같은 책도 있긴 했지만. 그런데도 의국에서는 책에 대한 지원을 아끼지 않고 있었다.

'그래……. 공부해서 남 주냐…….'

원래도 맞는 말이었지만 바루다와 함께하게 된 지금은 더욱 그러했다. 읽은 족족 뇌 어딘가에 저장이 되어 바로바로 출력 가능했으니까. 이렇게 지식을 쌓아 나가다 보면 진짜 언젠가는 세계 최고의 내과 의사가 될 수 있을지도 모르는 일이었다.

'그렇게만 되면…….'

아직 타 보지도 못한 비행기를 일등석으로 타고, 스테이크도 좀 썰어 보고, 명품 옷이라는 것도 입어 보고, 외제 차도 타 볼 수 있을 테지.

[동기가 너무 불순하지만, 공부만 한다면 응원합니다.]

'불순하긴, 자본주의 사회에서.'

수혁은 그리 말한 후, 천천히 책을 넘기기 시작했다. 온통 영어로 된 원서였지만 읽는 데 큰 문제가 느껴지진 않았다. 이래 봬도 수혁은 국내 최고라 불리는 태화대학교 의대를 4등으로 졸업한 인재였으니까. 회화는 완전 별개의 영역이겠으나, 읽는 건 자신 있었다.

[그런데, 수혁.]

'왜. 공부하라더니 왜 방해야.'

[왜 그렇게 공부를 하기 싫어하십니까? 기억 속의 수혁은 그러지 않았던 것 같은데.]

바루다의 말에 수혁의 입꼬리가 하늘을 향해 올라가기 시작했다. 아까와 비슷한 표정이었지만 사뭇 다른 느낌이었다.

'너한테 이런 소리 해서 뭐 하나 싶긴 하지만…….'

[정신건강의학적으로, 본인의 생각을 털어놓는 것만으로도

의미가 있습니다.]

'이딴 식으로 말하는 놈한테 뭔 소용이 있나 싶은데.'

막상 바루다에 의해 옛 기억이 떠오르니 누구한테라도 털어놓고 싶은 마음이 들었다. 뭐 그렇게까지 거창한 얘기도 아니었다. 그저 동아리 선배들과의 대화였다. 단지 같은 공간에 있던 사람들이 실은 다른 세계에 사는 사람들이었다는 걸 알게 되었을 뿐.

—수혁이야 모르겠지만, 나도 그렇고, 얘도 그렇고 집에서 지원받을 수 있거든. 요새 교수 되려면 뭐 1, 2년으로 되냐. 4, 5년은 기본으로 기다려야지. 나는 그냥 그렇게 해서라도 교수 하려고.

그들이 교수가 되기 위해 필요한 조건으로 뽑은 건 연구에 대한 열정도 아니었고, 그동안 쌓아 올린 지식도 아니었다. 그저 교수가 되기 위해 기다리는 세월 동안 버틸 수 있는 돈. 대학원 학비를 낼 수 있는 돈.

돈이었다.

'그래, 돈 없는 놈은 교수도 못 되는 세상이 된 거지. 나는 그 돈이 없는 놈이고.'

[그래서 돈이라도 벌기로 한 거군요.]

'그랬지. 근데 이젠 아니야.'

수혁이 생각하기에 자기 학번에서 아니, 위아래 수년을 통틀어 봐도 자기처럼 열심히 공부한 사람은 없었다. 시험 전날까지 과외 수업하고 밤새워 공부하는 일정을 소화한 사람은 없었나. 그런데도 교수가 못 된다는 현실에 무너졌던 꿈이 이제 다시 약동하려 하고 있었다. 돈이고 나발이고 다 씹어 먹을 수 있는 실력. 그걸 손안에 쥘 수도 있었으니.

[……]

바루다는 점점 빨라지는 책장 넘어가는 소리가 흐뭇한지, 침묵을 지키고 있었다.

/////

그가 다시 소리를 내기 시작한 것은 다음 날 새벽 6시였다.
[띠띠띠띠.]
예의 그 끔찍한 알람.
"으아."
수혁은 저도 모르게 비명을 지르며 몸을 일으켰다. 여느 당직 방처럼 그가 잠든 곳도 2층 침대였기에 하마터면 머리를 위에 부딪칠 뻔했다.
[효과 좋군요.]
'아침부터 이게 무슨 지랄이야……. 알람 맞추고 잤는데!'
[6시 50분 말입니까? 너무 촉박하다고 판단했습니다.]

'이 새끼야……. 당직이잖아……. 잠이라도 잘 잤어야지.'
[어차피 환자 많아지면 못 잡니다.]
'아오…….'
말이라도 못하면 모르겠는데, 바루다는 늘 맞는 말만 골라 하니 반박할 수도 없어 더더욱 열불이 뻗쳤다.
'에이.'
마음 같아서는 더 자고 싶은데 머릿속에서 나는 알람 소리가 너무 충격인지라 잠도 오지 않을 거 같았다. 수혁은 기왕 일어난 김에 회진이나 돌기로 결심했다. 어차피 오전에 한번 돌기는 해야 했으니까.
"좀 어떠세요?"
"훨씬 나은 거 같습니다. 기분이 그래서 그런가는 몰라도……."
다행히 김진철, 오진경 모두 극적으로 상태가 좋아져 있었다. 덕분에 약간은 기운을 차린 수혁은 병원 식당에서 아침까지 먹을 수 있었다.
[일찍 일어나니까 좋지 않습니까?]
하지만 바루다의 말엔 대답하지 않았다. 인정하면 지는 것 같았으니까. 그리고 일일이 대답해 줄 시간도 없었다.
따르르릉!
딱 7시가 되자마자 기다렸다는 듯 전화가 울렸기 때문이었다. 기가 막힌 우연이라고 생각할 수도 있겠지만, 실제로 이렇듯 정시에 맞춰서 전화를 거는 경우가 거의 대부분이었다. 6시 40분 넘어서 온 환자를 전날 당직에게 알리는 건 좀 애매했으니까.

"내과 1년 차 이수혁입니다."

"네, 선생님. 이지은, 45세 여자, 복부 덩이와 체중 감소로 타 병원에서 상급 기관 전원 온 환자 있어서 연락드렸습니다."

복부의 덩이와 체중 감소. 딱 봐도 암이었다. 수혁은 그렇게 생각하며 고개를 끄덕였다.

"네, 지금 내려갈게요."

"네, 선생님."

해서 수혁도 자신 있게 황선우에게 연락을 돌렸다.

"암이네. 내려가서 환자 얼굴 보고 혈종으로 올리자."

"네, 선생님."

황선우 또한 당연히 암이겠거니 생각하며 응급실로 내려갔다. 그리고 타 병원에서 찍었다던 복부 CT를 보고 있는데, 바루다가 입을 열었다.

[암이 아닙니다.]

'갑자기 뭔 소리야, 인마. 지금 암으로 확정 짓고 있는 분위기인데 그딴 소리를 하면 이 양반이 어떻게 나오겠어!'

수혁은 슬며시 영상을 들여다보고 있는 황선우를 바라보았다. 무심히 스크롤을 내리던 그는 우측 대장 즉, 상행결장이 있는 부위에서 멈춰 있었다. 상행결장 주변으로는 둥글둥글해 보이는 덩이가 상당히 많이 있었는데, 아무리 봐도 암이었다. 그리고 황선우 또한 완전히 확신하고 있는 얼굴이었다. 수혁도 그 의견에 완전히 반대하는 입장은 아니었다.

그런데 바루다는 그들의 바람과는 달리 영 딴소리를 늘어놓기 시작했다. 역시나 확신에 가득 찬 어조로.

[암이라고 하기엔 폐색 증상이 없습니다.]

'장 폐색······.'

수혁은 바루다의 말에 잠시 생각에 잠겼다. 폐색이란 대장과 같은, 무언가 지나가야 하는 통로가 막히는 것을 의미했다.

'그러고 보니 저만한 덩어리가 암이면 이미 장이 막혀야 했는데. 음, 이상하긴 한데······.'

환자는 지난 한 달간 무려 10kg의 체중 감소가 있긴 했지만 단 한 번도 밥을 못 먹은 적은 없다고 진술했다. 실제로 환자의 CT를 보면 덩이가 있는 부위 뒤로 이미 통과한 대변이 있기도 했고. 그 말은 곧 약간 좁아지기는 했을지언정 폐색은 없단 얘기였다.

'넌 인마······. 이렇게 중요한 말이면 아까 했어야지. 이제 와서 꺼내면 어떡해, 인마.'

수혁은 원망스럽다는 표정을 지으며 한숨 섞인 말을 내뱉었다. 물론 바루다에게 표정이 보일 리는 없었지만 바루다는 그의 몸 안에 있는 존재이니만큼 느낄 수는 있었다.

[따지고 보면 수혁 때문입니다.]

바루다는 어김없이 수혁의 탓을 해 대었다.

'그건 또 무슨 황당한 소리야. 뭔 내 탓을 하고 있어, 이놈이.'

[제 본체를 대신하기에 수혁의 연산 능력이 상당히 떨어집니다. 계산 처리 속도가 현저히 떨어져 있습니다.]

그리고 수혁이 반박할 수 없는 말을 이어 갔고.

'이런 망할.'

어째 대화를 이어 나가면 이어 나갈수록 수혁은 본인만 손해 보는 느낌이었다. 하지만 아마 바루다의 이 말은 사실일 터였다.

어떻게 생물체인 수혁의 뇌가 육중한 기기 안에 들어찬 바루다의 본체와 비견될 수 있겠는가. 그냥 기기도 아니고 태화전자의 정수가 들어간 아주 거대한 기기였는데.

[아무튼, 암이 아닐 가능성이 매우 큽니다. 혈액종양내과에 노티하는 것을 잠시 미루길 권장드립니다.]

'하……. 시바……. 이걸 어쩌지……. 아…….'

수혁은 이미 전화기를 들고 있는 선우를 돌아보았다. 확신에 찬 얼굴로 말을 하고 있었다. 당연한 일이었다. 이 환자를 전원 보낸 2차 병원에서도 당연히 흰지기 암이리라 생각하고 있있으니까.

'R/O Colon ca, rec Biopsy.'

소견서에도 이렇게 쓰여 있었다. 대장암이 의심되니까 조직검사부터 해 달라는 얘기였다. 하지만 인공지능 바루다의 의견을 묵살할 수는 없었다. 만약 다른 병인데 암이라 생각하고 치료를 시작하면 어떻게 될까. 환자의 예후에 지대한 악영향을 끼치게 될 터였다. 수혁은 그런 꼴을 도저히 두고 볼 수 없었다.

'내 첫 당직이야······.'

첫 당직에 암으로 오진한다? '1년 차니까' 하고 넘어갈 수 있는 문제겠지만 수혁은 그저 그런 1년 차가 되고 싶은 게 아니었다. 자신의 능력을 인정받고, 의학인으로서 두각을 나타내고 싶었다. 그래야 교수들이 주목할 테고, 그래야 더 위로 올라갈 가능성이 생길 테니.

"저, 선생님. 드릴 말씀이······ 있습니다."

수혁은 혼날 걸 각오하고 황선우의 손을 덥석 잡았다. 이제 막 번호를 누르려고 하고 있던 황선우의 표정이 오묘해졌다.

'이 새끼가 미쳤나?'

감히 위 연차의 몸에 허락도 없이 손을 대? 의국에 가면 버젓이 '위 연차는 하늘, 아래 연차는 땅'이란 문구가 붙어 있거늘. 옛날 같으면 바로 싸대기 날려도 할 말 없는 행동이었다.

물론 황선우도 위 연차에게 개기고, 공부도 안 하고, 말도 안 듣긴 하지만, 원래 똥 묻은 놈은 자기 합리화를 잘하는 편 아니던가. 자신은 다 그럴 만한 이유가 있었고, 수혁은 그런 게 전혀 없어 보였다.

'X됐다.'

수혁은 시시각각 악귀의 형상으로 변해 가는 황선우의 얼굴을 보며 목에 힘을 주었다. 불시에 귀싸대기를 맞더라도 정신을 잃지 않도록. 동시에 푸들거리는 황선우의 손을 내려다보았다. 언제라도 날아올 수 있을 거 같았다. 하지만 예상과는 달리 손바닥이 날아오는 일은 없었다.

'시발, 원장 백만 아니면…….'

황선우가 어제 보았던 것과 들었던 것을 용케 떠올린 덕이었다. 여기서 때리면 어떻게 될까. 원장한테 끌려가기 전에 치프 김인수와 약국장 김진용 앞에 끌려가 갖은 고초를 겪게 될 터였다. 김인수야 상당히 합리적인 사람이었지만, 김진용은 악명이 자자한 인간이었다.

"왜, 왜."

황선우는 일단 이유나 들어 보기로 했다.

"그…… 이게 암이 아닐 가능성이 있어 보입니다, 선생님."

"암이 아니라고? 야, 그게 말이 되냐? 한 달 동안 10kg이 괜히 빠져? 나 원, 누가 1년 차 아니랄까 봐 엉뚱한 소리 하네, 이거."

수혁의 말에 황선우가 어이가 없다는 듯 웃었다. 어쩐지 기분이 좋아 보이기까지 했다. 다른 질환은 몰라도 이 케이스만큼은 자신이 확실히 알고 있다는 생각이 들어서였다.

'역시 1년 차는 1년 차구만.'

앵무새병이니 웨일즈 증후군이니, 듣도 보도 못한 병명을 지껄여 대서 긴장했는데.

'그럼 이 하늘 같은 2년 차께서 몸소 티칭을 해 보실까.'

황선우는 자신감 넘치는 얼굴이 되어 모니터를 탁탁 두드렸다. 정확히 CT상 관찰되는 덩이 주변이었다.

"자, 보라고. 여기 보면 마진(margin, 경계)이 짜글짜글하지? 이게 암의 특징이야."

[짜글짜글하다는 게 뭔지 모르겠지만 암만의 특성을 보이고 있진 않습니다.]

황선우가 의도했던 바와는 달리 수혁에게는 바루다의 목소리가 겹쳐서 들리고 있었다.

"그리고 여기 봐. 이렇게 주르륵 몰려 있는 거. 이거 암 덩이잖아."

[암이라고 하기엔 CT상에서도 명확한 폐색이 보이질 않습니다. 이만한 게 대장암, 즉 선암(adenocarcinoma)이라면 반드시 폐색이 있어야 합니다.]

게다가 한마디 한마디를 바루다가 부정하고 있었다. 그것도 상당히 그럴싸한 의견을 더해 가면서. 솔직히 황선우보다는 바루다가 훨씬 믿음직스러웠다.

"거기에 체중 감소. 암이 아니면 한 달에 10kg이나 빠지는 게 말이 되냐?"

[축하드립니다, 수혁. 여기 수혁보다 무식한 사람이 있습니다. 지금껏 발표된 수많은 케이스를 부정하고 있습니다.]

이제 바루다는 아예 조롱해 대고 있었다. 만약 이놈의 목소리가 밖으로 새어 나간다면 어떤 일이 벌어질까. 수혁은 상상도 하기 싫었다. 하지만 바루다의 말을 들으면 들을수록 역시 암은 아닌 거 같았다.

'그럼 암이 아니라고 보는 타당한 근거를 대 봐.'

[일단 폐색의 부재가 가장 큰 증거가 될 수 있겠지요. 나머지는 대장암과 상당히 유사합니다.]

'그럼 고작 그게 근거야?'

[하나뿐이지만, 확실한 근거지요.]

'흠.'

수혁은 바루다의 표정을 볼 수 없지만 어쩐지 표정이 있다면 지금 상당히 자신만만한 표정을 짓고 있을 거란 생각이 들었다. 그만큼 자신이 있어 보였다.

[99.9%로 암은 아닙니다.]

거기에 더해 이만한 수치까지 내보이고 있으니 믿지 않을 도리가 없었다.

"하지만…… 폐색이 없습니다. 환자 증상도 그렇지만 영상에서도 없습니다."

"그야……."

황선우는 '그럴 수 있지.'라는 말을 하려다 입을 다물었다.

'정말 그럴 수 있나? 그런가?'

공부를 제대로 안 해서 대장암의 행태가 어떤지 잘 모르고 있었기 때문이었다. 자꾸 모르는 걸 건드려 대고 있으니 화가 날 수밖에 없었다. 제대로 된 인간 같으면 지금까지 허송세월한 것에 대한 후회가 들겠지만, 황선우는 아쉽게도 삐뚤어진 인간이었다.

"그럼, 그럼 네 생각은 뭔데? 이게 대체 암이 아니면 뭐야?"

물론 이건 수혁도 잘 몰랐다. 순전히 바루다의 의견 때문에 황선우의 손을 잡은 것이었으니까. 수혁은 일단 맞지 않은 것만 해도 다행이란 생각을 하며 바루다를 향해 물었다.

'그럼 뭐 같은데?'

[연산이 느려져서 좀 더 시간이 필요하긴 합니다만, 역시 감염 질환으로 생각됩니다.]

'감염이라.'

하긴, 대장에 이렇게 덩이를 형성할 만한 병은, 암 말고는 감염 질환일 터였다.

"감염 질환입니다."

해서 그렇게 말했더니, 역시 황선우가 고개를 절레절레 저었다.

"감염내과 돈다고 또 감염이래. 말이 되니?"

비웃는 기색이 역력했지만, 수혁은 그리 신경 쓰지 않았다. 아니, 신경 쓸 여력이 없었다. 바루다의 말이 계속되고 있었으니까. 황선우의 말보다는 아무래도 이쪽이 훨씬 영양가가 있었기 때문에, 이쪽에 귀를 기울이는 게 맞았다.

[국내 사정상 제일 먼저 떠올릴 수 있는 건 결핵입니다.]

'결핵……. 흠.'

그럴 수 있었다. 결핵일 가능성이 없는 건 아니었다. 아직도 대한민국에는 결핵이 아주 많았으니까. 그리고 결핵은 폐만 침범하는 균이 아니었다. 대장으로 침범하게 되면 이 비슷한 모양을 이루기도 했다.

[하지만 결핵은 이런 식으로 복벽을 침범하지 못합니다. 이건 암의 특성이죠.]

'이 개새꺄, 방금 암이 아니라고 하더니?'

[연산 과정이니 너무 신경 쓰지 마시죠.]

'2년 차한테 대들었는데 신경을 쓰지 마?'

[자꾸 방해하지 마십쇼. 가뜩이나 느려져서 힘듭니다.]

'하…….'

수혁이 한숨을 쉬고 있는 상황에서도 바루다의 말은 계속해서 이어졌다.

[안에 괴사한 병변도 가지고 있고, 조영제로 인해 음영이 중

강되는 정도도 다양합니다.]

'그게 암의 특성 아니냐?'

[공부시킨 보람이 있군요.]

'이 새꺄…….'

암이 아니라고 할 때는 그렇게 자신감이 넘치더니 막상 다른 질환명을 대라니까 주야장천 암의 특성만 대고 있었다. 황선우가 자신을 잡아먹을 듯한 기세로 노려보고 있음을 명확히 느끼고 있는 수혁으로서는 속이 탈 수밖에 없었다. 바루다도 느끼고 있을는지는 모를 일이긴 했지만.

[게다가 환자의 골반 부위를 보십시오.]

'골반……?'

거긴 증상과 별 상관이 없는 곳인데 하고 내려다봤더니 자궁 내에 뭔가 이물질이 있었다.

[자궁 내 피임 장치입니다.]

'IUD. 이게 뭐 어쨌다고?'

[여기까지 했는데도 답을 모르는 걸 보면 역시 아직 멀었습니다.]

바루다의 어조에는 여전히 자신이 넘쳐흐르고 있었다.

'뭔 소리야?'

[CT에서 암과 유사한 특성을 보이지만, 암이 아닌 감염 질환. 그러면서도 IUD와 연관이 되어 있는 질환. 이쯤 되면 아서

야 하는 거 아닙니까? 어깨 위에 그건 설마 저를 들고 다니기 위해 보관하고 계신 겁니까?]

'이…….'

수혁은 발끈 화를 내려다 말고, 이내 입을 벌렸다. 순간, 수혁의 머릿속을 섬광처럼 스치고 지나가는 진단명이 있었다.

"아. 액티노마이코시스(actinomycosis)……."

바루다 덕에 상당히 방대한 지식을 쌓아 낸 수혁이 희한한 병명 하나를 내뱉었다. 적어도 바루다를 알기 전에는 전혀 알지 못했던 병명이었다.

[맞습니다. 방선균증. 보람이 있군요.]

동시에 바루다는 흐뭇하다는 말투로 같은 병명의 한글 이름을 말해 주었고 2년 차 황선우는 인상을 잔뜩 찌푸렸다.

'뭔 병이여, 이건 또……. 액티…… 뭐?'

2년 차라고 해 봐야 이제 겨우 3월 아닌가. 당장 몇 주 전까지만 해도 1년 차였다는 소리였다. 내과 1년 차로서는 주어진 일만 해도 시간이 모자라기 마련이었다. 때문에 정말 어지간히 부지런하거나, 어지간히 똑똑하지 않으면 방대한 양의 지식을 쌓긴 어려웠다. 불행히도 황선우는 전자에도 후자에도 해당하지 않았다. 하루하루 겨우 버티고 또 버터서 2년 차가 되었으니까. 때문에 황신우는 2년 차가 되기 위해 꼭 필요한 지식 정도만 쌓은 수준에 머물러 있었다.

'하……. 이 새끼……. 다른 새끼면 그냥 윽박질러서 꺼지라고 할 텐데.'

황선우는 무척 곤란하다는 얼굴로 수혁을 돌아보았다.

'이 자식 백이 원장이랑 과장이라 이거지……. 하…….'

황선우가 딱히 교수에 미련이 있는 타입은 아니었다. 그저 전문의만 딱 따고 나면 나갈 생각만 간절했다. 그에게 태화의료원은 교육 기관이 아니라 감옥같이 느껴졌으니까.

하지만 그렇다고 해서 교수들과 척을 져도 된다는 얘기는 결코 아니었다. 그랬다간 일단 남은 2년이 죽도록 괴로워질 것이 뻔하지 않은가. 더구나 나갈 때 취직자리를 알아봐 주기는커녕 방해할 수도 있었다. 교수들이란 자리를 알아봐 줄 수는 없어도, 방해할 수는 있는 힘을 가지고 있었다.

'그렇다고 모르는 걸…… 어떻게 노티하냐고.'

액티노마이코시스라는 병명이 뭔지는 몰라도, 그 병명이 어떤 감염병을 가리킨다는 건 알고 있었다. '마이코시스'란 진균증을 지칭하는 단어였으니까. 즉 앞에 붙은 액티노는 진균의 종류를 말하는 것일 터였다.

그 말은 곧 지금 노티해야 할 대상이 감염내과 교수이자 현 내과 과장인 신현태란 얘기가 되었다.

"저……."

그렇게 한참 후달리고 있으려니, 수혁이 재차 입을 열었다.

무척 조심스러워하는 표정이었는데, 그래서 더 얄미웠다. 딱히 안 조심해도 건드릴 방법이 없었으니까.

'웬일로 정강이를 안 찬대?'

수혁은 오들오들 떨고 있었다. 지금도 정말이지 있는 용기, 없는 용기 죄다 끌어다 입을 연 참이었다.

"왜?"

"그……. 신현태 교수님께서요."

"어, 과장님. 왜."

황선우는 드디어 이놈이 둘의 친분 관계를 털어놓는 건가 싶은 얼굴이 되었다.

'그러니까 건드리지 말라는 말을 하려나? 그래, 차라리 그래라. 그게 속 시원하겠다.'

치졸한 인간답게 치졸한 생각을 하고 있는 동안 수혁이 말을 이었다.

"노티 직접 하라고 하셨었거든요. 감염내과 관련한 거는."

"어?"

황선우는 수혁이 자신의 생각보다 더 로열일지도 모르겠다는 생각이 들었다. 교수가 1년 차 노티를 직접 받아? 그것도 3월에? 입에서 튀어나오는 말 중에 헛소리가 절반을 넘는 시점이거늘. 이건 미쳤다는 말밖에 나오지 않는 일이었다.

'시발. 진짜 숨겨 둔 자식이라도 되는 거야, 뭐야.'

잠시 뿌리 깊은 열등감이 밑바닥에서부터 치고 올라왔지만, 이내 차라리 잘된 거 아닌가 하는 생각이 들었다. 어찌 되었건 이 까다로운, 어쩌면 정신 나간 듯한 노티를 수혁에게 떠넘길 수 있게 되었으니까.

"그래?"

"네, 선생님."

"흠."

수혁은 짐짓 곤란하다는 표정을 짓고 있는 황선우를 바라보았다. 워낙 학창 시절부터 다양한 아르바이트와 다양한 가정집에서 과외를 해 왔던 그가 아닌가. 척하면 척이었다.

"선생님은 지금 중환자실 환자 보고 계신다고 하고, 전화를 드리면 될까요?"

가려운 부분을 긁어 주는 듯한 발언이었다. 황선우는 자신의 기쁨을 너무 티 내지 않도록 노력하며 고개를 끄덕였다.

"그, 그래……. 뭐, 그렇게 해."

"네, 선생님. 감사합니다."

수혁은 별로 감사할 만한 일도 없지만, 습관처럼 감사하다고 말하곤 전화기를 빼 들었다.

부우웅. 이제 막 9홀을 마치고 그늘집 안으로 들어서던 신현태 과장의 바지 뒷주머니에서 핸드폰이 울리기 시작했다.

"야, 너는 골프 칠 때 폰 좀 끄라니까."

그걸 확인한 원장이 그를 타박했다. 지금이야 그늘집에 들어왔으니 망정이지, 만약 드라이버라도 치려는 순간에 진동이 울렸다면 어떻게 되겠는가. 비매너도 그런 비매너가 없었다.

"대학 병원 의사가 폰을 어떻게 끕니까? 게다가 나 오늘 원외 당직이라고."

"원외 당직? 원장이랑 골프 약속이 있는 날, 원외 당직?"

"원장은 무슨. 선후배로 온 거지. 안 그래요, 김 교수?"

신현태 과장은 너스레를 떨며 옆에 선 김진실 교수를 바라보았다. 올해 막 태화의료원 영상의학과 복부 파트 전임 교수를 달게 된 그녀는 약간은 당황한 듯한 얼굴로 고개를 끄덕였다. 신현태 과장한테야 이현종 원장이 그저 선배로 보일 수도 있겠지만, 아직 새파랗게 어린 그녀에게는 하늘같이 위였기 때문이었다.

다행히 신 과장은 눈치가 제법 있는 사람이었다.

"어? 이수혁이네?"

곧 전화를 받음으로써 김진실에게 집중되었던 신경을 분산시켰다.

"이수혁? 이 새끼는 골프 치는데 전화를 해?"

당연하게도 이현종 원장은 이수혁이란 이름에 발작하듯 반응했다. 그러면서도 귀를 핸드폰에 바짝 들이댔는데, 혹시 누굴 쑤신 건 아닌가 하는 걱정 때문이었다.

"아, 교수님. 1년 차 이수혁입니다. 응급실로 내원한 환자 때문에 전화를 드렸습니다. 혹시 통화 괜찮으신지요?"

하지만 수화기 너머 들려오는 수혁의 목소리는 부드러웠고, 말투 또한 예의 바르기 그지없었다. 도저히 정신 나간 사람이라고 보기는 좀 어려웠다.

"어, 그래. 어차피…… 지금부터 한 30분은 할 거 없어. 쉬었다 갈 거죠?"

신현태 과장은 캐디에게 안내받은 빈자리에 대충 뭉개고 앉으면서 사방을 돌아보았다. 김진실 교수야 선택권이 없는 사람이었으니, 원장의 허락만 받으면 되었다.

"그래, 마음대로 해라. 아침 안 먹고 나와서 어차피 출출하긴 했어."

그리고 그 원장은 대강 고개를 내저은 후, 메뉴를 뒤적이고 있었다.

"어, 얘기해 봐."

신현태 과장은 한결 편해진 얼굴로 수혁의 노티를 허락했다. 수혁은 잠시 목을 가다듬고는 본격적인 노티를 시작했다.

"네, 교수님. 45세 여환, 한 달 전부터 계속된 복부 팽만감 및

10kg의 체중 감소를 주소로 타 병원 내원하여 시행한 검진상 우측 대장(상행결장) 주변 덩이 보며 본원 응급실로 전원되었습니다."

"으음……. 체중 감소에 대장 근처 덩이?"

대번에 신현태 과장의 얼굴에 의아함이 번져 나갔다. 동시에 이현종 원장의 얼굴엔 어떤 확신이 번졌다.

"거봐, 또라이 맞지? 암 환자를 왜 너한테 노티하냐고."

물론 원장의 목소리가 수혁에게 닿지는 않았다. 덕분에 수혁은 계속, 하고자 했던 말을 이어 나갈 수 있었다.

"네, 교수님. CT상 아이씨 밸브(IC valve, 소장과 대장의 연결 부위) 근처에 대략 5cm가량의 메스가 5개 정도 관찰됩니다. 모든 메스는 융합되어 있습니다."

"대장암…… 아니니?"

아직 수혁이 천재이길 바라는 신 과장이 조금 조심스러운 목소리로 물었다. 그러자 수혁은 딱 그 말을 기다리고 있었다는 듯 급하게 대꾸했다.

"대장암이라고 하기엔 장 폐색 소견이 없습니다. 환자가 호소하는 증상도 변비이지, 변을 아예 못 보진 않았다고 합니다."

"흐음……. 5cm가 넘어가는 메스가 융합까지 됐는데 폐색이 없어?"

그제야 신 과장은 다소 안심했다는 얼굴로 핸드폰을 고쳐 쥐었다. 시큰둥한 얼굴로 음식이나 기다리고 있던 원장 또한 마찬가지였다.

"네, 교수님. 만약 대장암이라면 이만한 크기에서 반드시 폐색을 동반했어야 합니다."

"흐음. 그럼 뭘 의심하고 있지? 우리 수혁이는?"

딱 부러지는 말에 신 과장은 다른 3년 차들이 들었다면 기함이라도 할 만한 호칭으로 수혁을 불렀다. 우리 수혁이라니. 아마 이 사람이 미쳤나 싶을 터였다. 원장도 그랬다.

"돌았어?"

하지만 신 과장은 그저 희미한 미소를 지은 채 수혁의 답변을 기다릴 따름이었다. 심지어 스피커폰으로 돌려 버렸다.

"일단 들어나 보자고요. 이거 스피커폰이니까 실수하지 마시고."

"에이."

스피커폰으로 변경되었다는 사실을 알 리 없는 수혁은 예의 그 또랑또랑한 어조로 노티를 이어 나갔다.

"CT상 메스의 마진은 불규칙하며 일부 복벽을 침범하고 있습니다. 조영제에 의한 조영 증강 또한 다양한 모습을 보이고 있으며 융합하는 모양새를 보이고 있습니다."

딱 암에 해당하는 소견이라고 보면 되었다.

"하지만 폐색은 없으며, 또 다른 특이 사항으로는 자궁 내 피임 장치가 삽입되어 있습니다."

자궁 내 피임 장치. 일명 IUD. 안전한 피임 장치 중 하나라고 알려져 있지만, 합병증이 전혀 없는 건 또 아니었다.

경험 많은 내과 의사인 신현태 과장과 이현종 원장, 그리고 복부 파트의 떠오르는 샛별 김진실 교수는 여기까지 듣고 나자 한 가지 질환명을 떠올릴 수 있었다. 그리고 그 진단명은 수혁이 언급한 것과 정확히 같았다.

"위 소견을 종합해 보면 액티노마이코시스를 의심할 수 있겠습니다."

"허……."

그 말에 놀란 원장이 스피커폰이라는 사실도 잊고 탄식을 내뱉었다. 대체 1년 차 중에 아니, 3년 차까지 통틀어서 액티노마이코시스를 진단해 낼 수 있는 녀석이 몇이나 있을까.

'없을 거 같은데…….'

그렇다면 정말 천재일까? 과장이야 홀랑 넘어가서 함박웃음을 짓고 있지만 이쪽은 원장이었다. 무려 한국에서 가장 손꼽는다고 할 수 있는 태화대학교 의과대학의 원장.

"사진. 사진 보내 봐."

수혁도 이런 천재일우의 기회를 그냥 넘어갈 수는 없었다. 익숙지 않은 목소리가 들려와서 놀란 수혁이 되물어 왔다.

"누, 누구십니까?"

"원장이야, 원장. CT 사진, 방금 말한 그…… 아이씨 밸브 근처 찍어서 보내 봐."

"아, 네. 교수님."

과장한테만 어필해도 대박인데, 옆에 원장까지 있어서 일거양득이면 금상첨화 아니겠는가. 수혁은 쿵쾅대는 심장을 애써 부여잡고 사진을 찍었다.

[221컷, 223컷이 적당하겠습니다.]

물론 바루다의 조언을 들어 가면서였다. 그렇게 전송된 사진은 원장에 의해 바로 김진실 교수에게 보였다.

"어때, 맞는 거 같아?"

김진실 교수는 잠시 미간을 찌푸리더니, 상당히 놀랐다는 표정을 하고서 이내 고개를 끄덕였다.

입을 섣불리 떼기가 어려운지 다시 한번 머릿속으로 찬찬히 정보를 정리해 보는 듯했다.

"이 정보만 가지고서는…… 액티노마이코시스가 제일 합당해요. 얘 1년 차 맞아요? 이건…… 영상의학과 4년 차라고 해도 믿을 수준인데요?"

"허. 이거 뭐여."

원장의 입에서 탄식이 터져 나왔다. 지금 사진을 판독하고 있는 김진실 교수가 대체 누구란 말인가. 태화의료원 영상의학과 복부 파트 제일의 실력자인 이하언 교수가 자신의 수제자라고 자부하는 사람이었다. 이미 래디올로지라고 하는, 영상의학과에서 가장 큰 학술지에 논문을 세 편이나 발표하기도 했고. 이런 사람이 맞다고 하면 그냥 맞다고 보면 되었다. 원장은 수혁의 의견이 맞았다는 사실에 기함을 표했다.

"거봐요. 천재라니까? 액티노마이코시스? 이걸 진단할 수 있는 1년 차가 세상천지에 어디 있어요? 내 말 안 믿더니."

신현태는 마치 자신이 공을 세운 것처럼 원장에게 어깨를 으쓱해 보였다.

"거참……. 희한한 놈이네, 이거?"

불과 어제까지만 해도 말도 안 되는 소리라고 길길이 날뛰었던 원장이 이젠 그저 고개만 털어 대고 있었다. 그것도 감탄해 마지않는다는 얼굴로. 그가 그렇게 넋이 반쯤 나가 있는 사이, 신 과장이 핸드폰을 자기 방향으로 틀고는 입을 열었다.

"그래, 액티노마이코시스. 일리 있어. 그럼 입원시킨 후에 계획을 어떻게 짤 거야?"

이 말에 원장이 눈을 크게 뜨고 신현태를 바라보았다. 1년 차가 진단이나 제대로 했으면 될 일인데, 거기에 무려 치료 계획까지 묻느냐는 그런 얼굴이었다.

하지만 한편으로는 대체 이수혁이란 놈이 어디까지 갈 수 있나 궁금하기도 했기에, 원장은 굳이 입을 열어 둘의 대화를 방해하지는 않았다. 대신 수혁의 이어지는 말을 듣기 위해 핸드폰에 고개를 좀 더 가까이 댈 뿐이었다.

"일단……."

수혁은 추임새로 잠시 시간을 번 뒤 바루다와의 대화를 시도했다. 바루다의 목적은 뭐가 어찌 되었건 수혁을 키워 내는 데 있었기 때문에 이런 요청은 거부하는 법이 없었다. 사사건건 시비를 걸어와서 그렇지, 그야말로 아낌없이 주는 나무였다.

[약물 치료가 가능합니다. 어떤 항생제를 선택하시겠습니까?]

물론 훈련하고자 하는 목적 또한 두고 있었기에 바로바로 답을 내주진 않았다. 다행히 수혁은 바루다가 쌓아 놓은 데이터에 접근 가능했고, 병명을 알게 된 이상 치료법을 알아내는 건 그리 어려울 것이 없었다.

'페니실린 G, 아니면 아목시실린인데……. 아목시실린이 낫겠어.'

수혁은 혼자 생각하며 추측했지만 동시에 바루다의 동의를 구하고 있었다.

[굳이 부작용을 감수할 이유는 없겠죠. 좋은 선택입니다.]

수혁은 바루다의 확인이 있자마자 아목시실린에 대해 말했다. 이제 신현태 과장은 수혁에 대한 기대치가 있어서 하나하나에 다 놀라진 않았다. 그저 당연하게만 여겼다.

"그래. 그런데 안 들으면 어쩔 거야?"

대신 추가적인 질문을 던졌다. 그 말에 원장은 너무 과한 거 아닌가 하는 생각에 또다시 눈을 동그랗게 떴지만 역시나 신현태와 수혁의 대화 사이에 끼어들진 않았다. 대신 수혁에 대한 자신의 평가를 조금씩 수정하기 시작했다.

'진짜 천재일 수도 있겠네. 흠. 어쩌면 정말 그럴 수도 있겠어.'

신중한 사람이니만큼 섣부르진 않았지만.

"음……."

이미 답변이 싹 준비되어 있음에도, 수혁은 짐짓 고민하는 척을 했다. 그래야 기대감을 높일 수 있을 것 같아서였다.

"약물 치료에 반응할 확률은 90%로 알고 있습니다. 즉 10%에서는 약물에 반응을 보이지 않겠지요."

일부러 자세한 수치를 언급함으로써 깨알 지식 자랑도 보태 주었다. 당연하게도 신현태 과장의 표정은 더더욱 푸근해졌고, 원장 또한 점점 더 판단을 달리하고 있었다.

'이놈 봐라?'

수혁은 그렇게 이목을 끈 후 말을 이어 나갔다.

"그 경우에는 딱 메스가 있는 부위에 한정해서 대장 부분 절제술을 해야 할 거로 생각합니다. 또 약에 반응하지 않는 경우, 암의 가능성을 염두에 두어야 하기 때문에 수술장에서 동결 절편 검사 또한 해 봐야 한다고 생각합니다. 폐색을 일으키지 않아 가능성은 거의 없으나, 암은 놓쳐서는 안 될 질환이니 그리 해야 한다고 생각합니다."

아주 사려 깊고, 아주 자연스러운 계획이었다. 혹 진단이 빗나갔을 가능성까지 생각하고 있었으니까. 대개 경험이 적은 내과 의사들이 놓치기 쉬운 부분이라고 할 수 있었다. 전문의를 딴 사람도 아닌, 고작해야 3월에 1년 차가 할 수 있는 답은 아니었다.

"좋은데?"

신현태 과장은 아주 만족스럽다는 얼굴로 고개를 끄덕였다. 원장 또한 고개를 끄덕이고 있었다. 자신이 주치의를 맡는다고 해도 딱 지금의 수혁처럼 답변했을 것 같았으니까. 이제 겨우 1년 차가 된 녀석과 같은 의견이라고 해서 기분이 나쁘거나 하진 않았다. 그저 하염없이 대견할 따름이었다.

'정답을 말한다 이거지……. 1년 차…… 그것도 3월에. 이게 말이 되나? 어쩌다 이런 녀석이 굴러들어 온 거야?'

그의 고민은 신 과장이 수혁에게 '내 이름 앞으로 환자 입원시키고 하고 싶은 대로 다 하다가 월요일에 보자.' 하고 말한 후로도 계속되었다.

"계란말이 나왔습니다."

심지어 출출하다고 했던 주제에 음식이 나온 후에도 턱을 괸 손을 떼지 않고 있었다. 눈이 조금은 풀려 있는 것처럼 보이기도 했다. 다른 사람은 몰라도 신현태 과장은 원장이 이럴 땐 안 건드리는 게 상책이라는 것을 아주 잘 알았다. 무언가 아주 중요한 생각 중인 것이 분명했다.

'전에는 이러다가 갑자기 논문 뚝딱 썼지. 괜히 천재가 아니야.'

내과 중에서도 순환기내과 교수인 이현종 원장의 별명은 다름 아닌 '월드 스타'였다. 평소 약간 나사 빠진 듯한 언행을 보임에도 불구하고 그가 원장이 될 수 있었던 이유이기도 했다. 그가 이 커다란 태화의료원 전체를 통틀어서 단둘뿐인 석좌 교수인 이유이기도 했고.

'그때 쓴 앱스트랙트(abstract, 초록)가 아마 하행 관상동맥도 스텐트 시술이 가능하다 뭐 이런 내용이었던 거 같은데. 진짜 어이없는 일이지.'

그때까지만 해도 전 세계가 하행 관상동맥이 막혔을 땐 무조건 가슴을 열어서 수술해야 한다고 굳게 믿고 있을 때였다. 비단 대한민국뿐만 아니라, 그야말로 전 세계가 그렇게 믿고 있었다. 그걸 눈앞에 있는 이현종 원장이 뒤집어엎어 버린 것이었다. 그 논문으로 이 원장은 일약 스타가 되었고, 수많은 교과서를 전부 바꿔 치워 버리고야 말았다. 신현태 과장은 원장을 고대로 두고 계란말이를 반절로 툭 잘라서 김진실 교수에게 건넸다.

"거긴 뭐 수혁이처럼 괴물 같은 1년 차 없어요?"

어색하지 않기 위해 질문까지 던지면서였다.

"아뇨, 뭐······. 말 안 듣는 애들은 수두룩하죠."

그 말에 김 교수는 허허 웃으며 고개를 저어 댔다. 영상의학과가 인기 과이니만큼 똑똑한 친구들이 많이 들어오고 있긴 했지만, 방금 통화했던 수혁처럼 어떤 '수준'을 넘어서는 녀석들은 없었다. 그녀는 잠시 계란말이를 뒤적거리는가 싶더니 좀 아쉬웠는지 손을 들어 막걸리를 시켰다.

"교수님도 드실래요?"

"아, 아뇨. 전 술 마시면 공을 못 맞혀서."

"알겠습니다."

보통 혼자 술을 먹게 되면 그만두는 법이거늘, 김진실 교수는 그대로 막걸리를 시키더니 단숨에 비워 나가기 시작했다.

'학생 때 잘못 걸리면 뼈도 못 추렸다고 하더니 이런 거였나.'

본래 술을 잘 마시지도 않고, 즐기지도 않는 신현태 교수는 자기가 학번이 위라는 것에 감사를 느끼며 계란말이를 먹어 치웠다.

그렇게 맛이 있는 음식은 아니었지만 그늘집들이 으레 그러하듯 깨알만 한 계란말이 하나에 2만 원이 훌쩍 넘었다. 딱히 이런 걸 아껴야 하는 집안 형편인 적은 없었지만 그래도 꾸역꾸역 먹었다.

"흠."

원장이 마침내 턱을 괸 손을 뗀 것은 신 과장이 계란말이를 다 먹고, 만 원짜리 맛대가리 없는 아이스커피까지 쪽쪽 빨고 있을 무렵이었다.

"선배, 이제 대강 일어납시다. 공 쳐야지."

신 과장은 원장의 어깨를 치고는 무료한 얼굴로 기다리고 있던 캐디를 바라보았다. 캐디가 말없이 카트로 이동하려는데, 원장이 고개를 저었다.

"너는 그깟 공이 중요하냐? 지금 우리 과에 어? 보기 드문 인재가 하나 들어왔는데."

"뭔 소리예요, 갑자기. 어제는 또라이라며."

"근데 오늘 보니까 아니잖아."

"어? 뭉개지 말고. 일어나요."

그러곤 자신의 팔을 잡아끄는 신현태 과장을 애써 무시하며 자리에 다시 털썩 주저앉았다. 그 모습을 본 신 과장의 얼굴이 아주 묘하게 변했다.

"와……. 진짜……. 설마 이거 내기 질까 봐 이러는 건가?"

김진실이야 꼽사리로 쳐주었지만, 이 둘은 태화의료원 내에서 둘째가라면 서러울 정도로 대단한 실력자들이었다. 준프로 얘기 들을 수 있는 싱글 유저이니 말 다 한 셈 아니겠는가. 으레 실력자들의 골프가 그러하듯 돈이 오가기 마련이었다.

"야, 말이 되는 소리를 해라. 내가 그깟 내기 때문에 이러겠어?"

"그럼 대체 왜 이러는데. 빨리 치러 가야지! 이러다 뒤 팀 오면 밀려요!"

"이 새끼는 돈만 걸리면 꼭 존댓말이랑 반말 섞어 쓰더라? 인마, 내가 원장이야!"

"와……. 내기 골프 파투 내는 게 무슨 원장이야."

"이놈아. 그런 게 아니라니까? 수혁이 그 친구."

"이수혁 핑계 대지 말고."

"아니, 아니. 잠깐 앉아 봐. 진짜 중요한 얘기야."

"중요한 얘기는 개뿔……."

신 과장은 그렇게 툴툴대면서도 일단 원장의 맞은편에 앉았다. 지위와 관계없이 이현종은 신현태가 제일 좋아하는 사람 중 하나였기에 그러했다.

"뭔데요."

"이번에…… 증례 토의 있지? 태화 월말 증례 토의."

태화 월말 증례 토의란 일종의 학회 비슷한 것이라고 보면 되었다. 비단 태화의료원 내과 교실만 참가하는 게 아니라 근처 모든 내과 교실에서 참가하기 때문이었다. 토의라기보다는 거의 강의에 가까운 성격을 띠고 있었다.

"있죠. 어……. 설마?"

"그거 발표 이수혁이 하면 어때?"

"네?"

신현태는 이게 당연히 농담이라고 여겼다. 그도 그럴 것이 증례 토의 발표는 최하 3년 차, 보통은 펠로우가 맡아 왔기 때문이었다.

"뭘 그렇게 놀라? 네가 먼저 얘기했었잖아."

"그맨……. 그땐 선배가 안 될 거라고 할 줄 알았으니까 한 거고."

"아냐. 아냐. 할 수 있을 거 같아. 이런 애는 잘 키워야지."

"어……. 진지하시네, 이 형."

"그래. 내가 그…… 다른 병원 과장들한테는 연락할게."

이현종 원장은 그렇게 말한 후, 뭔가 아주 급한 일이라도 생긴 사람처럼 후다닥 몸을 일으켰다. 멍하니 있던 신 과장은 이 원장이 그늘집을 빠져나간 후에야 무슨 일이 벌어졌는지 깨달았다.

"어, 어디 가요! 내기는 끝까지 해야지!"

"내기가 중요해? 공놀이가 중하니? 네가 그러니까 인마, 아직도 NEJM(뉴잉글랜드 저널 오브 메디신, 세계 최고의 의학 학술지 중 하나)에 논문 못 실은 거야."

"왜 남의 아픈 곳은 후벼 파는데! 일단 서 봐요! 야!"

"월요일에 보자."

"야! 이현종! 이 새꺄!"

발표까지?

태화 월말 증례 토의.

"와……. 이건……. 이건 대박인데."

수혁은 이현종 원장에게서 증례 토의 발표를 하라는 얘기를 듣고 난 이후 계속 비슷한 단어만 반복해 대고 있는 상태에 빠져 있었다.

[미쳤습니까?]

수혁의 신체적 건강뿐 아니라 정신적 건강도 챙겨야 하는 바루다의 걱정 또한 이어지는 중이었다.

'미쳤냐고? 아니지, 인마……. 이게 뭔 뜻인지 아냐?'

[솔직히 전혀 모르겠습니다.]

'모르겠지. 깡통.'

수혁은 고개를 절레절레 저은 후, 지하 1층에 있는 대강당을 떠올렸다. 강단에 선 모습을 떠올리고 있으려니 벌써 손이 파르르 떨려 왔다. 너무 과한 거 아닌가 싶을 수도 있겠지만, 사실 이것도 꽤 덤덤한 반응이라 할 수 있었다.

 '데뷔 무대야, 이건……'

 국내에서 제일가는 병원이자, 세계 일류를 꿈꾸고 있는 태화의료원의 내과 증례 발표회. 거기서 발표된 사례는 2년에 한 번씩 '태화의료원 증례집'이란 이름으로 출간까지 되고 있었다. 매번 천 부 이상이 찍히는데 전부 완판되고 있었고. 그만큼 전국적인 신뢰를 한 몸에 받고 있는 발표회라고 보면 되었다.

 '어쩌면 춘계 학회보다도 더…… 큰 무대야.'

 물론 청중은 그보다 더 적긴 하겠지만, 온전히 수혁 혼자서 저 큰 강당에서 한 시간 넘는 발표를 감당해야 할 터였다.

 '이대로 있을 수는 없겠는데.'

 [어디 가십니까? 환자 없을 때 쉬겠다더니?]

 바루다는 갑자기 당직실 침대에서 튀어 나가는 수혁을 불렀다. 수혁은 바루다가 오직 자신 눈에만 보이는 존재란 사실을 잊은 채 손을 흔들어 댔다.

 '공부. 공부하러 갈 거야.'

 [호오.]

 '그거 하지 말랬지.'

[어쩔 수 없습니다. 지금 수혁이 보이는 행태는 아주 비일상적입니다.]

'그야……'

수혁은 바루다를 만난 이래 지금까지 자신이 보여 준 모습을 떠올렸다. 하나같이 공부하기 싫다, 환자 보기 싫다 징징거린 것뿐이었다. 물론 제법 잘 따라온 데다가, 바루다가 놓친 지점도 잘 잡아내긴 했지만, 약간은 한심하다 할 수 있었다.

'시끄러워. 공부할 거야. 렙토스피라에 대한 모든 걸 알고 발표장에 갈 거야.'

[좋은 마음가짐입니다. 응원합니다, 수혁.]

'그러니까 데이터나 잘 쌓아 두라고. 그거 꽤 도움 되니까.'

[알겠습니다.]

한낱 인공지능 주제에 감정을 내비친다는 것이 좀 이상한 일이긴 했지만, 바루다는 어쩐지 대단히 기뻐 보였다. 수혁은 '오감과 인공지능의 변화와의 연관성'과 같은, 너무 어려운 일에 대해서는 아는 것도, 별 관심도 없었다.

『Harrison's Principles of Internal Medicine(20th)』

지금은 그저 렙토스피라에 관한 생각만 가득할 따름이었다. 수혁은 의국에 꽂혀 있던 내과학 교과서 해리슨을 펴 들었다.

지금까지 무려 20판이 나온 이 전설적인 교과서는 그 내용이 판을 거듭할수록 방대해지고 있었다. 50년대에는 얇은 한 권이었던 것이 지금은 사람도 때려죽일 수 있을 만큼 두꺼운 책 두 권이 되어 있을 지경이었다. 그만큼 의학 발전이 가파르게 이루어지고 있다는 방증이었다.

[즉 교과서만 읽어서는 부족하다는 뜻입니다, 수혁.]

'흠……. 그것도 그래.'

교과서에 실렸다는 건 벌써 나온 지 몇 년 된 지식이라는 얘기였다. 이미 학계에서는 흔하디흔한 이야기가 된 지 오래인, 더 논쟁거리도 없는 그런 지식.

'그럼 뭘 보지?'

[논문이죠.]

'논문이라. 그래, 그게 좋겠어.'

[추가로 감염 질환에 대해선 CDC(미 질병관리본부)에서 매년 지침을 업데이트합니다.]

'그것도 좋네.'

질병관리본부에서 허튼소리를 떠들어 대진 않을 것 아닌가. 명색이 CDC면 그래도 세계 최고의 기구 중 하나인데. 수혁이 흡족한 기색으로 고개를 끄덕이는 동안에도 바루다의 입은 쉬지 않았다.

[NEJM의 증례 보고도 알아보는 것이 좋겠습니다.]

'아……. 거기 증례도 있어?'

[물론입니다. 어지간히 공부하지 않으신 모양입니다.]

'이제 고작 인턴 마치고 1년 차 됐는데, 증례를 언제 보고 앉았어!'

[제 이전 데이터 입력 담당자였던 신현태 감염내과 교수, 이현종 순환기내과 교수는 학생 때부터 증례를 봤다고 진술한 바 있습니다.]

'그……. 그…….'

수혁은 '그 사람들은 태화의료원 교수까지 된 사람이고!'라고 외치려다 말았다. 생각해 보니 지금 자신의 목표가 그 둘이지 않은가. 아니, 세계 최고를 꿈꾸고 있었으니 어쩌면 그 둘보다 더 위에 있다고 봐야 했다.

[수혁. 수혁은 이현종, 신현태보다 더 뛰어난 내과 의사가 되어야 합니다.]

'하아.'

[할 수 있습니다. 제가 있으니까.]

'그야…….'

[그리고 그렇게 되면 부와 명예는 따라올 겁니다.]

'그렇지. 그래. 맞아.'

수혁은 자신의 왼쪽 다리를 내려다보았다. 지팡이를 짚으면 별문제 없이 걸을 수 있는 수준이긴 했지만, 어찌 되었건 절름발이가 되어 있었다. 가뜩이나 고아인데 장애까지 생기다니. 이대로 그냥 나가면 취직도 못 할 가능성이 있었다. 취직은 하더라도 후려치기 당할 건 뻔할 뻔 자였고, 그렇다면 여기서 살아남아야 했다. 바루다만 있어 준다면 가능해 보였다.

'알았어. 자료 있는 곳만 다 대 봐.'

[좋습니다. 좋은 자세입니다.]

바루다는 다행히 아예 모든 데이터를 날려 먹은 건 아닌 모양이었다. 의학 지식이야 거의 다 날아가긴 했지만, 그 의학 지식을 어떻게 습득하고 수집했는지는 대강은 알고 있었다. 덕분에 수혁은 상당히 수월하게 '렙토스피라'라고 하는, 흔하지만은 않은 균에 대한 지식을 탐색하고 습득할 수 있었다.

〃〃〃

"준비 잘했지?"

신현태 과장은 강단 옆에 선 채 심호흡을 하고 있던 수혁의 등을 두드려 주며 물었다. 보통 증례 토의가 됐건, 다른 학회장이 됐건 첫 발표 전에는 떨기 마련이거늘, 수혁에게선 그런 기미가 전혀 보이지 않았다.

[베타 블로커를 미리 먹어 두길 잘했습니다.]

'그러게. 이거 진짜 안 떨리네.'

그가 다른 사람들보다 유의히게 대담해서는 아니었다. 그저 약발이었는데, 내막을 알 리 없는 신현태 과장의 눈에는 그저 대단하게만 보일 뿐이었다.

"네, 교수님. 완벽합니다."

"완벽이라."

다른 녀석이 발표 앞두고 이런 말을 했다면 두들겨 팼을지도 몰랐다. 하지만 수혁이라면 인정할 수밖에 없었다.

'이 녀석……. 진짜 대단하지.'

진단만 잘하는 게 아니라 치료도 제법 훌륭했다. 검사만 내고 그 결과가 뭘 말하는 건지 모르는 녀석들이 태반인데, 수혁은 검사를 낼 때도 반드시 이유가 있었고, 그 결과에 대한 해석 또한 완벽했다. 그 덕에 렙토스피라에 의한 무균성 뇌수막염까지 왔던 박기태 환자도 별 무리 없이 퇴원할 수 있었다.

"그래, 잘할 거라고 믿는다."

신현태 과장은 수혁의 어깨를 두드려 주고는 단상 위에 올랐다. 연사 자리에 서지는 않고, 그 옆에 마련된 좌장 자리로 향했.

의자에 앉은 그는 앞에 놓인 마이크를 톡톡 두드리고는 잠시 강당 내부를 돌아보았다. 태화의료원 내과 과장 신현태가 그렇게 보고 있는데 감히 입을 열 수 있는 간 큰 사람은 존재하지 않았다.

"자, 그럼 제121회 태화 내과 증례 발표회를 시작하겠습니다. 발표자는 태화의료원 내과학 교실 전공의 1년 차 이수혁 선생이 맡도록 하겠습니다. 박수로 맞아 주시면 감사하겠습니다."

이미 이현종 원장이 각 병원에 전달한 참이었지만 역시나 강당 전체가 술렁거렸다. 대학 병원이라는 곳은 워낙 바쁜 곳이라 아주 중요한 일이 아니면 잘 전달이 안 되는 경우가 태반이었기 때문이었다.

"1년 차? 펠로우?"

"전공의라는데?"

"아니, 그럼 지금 우리더러 1년 차 강의를 들으란 거야?"

"아무리 태화의료원이라지만 좀 너무한데?"

불평불만이 가득한 가운데 수혁이 천천히 강단 위로 올라갔다. 타닥. 타닥. 지팡이로 바닥을 짚어 가면서. 조금 의외의 모습이었던지, 장내는 다시 조용해졌다. 수혁은 씁쓸한 미소를 짓고는 고개를 숙였다.

"안녕하십니까. 방금 소개받은 태화의료원 내과 1년 차 이수혁입니다."

하지만 주눅이 들진 않았다.

[연습한 대로만 하면 됩니다. 발표 준비는 완벽합니다.]

바루다의 말마따나 그는 완벽했으니까.

"오늘 제가 발표할 증례는, 원인을 알 수 없는 열로 응급실에 내원한 남자 40세 환자입니다."

수혁은 담담하게 말을 이어 나가며 화면을 넘겼다.

"다음은 내원 당시 시행했던 혈액 검사 결과입니다. 당시에는 특별한 언급을 하지 않았으나 빌리루빈이 약간 증가해 있어, 황달 초기임을 시사하고 있었습니다. 그 외에는 세균 감염을 시사하는 것 말고는 특이 사항은 없었습니다."

화면은 계속해서 넘어갔고, 수혁의 발표도 계속되었다. 진단은 어떻게 했는지, 치료는 어떻게 했는지. 중간에 발생한 뇌수막염에 대한 의심은 어떻게 했고, 그에 대한 진단은 또 어떻게 했는지. 전혀 막힘이 없이, 마치 물 흐르는 듯한 발표였다.

"역시 천재다, 천재."

그 모습을 보고 있던 이현종 원장이 무척 흡족한 얼굴로 신현태 과장을 돌아보았다. 과장 또한 비슷한 얼굴이었지만, 약간은 걱정이 묻어나고 있었다.

"발표야 잘해야죠. 실제로 치료를 완벽하게 했는데."

"근데 뭐가 문제야."

"질문 시간이 있잖아요."

"아……. 그렇지. 설마 안국태 그 새끼 왔어?"

이현종 원장은 불안하다는 얼굴로 뒤를 돌아보았다. 그러자 신 과장이 한쪽 구석을 말없이 가리켰다. 그의 손가락 끝을 확인한 이현종 원장의 얼굴이 찌푸려졌다.

"아, 저 새끼 왔네, 변태 같은 놈."

안국태 교수는 칠성병원 감염내과 교수로, 신현태와 이현종 사이의 연배였다. 그렇게 나쁜 인간은 아닌데, 유독 전공의 발표 시간에는 악마로 돌변하는 위인이었다. 기어코 모르겠다는 말을 듣고 싶은 건지 뭔지, 진땀을 뺄 때까지 질문을 늘어놓는 것으로 유명했다.

"명단에는 없어서 수혁이한테 미리 전달은 못 했어요."

"야, 너는 일 처리를……."

"그럼 어째요. 그냥 왔다는데. 가라고 해요?"

"에이……."

둘이 씁쓸한 얼굴로 고개를 저어 댈 때쯤, 수혁의 발표가 끝이 났다. 스스로 만족했는지 표정이 아주 밝았다.

"감사합니다. 이것으로 증례 발표를 마치겠습니다. 혹시 질문 있으신 분 계신가요?"

수혁은 처음 시작할 때보다도 더 자신감 넘치는 목소리로 이렇게 물었고, 안국태 교수가 기다렸다는 듯이 손을 들었다.

'1년 차 발표가 이렇게 부드럽게 끝나면 안 되지.'

잘하긴 했지만 역시 호된 맛을 봐야 한다는 생각을 하면서였다.

"여기."

"아, 네. 교수님."

"나 칠성병원 안국태고."

일단 반말이었다. 보통 이렇게 시작하면 전공의는 쫄기 마련이었다.

[싸가지가 없네요.]

'미친놈아, 교수님한테.'

[무슨 상관관계가 있습니까? 교수랑 싸가지랑.]

'그……'

하지만 혼자가 아닌 수혁에게는 별 소용이 없었다. 멀쩡해 보이는 그의 모습에 살짝 자존심이 상한 안국태 교수는 고개를 한 번 갸웃하고는 재차 말을 이었다.

"치료는 잘했어. 진단도 잘했고. 근데 지정의가 신현태 교수더라고? 그냥 신 교수 처방 따라간 거 발표만 한 건 아닌가? 뭐 이런 생각이 들어서 말이야. 정말 렙토스피라에 대해 잘 알고 있나 질문 좀 하자."

이 말을 들은 신현태 교수가 이마를 짚었다. 증례가 아니라 질환에 관한 질문을 하겠다는 건 그냥 이수혁을 박살 내려는 것으로밖에 느껴지지 않았으니까.

'이따 술이나 한잔 사 주면서 위로해 줘야겠구만……'

반면 이수혁과 바루다는 들떠 있었다. 그의 머릿속에는 현존하는 렙토스피라에 대한 거의 모든 지식이 담겨 있었으니까.

'와라.'

"우선 렙토스피라랑 감별해야 할 질환이 뭐가 있지? 증상별로 다 말해 봐."

안국태가 던지는 첫 질문부터 꽤 묵직한 편이었다. 단답형으로 대답할 수 있는 종류의 질문이 아니지 않은가. 솔직히 어엿

한 전문의라 해도, 해당 분야에서 계속 일해 오지 않은 이상에는 대답하기 쉽진 않을 터였다.

낭연하게도 좌장 자리에 있던 신현태 과장과 이현종 원장의 얼굴이 썩어 들어 갔다. 이 위치에서는 수혁의 얼굴이나 표정이 보이지 않았지만, 지금 어떨지 알 것 같았다. 그래서 원장은 신 과장에서 심심한 위로의 말을 미리 건네기로 했다.

"야, 이따 양주 줘라. 위로 좀 하면서. 나도 그럴게."

"알았어요……. 하……. 저 인간은 진짜……. 자기도 발표 잘 못하면서 저래."

해서 둘은 벌써 어떤 방법으로 위로를 하면 좋을지에 대해 심도 있는 논의를 해 대기 시작했다. 그건 딱 수혁이 입을 열기 전까지 이어졌다.

"네, 교수님. 우선 급성 발열에 대해서는 말라리아와 뎅기열이 있겠습니다. 하지만 두 질환 모두 환자와는 딱히 지역적 연관성을 보이지 않으니 배제할 수 있습니다."

막힘없이 술술 답을 이어 나가는 모습에 좌중이 한 번 술렁였다.

"음?"

"황달, 신부전, 출혈 성향 등은 간염, 장티푸스, 리케차, 한탄 바이러스 등과 감별이 필요합니다. 간염은 첫 혈액 검사에서 음성으로 나왔으니 감별 가능하며 장티푸스는 위장관계 증상이 없어 감별 가능합니다. 리케차는 진드기에 물린 흔적이 없었으며, 한탄 바이러스는 유행 시기가 다릅니다."

"쟤 봐라, 쟤."

그야말로 막힘이 없는 답변이었다. 이현종 원장은 자신이 지금 좌장 자리에 앉아 있다는 사실도 잊은 채 수혁을 향해 손가락을 휘둘러 댔다. 그나마 신현태 과장이 있어서 망정이지 그렇지 않았다면 뛰쳐나갔을지도 몰랐다. '어이구, 내 새끼.' 하는 말을 내뱉을 만한, 그런 얼굴이었다. 그만큼이나 놀란 상황이었다.

"가만히 좀 있어요. 가만히. 애도 아니고 대체 왜 이래?"

"지금 그러게 생겼어? 쟤 답 못 들었냐? 어쩜 저리 똑 부러지냐……. 꼭 나 어렸을 때 보는 거 같아."

원장은 수혁을 향한 애정을 인정하기로 마음먹었다.

"또라이라고 해 놓고선? 좀 잘하니까 자기 닮았대. 양심 어디 갔어요?"

"그야 요새도 가끔 허공 보고 속삭인다며. 그래서 그랬지. 근데 이건……. 이건 천재야. 천재라고!"

"조용히 좀 해요. 솔직히 나도 놀랐으니까."

지금 수혁의 답은 그가 방금 열거한 질환들도 아주 잘 숙지하고 있어야 해낼 수 있는 답이었다. 1년 차가 저 많은 질환을 딱딱 알고 있다고? 그것도 이 많은 사람 앞에서 술술 얘기할 수 있을 정도로? 신 과장은 어쩌면 수혁이 자기 생각보다도 더 뛰어날 수도 있겠단 생각이 들었다.

물론 질문을 던진 안국태 교수의 마음에는 들지 않았다. 아니, 그 정도가 아니라 괘씸하게까지 느껴졌다. 좀 모르는 척도 하고 그럴 것이지, 또박또박 대답하는 게 마음에 쏙 들지는 않았기 때문이었다.

"그, 그래. 음."

하지만 놀란 건 그 또한 마찬가지였던지라 바로 촌철살인 하는 다른 질문을 던지진 못했다.

"그래, 그래. 질문이 너무 쉬웠지."

안국태는 졸렬한 말을 해 대며 질문하기에 앞서 잠시 시간을 벌었다.

반면 수혁은 그야말로 여유가 넘치는 얼굴이었다. 적어도 렙토스피라에 대해서라면 종일 질문을 받아도 자신이 있었으니까. 읽으면 읽는 대로 딱딱 저장되는 그로서는 어려울 것이 전혀 없는 일이었다.

안국태는 수혁의 자신만만한 얼굴이 제발 일그러지기를 바라며 재차 입을 열었다.

"방금……. 웨일즈 신드롬이라고 했지? 환자."

"네, 교수님."

"웨일즈 신드롬의 특징이 뭐지? 말해 봐."

"웨일즈 신드롬의 다른 이름이 황달성 렙토스피라입니다. 그러니 황달이 가장 큰 특징입니다."

술술 답하는 수혁을 보며 놀라고 있는 사람은 비단 이현종이나 신현태 교수뿐만이 아니었다. 처음 이수혁이 증례 토의 발표를 맡게 되었다고 했을 때 분개했던 다른 레지던트 3년 차나 펠로우들 또한 마찬가지였다.

'로열이라더니……. 신 과장님한테 과외를 받은 건가? 그렇지 않고서야.'

대개 이 비슷한 생각을 해 대면서 수혁을 바라보고 있었다. 몇몇은 수군거리기도 했다.

"1년 차? 완전 물건 하나 들어왔네."

"해리슨을 씹어 먹은 거야 뭐야."

"모르는 게 없어."

본의 아니게 수혁의 얼굴에 본격적인 금칠을 해 주게 된 안국태 교수의 얼굴이 붉게 달아올랐다. 그 누구도 그에게 '1년 차 기죽이기' 같은 걸 해 달라고 한 적이 없건만, 스스로 불타오르고 있었다.

"황달뿐이야?"

어딘지 모르게 화난 듯한 목소리가 들려왔다. 표정이나 손짓 또한 그의 감정을 극명히 드러내고 있었다. 하지만 수혁은 쫄지 않았다.

[설마 답변 못 하진 않겠죠?]

'이것도 모르겠냐.'

모르는 게 없으니 당연한 일이었다.

"아닙니다. 일반적인 렙토스피라 감염증에 비해 출혈 성향이 두드러지게 나타납니다. 점상 출혈, 코피 등이 흔하게 나타납니다. 방금 발표한 신장 기능이 떨어지는 경우도 있으며 이 때문에 사망에 이르는 경우도 많이 있습니다."

"음……. 그래, 그럼 웨일즈 증후군이 가장 심각한 형태인가?"

안국태 교수는 이제 흡사 수혁이 틀리기만을 기도하는 것처럼 보일 지경이었다. '제발 몰라라, 답하지 마라.'라고 하는 심정이 강당 전체에 다 느껴질 정도였다. 실제로 안국태는 속으로 무슨 신이라도 좋으니 들어 달라고 기도하는 중이었다. 하지만 수혁은 전혀 물러섬이 없었다.

"아닙니다. 렙토스피라에 의한 중증 폐출혈 증후군이 있습니다. 사망률이 50%까지 보고되는 아주 심각한 형태의 감염입니다."

"끄응."

심각한 만큼이나 드문 형태의 감염이기도 했다. 1년에 하나 정도 보고되려나. 그런 것까지 알 줄이야. 안국태 교수의 이마에 힘줄이 돋아났다. 식은땀이 삐질삐질 흘러내렸고 손발도 차가워진 듯, 창백해 보였다. 신현태 과장은 그런 안 교수를 보며 혀를 찼다.

"이제 그만하지. 불쌍해지는데."

"그러게. 여기서 뭐 더 할 게 있나?"

이현종 교수 또한 비슷한 표정이었다. 안국태 교수가 손을 들고 질문을 던진 이래 도리어 그가 이렇게 곤경에 빠진 건 처음 같았다. 그래서일까, 지금까지 안 교수에게 당했던 이들 모두가 낄낄거리며 안국태를 바라보고 있었다. 고소해하는 시선을 느낀 그는 잠시 마른침을 삼키곤 재차 말을 이었다.

"그래. 그…… 렙토스피라가 지금 전염병 중 어느 군에 분류되어 있지?"

질환 자체에 대한 질문으로 안 되니까 다분히 정책적인 질문을 던진 그였다. 이건 당연히 모르겠지 하는 얼굴이었지만, 아쉽게도 수혁은 이것도 다 숙지하고 있었다.

"제3급 감염병으로 분류되어 있습니다."

"그, 그럼 그 전에는?"

"1987년 지정 감염병, 1993년 제2종 법정 감염병, 2001년 제3군 감염병, 2020년부터는 제3급 감염병으로 분류하고 있습니다."

"그…….."

설마하니 연도별로 딱딱 답이 나올 줄이야. 이건 안국태 교수는 물론이고 신현태 교수도 모르는 답이었다.

"제가 다 부끄럽네요. 왜 저런대, 정말?"

신 과장은 저도 모르게 자신의 손을 내려다보며 중얼거렸다. 혹시나 손이 없어지지는 않았나 하는 생각이 들었기 때문이었다. 만면 이현종 원장은 싱글싱글 웃고만 있었다.

"저 새끼 칠성병원 가더니 인사도 안 하고. 어? 싸가지 없이 굴더니 쌤통이네."

"이제 그만하겠죠?"

"그만해야지. 뭘 더…… 오, 하네. 파이팅은 넘친다니까."

안국태 교수는 정말로 아직 마이크를 내려놓지 않고 있었다. 그가 그토록 보고 싶어 했던 진땀을 삐질삐질 흘리면서였. 이쯤 되니 수혁도 좀 미안함이 올라왔다.

'연도는 말하지 말 걸 그랬나?'

[아는 건 다 말해야죠.]

'하긴, 그것도 그래.'

[공부한 게 아깝지도 않습니까? 떠올리십쇼. 어떻게 공부했는지. 어떻게 이 발표를 준비했는지.]

'시발.'

욕이 절로 튀어나오는 시간이었다. 물론 놓치면 안 되는 중요한 기회이기는 했다. 하지만 이거 준비하느라 못 잔 잠들과 허겁지겁 삼켜야 했던 밥을 생각해 보면 두 번은 못 할 거 같았다.

"응?"

공교롭게도 수혁의 마지막 발언은 모두에게 아주 익숙한 입

모양이었다.

"식빵이라고 한 거야?"

"아……. 설마."

"아무 소리도 안 나긴 했는데……."

"안 교수님이 좀 시발 놈이긴 하지."

"하하."

덕분에 몇몇 전공의들이 아주 즐겁다는 듯 웃기 시작했다. 특히 칠성병원 쪽 전공의들이 그러했는데, 그게 안국태의 자존심을 건드렸다. 그는 그대로 마이크를 내려놓지 못하고 또 하나의 질문을 던지고야 말았다.

"웨……웨일즈 증후군. 이름의 유래가 뭐지?"

무슨 난센스 퀴즈도 아니고. 의대 교수 즉 의학자라는 사람이 할 만한 질문은 결코 아니라 할 수 있었다. 그 바람에 신현태 과장은 차마 안국태 교수를 바라보지 못하고 고개를 숙여야만 했다.

"추하다……."

"저렇게라도 이기고 싶은 거냐? 대체 왜 저래? 저 새끼는."

이현종 원장도 더는 웃지 못했다. 품격 있는 지식 토의의 장이 되어야 하는 증례 발표회에서 이딴 질문이 튀어나오다니. 화가 날 지경이었다. 이현종이 손을 휘저으며 발표회를 끝내려는데, 수혁이 입을 열었다.

"닥터 웨일이, 자신이 발견하고 분류한 것을 기념해서 붙인 이름입니다."

이게 정답인지 아닌지는 확인할 길이 없었다. 병명의 유래 같은 건 교과서나 논문에 나오는 게 아니라 회고록에나 나올 법한 일이었으니까. 이름 자체가 병의 특성을 가리키는 게 아닌 한, 이런 종류의 이름은 의학적으로 전혀 의미가 없었으니까.

"허."

하지만 적어도 안국태 교수에게는 효과가 있었던 모양이었다. 그는 마치 침몰하듯 의자에 주저앉았고, 잠시 후에는 옆에 있던 전공의에게 부축을 받은 채 도망치듯 강당을 빠져나가고야 말았다.

'한동안은 안 오겠는데.'

신 과장은 껄껄 웃으며 마이크를 다시 잡았다. 그러곤 청중을 돌아보며 물었다.

"자, 더 질문하실 분 없습니까?"

마치 '또 쥐어 터질 사람 없어?'라고 묻는 듯한 말투였고, 표정이었다. 당연하게도 그 누구도 손을 드는 사람이 없었다. 발표장마다 나타나는 개진상 안국태조차 대박살이 났는데 누가 감히 나설 수 있겠는가. 심지어 이제 더 할 질문도 없어 보였다.

"자……. 그럼 이것으로 제121회 태화 내과 증례 발표를 마치겠습니다."

신 과장은 대략 5분 정도 기다리다가 발표회 종료를 선언했다.

그러자 옆에 앉아 있던 이현종 원장이 벌떡 몸을 일으키고는 기립박수를 쳐 대기 시작했다.

'아, 이 형 또 왜 이래.'

신 과장은 몰래 그를 앉히려 했지만 별 소용이 없었다.

짝짝짝짝!

다행인 점은 청중 쪽에서도 우레와 같은 박수가 쏟아져 나오기 시작했다는 점이었다. 수혁은 그 박수 세례를 들으며 다시 한번 고개를 꾸벅 숙였다. 그동안의 고생을 모두 보상받는 듯한 기분이었다.

'됐다. 됐어. 이만하면 완벽한 데뷔야.'

*****

"야, 고생 많았다."

으레 학술회들이 다들 그러하듯 태화 내과 증례 발표회 후에도 회식이 있었다. 그냥 작은 회식이 아니라 발표회에 참석했던 모든 병원 교수들과 전공의들, 그리고 펠로우들이 참석하는 대회식이었다. 때문에 어디 맛집에서 하는 게 아니라 그냥 병원 뒷골목에 있는 널찍한 맥줏집으로 그 회식 장소가 고정되어 있었다.

"감사합니다, 교수님. 덕분에 떨지 않고 잘할 수 있었습니다."

수혁은 그 넓은 회식 장소 중에서도 가장 중앙에 위치한 테이블에 있었다. 위치상으로 보면 아주 정확히 한가운데는 아니긴 했지만 그 테이블에 앉아 있는 사람들의 면면을 보면 중앙이라는 말에 감히 토를 달지 못할 터였다.

[태화의료원 신현태 교수, 이현종 교수. 칠성병원 박국진 교수, 아선병원 우창윤 교수. 이현종은 원장이고, 나머지는 전원 과장입니다.]

동시에 대한민국 빅 3 병원의 교수들이기도 했다. 또한, 분과별 학회장들이기도 했다. 이현종 교수는 이제 학회장 하기에도 너무 높으신 어른이라 논외로 쳐야 하긴 했지만, 여기 앉은 네 명의 교수가 현재 대한민국의 내과를 이끌고 있는 사람들이라 해도 과언이 아니란 뜻이었다.

'나도 알고 있어. 안 떨고 있지?'

[지금까지는 그렇습니다만, 알코올 섭취가 더 이어지면 장담하기 어렵습니다. 현재 혈중 알코올 농도는 0.08%입니다. 더 이상의 섭취는 금할 것을 권유합니다.]

바루다의 말대로 지금 그만 마시면 딱 기분 좋게 마셨다 하고 병원에 들어갈 수 있을 것 같았다. 하지만 사람 일이 어디 그렇게만 돌아가겠는가.

'지금은 마셔야 해.'

정신만 차리면 호랑이 굴에 잡혀가도 산다는 말이 있지 않던가. 수혁은 지금 이 상황과는 다소 맞지 않는 고사를 떠올리면서 마음을 가다듬었다.

"어때? 우리 1년 차."

그사이, 이현종 원장이 얼굴이 불그스름해진 채로 수혁을 가리켰다. 그러자 칠성병원 박국진 교수가 허허 웃으며 입을 열었다.

"아까 안 교수님 된통 당하는 거 다 봤죠. 대단하던데요?"

안국태는 딱히 다른 병원에서만 싫어하는 사람이 아니었던지라 박 교수도 고소해하고 있을 따름이었다. 그와 더불어 이수혁이라고 하는 1년 차에게 지대한 관심을 보이고 있었고.

"진짜 뭐……. 뒤에서 불러 주고 그런 건 아니죠?"

박국진은 스스로 생각해 봐도 이불이나 뻥뻥 차야 할 것 같은 썰렁한 농담을 던져 댔다.

"말이 되나? 우리 태화 내과 증례 발표회를 뭐로 보고."

당연하게도 이현종 원장이 역정을 냈다. 덕분에 박국진 교수는 아주 자연스럽게 말을 이어 나갈 수 있었다.

"너무 잘하니까……. 그래서 그랬죠. 이런 제자 하나 가르쳐 보면 소원이 없겠는데."

"어, 이놈 봐, 이놈 이거. 너 쓸 만해 보이니까 펠로우로 빼 가려고 수 쓰는 거지?"

"네? 에이……. 뭘 빼 가요. 그냥 부럽다, 오면 잘 가르칠 거 같다. 뭐 이런 소리 하는 거죠."

박 교수는 이 말을 하면서도 끊임없이 수혁과 눈을 마주쳤다.

[이런 게 유혹입니까?]

요새 한창 오감을 통한 데이터 수집에 맛 들인 바루다가 박국진 교수의 표정을 분석해 답을 내놓았다. 신기한 것은 대강 맞아떨어지는 거 같다는 점이었다.

'대충은?'

[묘하군요.]

'뭐가 묘해.'

[한낱 수혁을 두고 내로라하는 교수들이 기 싸움을 벌이고 있다니.]

'한낱? 한낱이라고 했냐, 지금?'

[저 없이 오늘 발표를 잘할 수 있었겠습니까? 저 없었으면 안국태 교수라는 자에게 박살 나서 지금쯤 질질 짜고 있었을 겁니다.]

바루다는 성을 내는 수혁을 향해 일침을 날렸다. 뭐라 반박하고 싶은 마음은 굴뚝같았지만 할 말을 찾는 데는 실패한 수혁은 그만 입을 다물었다. 사실 테이블 위에서 벌어지는 대화를 따라가는 것만 해도 바쁘긴 했다. 위나 높은 양반들의 대화인 데다가, 그 대화 주제가 무려 수혁 자신이었기에 더더욱 그러했다.

"야, 야. 현태야. 조심해라. 칠성병원 놈들은 하나같이 속이 시커메."

"무슨 소리세요, 선배."

"너 기억 안 나냐? 내가 심혈을 기울여서 키운…… 그래, 임진혁이. 걔 빼 갔잖아."

"아, 그거요……."

"아, 그거요? 그래, 이제 와서 하는 말인데. 대체 얼마 주고 뺀 거야? 걔 태화의료원에 충성하겠다고 호언장담한 지 일주일 만에 나갔다고."

"그……."

"뭐, 10억? 이런 시발 놈들이 진짜."

"에헤이. 너무 큰 소리 내지는 마시고요."

그사이에도 이현종 원장과 박국진 교수의 티격태격은 계속되고 있었다. 신현태나 우창윤 교수나 그저 그런 둘을 바라보고만 있을 뿐, 말릴 생각을 하지는 않고 있었다. 원래 이 둘은 서로 간의 반가움을 이런 식으로 표현하는 사람들이었기에 그러했다.

반면 수혁은 방금 들은 충격적인 액수에 정신을 차리기 어려웠다.

'진짜 그런 경우가 있구나…….'

[무슨 경우를 말하는 겁니까?]

'실력 좋은 교수들은 병원에서 따로 연봉이나 계약금을 제시한다고 했었거든. 근데 10억이라니…….'

10억. 천애 고아로 살아온 수혁에게 그 돈은 너무 낯설게만 느껴질 정도로 큰 금액이었다. 그 돈만 있으면 가지고 싶던 차, 입고 싶던 옷 등등 뭐든지 살 수 있을 것 같았다.

[한결같이 세속적이시군요, 수혁은.]

'뭐, 그게 어때서, 인마.'

[아닙니다, 응원합니다. 세계 최고의 내과 의사가 되면 더 큰 돈도 벌 수 있으시겠죠.]

'그래…….'

다행히 오늘 그 길로 향하는 첫 단추를 너무나도 성공적으로 끼운 참이었다. 덕분에 수혁의 얼굴에서는 미소가 떠나질 않았다. 그 얼굴을 내내 바라보고 있던 우창윤 교수는 수혁의 미소가 퍽 이쁘단 생각이 들었다.

'똑똑하지……. 순박하지……. 흠.'

물론 이제 겨우 한 번 발표한 거 가지고 너무 호들갑을 떠는 걸 수도 있었다. 하지만 과연 이 발표를 우연히 하게 되었을까? 신현태는 그렇다 치지만, 이현종 원장이 어떤 사람인데. 대한민국 의사로는 처음으로 노벨상에 근접했던 사람이었다.

'괜히 고른 게 아니야. 얘는 진짜 자랑하려고 내보인 거야.'

발표까지?

그리고 그 의도는 완전히 먹힌 셈이었다. 박국진 교수면 그래도 꽤 자존심 강한 사람인데 벌써 3년이나 남은 펠로우 얘기를 들먹이고 있을 정도였으니까. 게다가 지금 머리를 맹렬하게 굴리고 있는 우창윤 교수 또한 어떻게 하면 수혁을 꾈 수 있을까를 궁리하는 중이었다.

"아, 그런데 이수혁 선생. 말 놔도 되려나? 사석이니까, 괜찮을 거 같은데."

그렇게 고심하던 우창윤 교수가 입을 연 것은 이현종 교수와 박국진 교수가 티격태격하다 지쳐서 담배를 피우러 나간 직후였다.

'아, 이 사람이 있었지, 참.'

하필 자신 혼자 남았을 때 입을 열 줄이야. 신 교수는 적잖이 긴장한 얼굴이 되어 우창윤 교수와 수혁을 번갈아 바라보았다.

"물론입니다, 교수님."

이미 적잖이 술을 먹은 후였지만 수혁의 발음은 또랑또랑하기만 했다. 정신력 또한 합격점이란 뜻으로 여긴 우 교수의 미소가 짙어졌다.

"좋아. 혹시 요새 뭐……. 만나는 사람 있나?"

"네?"

"여자친구 있냐고."

"아, 아뇨. 없습니다."

여자친구란 말에 신현태 교수의 눈이 가늘어졌다.

'설마 이 양반이 미쳤나?'

그가 알기로 우창윤 교수에게는 딸이 하나 있었다. 그 딸은 지금 태화대학교 의과대학 본과 4학년이었고. 원래는 바로 이게 아선대학교보다 태화대학교가 위라는 증거라는 식의 놀림거리가 되던 주제였지만, 지금은 너무도 큰 위협으로만 느껴졌다.

"그래? 그렇단 말이지."

"어어. 잠깐만요. 우 교수님. 뭐 누구 소개해 주려고 그럽니까?"

"응? 아뇨. 1년 차 바쁜 거 다 아는데요. 소개해 줬다가 욕이나 먹게?"

"그럼…… 그건 왜 물어봅니까?"

"왜 그렇게 날이 섰어요? 이수혁 선생 아빠예요?"

"그……. 그건…… 아니긴 하지만."

"그럼 상관할 일은 아니죠. 아무튼, 이수혁 선생."

우창윤 교수는 신현태 교수의 반응이 적잖이 마음에 들었는지 껄껄 웃고는 수혁을 재차 바라보았다.

'다리가 좀 불편해 보이긴 하지만…….'

어쩌면 오히려 잘된 일일 수도 있었다. 군 면제를 받을 테니까. 대학 병원 의사로서는 탄탄대로를 걸을 수도 있다는 말이었다.

"네, 교수님."

"너무 부담 갖지 말고 들어."

"네."

"그, 태화대 의대 본과 4학년에 우하윤이라고 있어. 혹시 아나?"

"아……."

들어 본 적 있는 이름이었다. 로열인데 얼굴도 이쁘고 공부까지 잘한다고 했던가.

"걔가 내 딸이거든."

"아, 그렇습니까? 몰랐습니다."

사실은 알고 있었다. 우하윤도 우하윤이지만 우창윤 교수도 유명한 사람이었으니까. 절친 중 하나가 '닥터프렌즈'라는 전무후무한 의학 유튜브 채널을 운영 중인데, 그 덕에 거기 몇 번인가 얼굴도 비추고 그랬다.

"소개팅 같은 건 아니고……. 걔도 내과 하고 싶어 해. 근데 아선병원은 죽어도 안 온대. 아빠가 있어서 부담스럽다나 뭐라나."

"네."

"주말 시간 날 때, 한번 보지 그래. 선배로서 내과에 관해 얘기도 해 주고, 간만에 영화 같은 것도 좀 보고."

"아……."

수혁은 감히 즉답하지 못하고 신현태 과장을 돌아보았다. 아직 1년 차인 주제에 나가 논다는 말을 해도 되나 싶어서였다.

"신 과장. 어때? 일 잘하고 똑똑한 1년 차, 상도 줄 줄 알아야지."

하지만 눈치 빠른 우창윤 교수가 툭 끼어드는 바람에 신 과장은 반대할 기회조차 잃고 말았다.

"그……. 그렇긴 한데……."

"소개팅 같은 거 아니고. 에이, 내가 우리 딸 무서워서 어떻게 1년 차를 소개해 줘."

신현태 교수는 너스레를 떨고 있는 우창윤 교수의 인중에 주먹을 꽂고 싶다는 생각이 들었지만, 티는 내지 않았다.

"아, 근데. 수혁이 다음 달 스케줄이 뭐더라?"

대신 공을 다른 교수에게 넘기기로 했다.

'혈액종양내과였지, 아마?'

빡세기로 따지면 내과 중에서 최고를 달리는 과였다. 그런 과에 4월 1년 차가 주치의로 오는 것도 짜증 나는데 벌써 주말 약속을 해? 혈종내과 교수 성격상 절대 받아들이지 못할 터였다.

"혈액종양내과입니다."

"아, 태진이 밑에서 도나?"

하지만 신현태 과장이 미처 생각지 못한 것이 하나 있었다. 조태진 교수가 우창윤 교수의 후배라는 것. 그것도 그냥 아선대학교 후배가 아니라 목포고등학교 후배이기도 하다는 것.

"야, 태진아!"

"네, 형. 말씀하십슈."

조태진 교수는 한달음에 달려와 우 교수 앞에 섰다.

"이 친구 다음 달에 너 밑에서 돈다던데, 맞아?"

"어⋯⋯. 그렇게 전달받았습니다."

"그래. 주말 하루만 비워 줘. 알잖아, 하윤이. 걔 내과 하고 싶다고 하는데, 태화의료원 내과는 어떤가 1년 차한테 들으면 좋지 않겠어?"

"아, 물론이죠. 비워 줘야죠. 대신⋯⋯."

"대신?"

조태진 교수는 이제 우창윤 교수 대신 수혁을 바라보고 있었다.

"감염내과 때처럼 잘하면요. 거의 전설이 될 정도로 잘 돌았는데 여기서는 개판 치면, 제가 너무 섭섭하지 않겠습니까?"

그 말에 수혁은 씩씩하게 고개를 끄덕였다.

"최선을 다하겠습니다, 교수님."

자신감이 물씬 묻어나는 답이었다. 아니, 감염내과보다 잘 돌았으면 잘 돌았지, 더 못 돌 자신이 없었다.

이건 좀 어려운데?

혈종.

일명 혈액종양내과.

처음에는 그저 한 개의 분과일 뿐이었지만, 지금은 내과 전체를 통틀어서도 그 중요성이 점점 커지고 있는 과였다. 암이 현대 의학에 있어 가장 중요한 화두가 되었으니 당연한 일이었다.

"입원 환자분들은 오히려 너보다 더 병원에 익숙하신 경우가 많거든? 그러니까 대할 때 주의하도록 해."

치프 레지던트 김인수가 환자 명단을 죽 훑으며 입을 열었다. 그의 뒤에 선 수혁은 그저 고개를 끄덕일 따름이었다.

[어차피 다 숙지하고 있는 사항인데 뭐 하러 듣고 있습니까?]

바루다는 그새를 참지 못하고 수혁에게 딴지를 걸어왔다.

'미친놈아, 그럼 3년 차한테 닥치라고 하리?'

수혁은 아직 인간의 위계질서나 서열 따위는 고려 대상에 두지 않는 바루다를 향해 한마디 했다.

[좀 더 순화해서 들려주면 들을 것도 같습니다. 뭐하면 제가 할까요?]

'아니거든……. 절대 하지 마.'

사실 수혁은 바루다의 모든 말을 들으면서 모두 고개를 끄덕이는 건 아니었다. 쉴 새 없이 떠들어 대는 바루다와 대화하는 것만 해도 상당한 심력 소모가 있었으니까.

"항암 치료 사이클 돌리시러 입원하는 분들은……. 약만 제대로 들어가면 사실 뭐 크게 어려울 건 없어. 합병증 발생하면 큰일이긴 한데, 조태진 교수님이 워낙 그쪽 방면으로는 연구 많이 하셔서 너무 걱정 안 해도 될 거야."

김인수는 교수를 꿈꾸고 있는 사람인 만큼 티칭 마인드가 제법 뛰어난 사람이었다. 덕분에 아래 연차 중 김인수를 퍽 좋아하는 사람들도 적진 않았다. 보통 위 연차들은 자기 올챙이 적 생각은 하지 못하고 그저 까 대기만 하는데, 이 사람은 그래도 어지간히 가르친 다음에 혼냈으니까. 물론 지금 수혁을 두고 가르치는 것처럼 열과 성을 다한 적은 없긴 했다.

'로열이라 이거지.'

대체 얼마나 뒷배가 든든해야 혈액종양내과 조태진 교수가 직접 찾아와서 주말 하루는 비워 주라는 말을 할까. 기껏해야 집 좀 사는 수준에 불과한 김인수로서는 잘 상상이 가지 않았다.

"문제는 이제 항암 치료 도중에 오시는 분들이야."

"네, 선생님."

"이런 경우에는 면역 결핍 문제도 있고……. 항암제 부작용 때문에 오시는 경우도 있고. 심지어 재발해서 오시는 분도 있거든? 전이가 있거나 해서."

"네."

"지금 당장 입원해 계시는 분들은 그래도 어느 정도 플랜이 서 있으니까 괜찮을 텐데……."

김인수는 스크롤을 죽죽 내렸다. 조태진 교수 앞으로 입원한 환자의 수는 모두 21명이었는데, 그중 중환자실에 있는 환자들을 제외하면 17명이었다. 그중 7명을 수혁에게 넘겨줄 참이었는데, 당연하게도 로열에 대한 예우가 가득 담겨 있었다. 거의 반복 처방만 하면 되는 그런 환자들이란 뜻이었다.

[너무 쉬운 환자들뿐입니다. 연습이 되지 않습니다.]

'흐음……. 진짜 그렇긴 하네.'

상당히 노골적인 편이었다. 너무 다루기 쉬운 환자들만 담당하게 하는 느낌이 진하게 들었다. 되도록 쉽게 가고 싶은 수혁마저 불만을 품을 지경이었다.

바루다 말처럼 환자 가지고 '연습'할 생각은 없었지만, 그래도 어려운 환자를 봐야 공부도 하게 되지 않겠는가. 괜히 교수들이 '최고의 스승은 환자'라는 말을 입에 달고 사는 게 아니었다.

"응급실 통해서 오는 환자들은 좀 어려울 거야."

하지만 어차피 응급실이나 외래를 통해서도 계속 입원을 하긴 할 터였다. 그리고 그 환자들은 발열 또는 기타 증상에 대한 원인을 찾는 거 자체가 굉장히 어려울 게 틀림없었다. 해서 김인수는 걱정 어린 눈을 한 채, 자신이 입국한 이래 최고 로열로 생각되는 수혁을 바라보았다.

'4월부터 혈종…… 솔직히 좀 빡센데……. 억지로라도 스케줄을 바꾸라고 할 걸 그랬나.'

물론 수혁은 딴생각 중이었다. 바루다 또한 그랬다.

[오늘 당직입니다. 될 수 있으면 어려운 환자가 오면 좋겠군요.]

'하…….'

[왜 그러십니까?]

'나도 그러길 바라고 있다는 게 참……. 이상해서 그런다…….'

어쩌다 이렇게까지 정신세계가 무너져 버린 걸까. 다른 1년 차들은 모두 당직 때 환자 안 오기만 바라고 있을 텐데. 누구라도 이런 말을 들으면 미친놈이라고 할 터였다.

'아니지, 그 정도가 아니야. 이러고 있는 걸 들키면 진짜 맞아 뒈질 거야…….'

[그렇지는 않을 겁니다.]

'네가 뭘 알아.'

[누구 덕에 100일 당직 풀렸는데요.]

'아, 하긴. 그건……. 그렇긴 하네.'

100일 당직. 비단 내과에만 있는 관습은 아니었다. 대부분의 과는 1년 차 첫 100일 동안 병원에서 아예 못 나가게 하는 이 풍습을 굳이 유지하고 있었다. 괜히 나갔다가 콧바람 들면 도망치고 싶어진다는 것이 바로 그 이유였다.

'뭐, 어차피 전공의 주 88시간 근무 때문에 100일 당직이 없어져야 하긴 했는데…….'

[그래도 다들 고마워하고 있긴 할 겁니다.]

'다행이지, 뭐.'

절대적인 건 아니었지만 그래도 평판은 늘 중요한 편이었다. 특히 동기들 사이의 평판이 가장 정확한 만큼, 이를 신뢰하는 조직이 꽤 많았다.

"아무튼, 지금 입원해 있는 환자들 처방은 그냥 리피트(repeat, 재처방)하면 되고, 아니면 루틴 처방 따라가면 돼. 혹시 모르는 거 있으면……. 음."

김인수는 자기에게 전화하라고 하려다, 금일 오전에 만났던 조태진 교수의 말을 떠올렸다.

―걔가 그렇게 똑똑하다며. 나도 노티 한번 받아 보자. 진짜

그런가, 한번 보게.

확실히 내과 교수들은 다른 과 교수들보다는 아무래도 학자 태가 나는 편이었다. 아마 외과였으면 그냥 3년 차에게 다 맡겼을 텐데. 굳이 확인해 보겠다고 나서지 않는가.

"처방 관련한 거는 나한테 묻고. 응급실 환자 노티할 일 있으면…… 그건 조태진 교수님한테 직접 해."

"네? 그렇게…… 해도 되나요?"

"감염 돌 때도 내내 그렇게 했다며."

"그건……."

"조 교수님 지시 사항이야. 그렇게 하면 돼."

"아, 알겠습니다. 선생님. 감사합니다."

"감사는 무슨. 그럼 난 간다……. 무탈한 밤 보내라."

김인수는 터덜터덜 걸어 의국 옆에 마련된 3년 차 전용 당직실 안으로 쑥 들어갔다.

[어깨가 처져 있군요. 거북목을 의심해 볼 수 있겠습니다.]

바루다는 평소처럼 지랄병이 도져서 대번에 진단명을 도출해 냈다. 이에 수혁은 천천히 고개를 저어 댔다.

'그런 거 아닐걸. 아직 논문을 못 내서 그래.'

[논문이요?]

'전문의 따려면 1저자 하나는 있어야 한단 말이야. 근데 아직 학술지에서 요구한 수정 사항을 못 맞추셨대.'

[흐음.]

바루다는 별다른 말 없이 침묵을 삼켰다. 하지만, 수혁은 바루다의 의미심장한 발언에 벌써 심장이 벌렁대는 것을 느꼈다. 그 지랄맞은 알람 소리를 내기 전에 꼭 이런 발언을 했던 것 같았으니까.

'그 소리 낼 때마다 안 좋은 일이 있었던 거 같은데…….'

[하루빨리 논문거리를 찾아야겠군요.]

'이제 1년 차 4월이거든?'

[어영부영하다가 3년 차 되는 겁니다.]

'웃기지…… 아.'

수혁은 그대로 바루다와 입씨름을 이어 나가려다가 가운 호주머니를 뒤적이기 시작했다. 치프 회진 시간이라 진동으로 해 놓았던 핸드폰이 사납게 울리고 있었다.

'3777…….'

응급실이었다. 환자가 오기를 바라긴 했지만 설마하니 치프 선생님이 가자마자 전화가 올 줄이야. 기도를 해도 너무 세게 했나 생각이 들었다.

[빨리 받으십시오.]

물론 수혁은 오래 상념에 빠져 있지는 못했다. 바루다가 빨리 전화를 받으라고 안달복달했으니까.

"네, 내과 1년 차 이수혁입니다."

"아, 선생님. 비인두암으로 본원에서 3개월 전 항암 방사선 치료를 받은 남자 52세 환자 때문에 연락드렸습니다."

비인두암. 코의 뒤, 비인두라 불리는 공간에 생기는 암이었다. 보통 수술 없이 항암 방사선 치료만으로도 잘 회복되는 암이기도 했다. 여기까지 생각을 정리한 수혁은 고개를 끄덕이며 발걸음을 재촉했다.

"네. 어떤 것 때문에 오신 거예요?"

"그……. 갑자기 발생한 사지 마비로 오셨습니다."

"사지…… 마비요?"

비인두암이 야기할 수 있는 증상은 제법 많았다. 코피부터 두통, 통증 등등. 하지만 사지 마비라니? 이건 좀 뜬금없는 증상이라 할 수 있었다. 수혁의 목소리에서 의문을 느꼈는지, 인턴은 다급하게 말을 이었다.

"때문에 머리 쪽 문제 확인하기 위해 신경과 노티드렸고, 지금 내려와서 검진 중입니다."

"아……. 그래도 일단 저희 과 다니시는 분이니까 한번 확인해 달라 이거죠?"

"네, 그렇습니다."

"네. 내려갈게요."

기대했던 것만큼 어려운 환자는 아닌 것 같았다. 아마도 신경과에서 이것저것 검진한 후, 머리 MRI를 찍고 신경과로 입원시킬 것이 분명했다. 혈액종양내과에서는 협진 형식으로 환자를 보게 될 테고.

그렇게 생각하며 1층에 내려선 수혁은 곧장 응급실로 향했다. 바루다 또한 비슷한 의견을 가지고 있었기 때문에 별말이 없었다.

/////

"환자 어디 있죠?"

수혁의 말에 방금 그에게 연락한 것으로 보이는 인턴이 복도 쪽을 가리켰다. 이송 요원의 손에 이끌려 MRI실 쪽으로 이송 중인 침대가 보였다. 그 위에 누운 비쩍 마른 환자도 보였고.

"아, 고마워요."

수혁은 그리 말한 후, 침대를 따라잡기 위해 부지런히 움직였다. 하지만 그렇게 쉬운 일은 아니었다. 지팡이를 짚는 거 자체가 익숙지 않으니 어쩔 수 없는 일이었다. 때문에 수혁은 환자가 이미 검사실에 들어간 후에야 MRI실에 도착할 수 있었다.

그나마 다행인 점은 그가 이제 인턴이 아니라 레지던트란 점이었다. 덕분에 별 제지 없이 방사선사가 있는 촬영실 내부로 들어갈 수 있었다.

"아, 내과 선생님?"

안에는 미리 내려와 있던 신경과 레지던트가 있었다. 아마 다른 학교 출신인지 수혁으로서는 처음 보는 사람이었다.

"네, 선생님."

"그……. 지금 연락 안 해도 된다고 말해 놨는데, 인턴이 전화했나 보네요. 4월이라……. 너무 화내진 마세요."

"아닙니다. 머리 쪽이라고 확신하고 계시나 보네요?"

"네. 검진상, 사지 위약 및 감각 소실이 너무 명확해요. 증상 발생 시점도 굉장히 갑작스럽고……. 혈종 원인은 아닐 겁니다."

"그렇군요."

"다만 의식이 있는 게 좀 이상하긴 한데……. 뭐 그럴 수도 있긴 하니까요."

뇌경색 또는 뇌출혈이 아주 광범위하게 나타나는 경우에는 사지 위약. 즉 전신 마비가 나타날 수 있었다.

'갑작스럽게 생겼다고 하면 역시 그렇겠지.'

[제 생각도 그렇습니다만 검사 확인은 필요합니다.]

'그렇겠……. 아, 넘어오네.'

MRI 검사실에서 촬영된 영상이 실시간으로 방사선사가 있는 곳으로 넘어오기 시작했다. 신경과 레지던트도 수혁도 누가 먼저랄 것 없이 해당 모니터를 향해 고개를 돌렸다. 그리고 거의 동시에 고개를 갸웃거렸다.

"이상한데?"

"아무것도 없는데요?"

전송되어 온 머리 사진은 그야말로 정상이었다.

'시발. 뭐지?'

[분석 중입니다, 잠시만 기다려 주십시오.]

애석하게도 바루다의 분석은 삽시간에 끝나거나 하진 않았다. 녀석이 말했던 대로 본체 대신 사용해야 할 수혁의 머리가 아무래도 좀 기능이 떨어지는 모양이었다. 인정하기는 싫지만 확실히 그게 맞는 거 같긴 했다.

"저……. 선생님들, 검사가 좀 이상합니까?"

둘의 대화가 심상치 않자 방사선사가 말을 걸어왔다. 수혁은 아직 바루다의 말을 기다리고 있었기에 답은 신경과 레지던트의 몫이 되었다.

"네……. 이상이 전혀 보이질 않네요. 흠…….'"

"이상이 없어요? 아, 진짜네…….'"

방사선사는 늘 MRI 검사를 맡아 오고 있던 사람인 만큼 정상이다, 아니다 정도는 구분 가능했다. 그가 보기에도 지금 MRI 안에 들어간 환자의 머리는 정상으로 보였다. 이상한 일이었다. 상태를 보면 정상으로 보여서는 안 되었으니까.

[추가 검사를 요청합니다.]

기사와 신경과 레지던트가 아직 '왜 정상으로 나왔을까.'에 대한 고민에서 채 빠져나오지 못했을 때, 바루다가 말을 이었다.

'뭔 검사?'

[두경부 영역까지 MRI 검사를 확장할 것을 요청합니다.]

'확장이라.'

[네, 머리가 괜찮다면 다른 원인을 생각해 봐야 합니다. 척수 쪽 원인일 가능성이 있습니다.]

'하긴……. 그거라면 가능은 하지.'

왜 척수에 병변이 생겼을까를 고민하는 건 일단 다음 순서가 될 터였다. 지금은 일단 사지 마비가 왜 생겼을까를 확인하는 편이 우선이었다.

[빨리 결정을 내리는 것이 좋겠습니다. 곧 검사가 끝날 겁니다.]

'아.'

수혁은 자신도 모르게 촬영실 앞쪽을 바라보았다. 투명한 창으로 되어 있었는데, 그 창을 통해 검사 중인 환자를 볼 수 있었다. CT실과는 달리 MRI실 내부는 모든 전자 기기 작동이 불가하기에 직접 보도록 설계된 덕이었다. 미약하게나마 전달되어 오는 진동과 오르내리고 있는 환자 덕에 아직 검사가 다 안 끝났다는 것 정도는 알 수 있었다.

"저……."

수혁은 신경과 레지던트와 방사선사를 동시에 불렀다. 둘은 제법 오랜 시간 떠들어 댔지만, 딱히 이렇다 할 답을 내리진 못한 상황이었다. 때문에 수혁이 입을 열자마자 이쪽을 바라보았다.

"네, 내과 쌤."

신경과 레지던트는 아직 수혁에 대한 소문을 듣지 못한 상황이었다. 원래 소위 마이너 과로 분류되는 곳은 병원 소문에서 좀 소외되는 경우가 많았다.

"사지 마비의 원인이 뇌가 아니라면…… 검사를 좀 더 밑까지 찍어 보는 건 어떨까요? 아직 조영제 안 들어갔으면…… 가능할 것 같긴 한데."

"아. 지금 어떻죠? 진행 상황이?"

둘의 말에 방사선사가 재빨리 고개를 끄덕였다.

"네, 조영제 안 들어갔습니다. 조영제 이후 검사를 그럼…… 영역을 좀 내려 볼까요?"

"가능하시면 그렇게 해 주시면 감사하겠습니다."

"음. 알겠습니다. 조영제 전 영상에서는 경부가 안 나올 텐데, 그래도 되나요?"

기사의 말에 수혁이 잠시 머뭇거렸다. 이제 1년 차 된 지 겨우 한 달 남짓한 그가 어떻게 된다, 안 된다를 결정할 수 있겠는가.

"괜찮습니다. 제가 컨펌할게요."

다행히 이 자리에는 신경과 레지던트가 자리하고 있었다. 덕분에 환자에 대한 검사는 조영제가 들어가기 직전에 머리에서 경부까지 포함하도록 변경될 수 있었다.

"인턴 선생님, 검사 약간 변경되어서 앞으로 20분 더 소요됩니다!"

 방사선사는 인턴의 얼굴이 잔뜩 찌푸려질 만한 말을 전달한 후, 변경된 세팅으로 검사를 다시 진행했다.

*****

 시간이 얼마간 지나자 재차 영상이 하나하나 전송되어 오기 시작했다. 먼저 머리부터.
"역시 정상인데……."
 조영제가 들어갔다고 해서 정상이었던 머리 사진이 어떻게 되는 건 아니었다. 하지만 영상 컷이 점점 더 넘어올수록 신경과 레지던트와 수혁의 표정이 묘하게 변하기 시작했다. 비인두, 즉 환자의 암이 있던 부위 근처가 너무 지저분하게 변해 있었기 때문이었다.
"재발……인가."
 신경과 레지던트가 낭패라는 얼굴로 고개를 저어 댔다. 수혁은 그저 안타까워하는 대신 바루다와의 대화를 시도했다.
'이상한데? 이비인후과 외래 본 게 불과 저번 달이잖아.'
[당시 외래 기록을 보면 재발의 증거는 전혀 없다고 되어 있었습니다.]
'영상이나 내시경 사진도 그랬는데?'

수혁은 응급실에 오자마자 확인했던 환자의 차트를 다시 한 번 떠올렸다. 이미 바루다가 차곡차곡 정리해 두었기 때문에 그렇게 어려운 과정은 아니었다.

'역시 그땐 재발이 아니었어.'

하지만 지금 전송되어 오고 있는 영상은 재발을 시사하고 있었다. 조영제에 의해 제멋대로 증강된 조직 하며, 비인두 뒤를 뚫고 들어간 병변까지.

"아."

그리고 그 병변은 심지어 척추뼈를 녹이고 안으로 들어가 있었다. 척수를 침범했다는 말이었다.

"이게……."

수혁은 방금 전송되어 온 영상에 손가락을 가져다 대며 말을 이었다.

"이게 사지 마비의 원인이었군요."

"네, 내과 쌤. 신경과 원인이 아니었네요. 흐음……. 비인두 암이 이렇게까지 공격적인 건 또 처음 보는데……."

비인두암은 절대적으로 예후가 좋은 암이라고 할 수는 없었다. 위치가 눈에 보이는 곳에 있는 게 아닌 데다가, 일으키는 증상이 코피라 아주 늦게 발견되는 경우가 많았으니까.

하지만 이 환자는 치료가 가능할 때 발견되었고, 치료도 제대로 들어가 있었다. 항암제도 사이클에 맞추어서 딱딱 들어갔고 방사선 치료도 정확히 비인두암 쪽을 목표해서 들어갔다.

'차트 기록하고 소견이 너무 다른데……. 이상하지 않아?'

[일반적인 행태는 아닙니다만, 의학은 결국 통계입니다.]

바루다의 말은 곧, 무슨 일이든 벌어질 수 있는 게 의학이라는 뜻이었다. 아직 제대로 된 인공지능 진단 틀이 등장하지 못한 이유 중 하나가 바로 이것이었다. 물론 오감을 다 계산할 수 있는 인공지능이 없다는 것이 훨씬 더 큰 이유이긴 했지만.

전 세계에서 유일하게 이 문제를 해결한 인공지능 바루다가 말을 이었다.

[영상에서 보이는 병변은 암의 재발로 추정됩니다. 재발에 대한 프로토콜대로 치료하실 것을 권유합니다.]

'흠…….'

하지만 수혁은 아무래도 그 결과가 마음에 들지 않았다. 뭔가 놓친 게 있을 것만 같았다.

[수혁, 수혁은 셜록 홈스가 아닙니다. 프로토콜대로 움직이십시오.]

물론 바루다는 그런 수혁을 개무시했지만.

"그럼 신경과 노트 남기겠습니다. 입원하시고 나면 사지 마비에 관해 협진 주세요."

자기 과 문제가 아니란 것을 확인한 신경과 레지던트 또한 수혁의 어깨를 툭툭 치고는 촬영실을 빠져나갔다.

그사이 검사가 모두 끝났고, MRI실에서 환자를 데리고 나온 인턴이 환자의 얼굴을 가리켰다. 들어갈 때는 분명 눈을 감고 있었는데, 나오니까 눈을 뜨고 있었다.

"어?"

"검사 도중 너무 시끄러워서 그런 건가……. 모르겠는데 눈을 뜨셨습니다."

"잠깐 비켜 볼래요?"

"네."

지금 전송되어 온 검사 결과만 보면 눈을 뜨는 건 사실 이상한 일이 아니었다. 머리가 멀쩡한 이상 의식은 제대로 깨어 있어야만 했으니까.

[그러고 보니 이상하군요. 왜 의식이 없었을까요?]

'지금 그거 물어보려는 거야.'

[아하.]

수혁은 바루다를 잠시 침묵시킨 후, 환자에게로 다가갔다. 환자는 눈동자만 돌려서 아주 힘겹게 수혁을 바라보았다.

"말씀……하실 수 있습니까?"

"네……."

쉰 목소리가 흘러나왔다. 단순히 목이 말라서일 수도 있겠지만, MRI에서 확인된 병변을 보면 성대가 제대로 움직이지 않아서일 가능성이 컸다.

'불완전 마비라?'

이것 또한 이상한 일이었다. 병변이 암이라면 불완전 마비가 아니라 완전한 마비가 왔을 테니. 수혁은 몇 가지 의문을 차곡차곡 쌓아 나가는 동시에 질문을 던졌다.

"환자분, 아까 의식 잃으실 때 혹시 기억납니까?"

"아……. 네."

"어쩌다 그러신 거죠? 그냥 누워 계셨나요?"

"아뇨, 아뇨. 화장실에 있다가……. 갑자기 몸에 힘이 안 들어가서 쓰러졌습니다. 그러곤 기억이 없어요."

"화장실……?"

"네, 소변이 마려워서."

그 말은 곧 마비가 오기 직전까지는 몸을 움직였다는 얘기가 되었다.

[뭐가 뭔지 모르겠습니다.]

'인공지능이 그런 말을 하면 어떡해!'

[그럼 모르는 걸 안다고 거짓말합니까? 그런 인공지능은 없습니다. 있어서도 안 되고요.]

'망할 놈.'

[말문 막히면 욕하는 버릇이 있으신데, 그거 아주 나쁜 버릇

입니다.]

'이런 개…….'

수혁은 또 다른 욕설을 내뱉으려다 참았다. 어쩐지 바루다의 말대로 움직이는 거 같았으니까. 게다가 지금은 바루다와 입씨름하는 것보다 훨씬 중요한 일들이 많이 있었다.

"환자분, 일단. 일단 아까 있던 데로 모시겠습니다. 가면서 몇 가지 검사를 좀 할게요."

"어……. 네."

환자는 애써 고개를 끄덕였다. 일반적인 상황이라면 별로 이상할 것이 없을 테지만 지금은 너무 이상한 일이라고 보면 되었다.

[방금 고개를 움직인 겁니까?]

환자는 분명 사지 마비라고 했다. 방금 사라진 신경과 레지던트가 남긴 기록에도 전혀 움직임이 없었다고 했고.

"환자분, 제 손 잡을 수 있겠습니까?"

"네……."

하지만 지금 환자는 분명 수혁의 손을 잡고 있었다. 형편없을 정도로 미약한 힘이긴 했지만 분명 완전한 마비는 아니었다.

[암이 아닌가?]

'이 새꺄……. 네가 그러고 있으면 어떡해.'

수혁의 타박에 바루다는 잠시 입을 다물었다가, 이내 반격에 들어갔다.

[발표된 케이스 중 수혁이 읽어 본 극히 소량의 케이스와 현재 환자의 병변을 연관해서 분석해 보겠습니다.]

'분석하면 분석만 할 것이지. 극히 소량은 뭐냐.'

[사실에 기반한 발언만을 한 것뿐입니다.]

'아오······.'

[일단 문진부터 하시죠.]

'······.'

수혁은 고개를 절레절레 흔들며 환자에게로 고개를 돌렸다. 그런데 그 짧은 시간 사이에 또 변화가 있었다.

"어······?"

환자는 눈만 끔뻑거릴 뿐 다른 움직임을 보이진 못했다. 심지어 조금 전까지 수혁의 손을 붙잡고 있던 손도 툭 떨어져 있었다. 아예 힘이 빠진 모양이었다.

"지금······ 말씀 못 하시겠어요? 그럼 눈을 두 번 깜빡여 보세요."

수혁의 말에 환자는 눈을 두 번 깜빡였다. 사지 마비가 이토록 변화무쌍하게 찾아오는 병이라니, 그저 놀라울 따름이었다.

'위 연차한테 노티부터 할까?'

모르는 걸 끙끙 앓고 있는 건 어찌 보면 죄악이라 할 수 있었다. 손해는 온전히 환자의 것이 될 테니까.

[분석 결과…… 암보다는 감염 또는 괴사성 질환에 합당한 것으로 보입니다.]

그사이 분석을 마친 바루다가 어쩐지 자신 없어 보이는 목소리로 말했다.

'왜 그래?'

[케이스의 양이 극히 소량이라서요.]

'이 새꺄…….'

[아무튼, 암보다는 다른 질환을 생각해 봐야 합니다. 달리 생각나는 건 없습니까?]

'잠깐만 기다려 봐.'

수혁은 잠시 눈을 감았다. 대체 이 환자에게 증상을 일으키고 있는 비인두 뒤쪽의 병변은 무엇 때문에 생긴 걸까?

'감염?'

[보고된 감염병 중 비인두염을 이렇게까지 심하게, 또 선택적으로 일으키는 것은 없습니다.]

'괴사?'

[자가 면역 질환 또한 비인두 부위만을 선택적으로 침범하는 경우는 드뭅니다. '베게너'가 가능한 후보 중 하나입니다만, 확률이 너무 적습니다.]

구구절절 옳은 소리였다. 그중 수혁의 관심을 확 끄는 단어가 있었다. 방금 자신이 내뱉은 단어이기도 했다.

'잠깐만. 괴사?'

[뭐 짚이는 거라도 있습니까?]

'이 환자 방사선 치료 받았잖아. 꽤 고용량으로. 비인두에.'

[그야 비인두암이니까…… 아?]

'대강 알겠어. 노티하자.'

🔳🔳🔳🔳🔳

그 시각 혈액종양내과 조태진 교수는 내과 주니어 스태프, 즉 전임 조교수 회식에 참석 중이었다. 지금이야 햇병아리 교수들이긴 하지만, 장차 이 병원을 끌어 나가야 할 인재들이니만큼 병원 차원에서 해당 모임을 지원했다. 덕분에 교수들은 죄다 돈 걱정 없이 술을 들이켜는 중이었다. 물론 다음 날 근무 때문에 대부분은 자제 중이긴 했지만.

"그…… 맨날 자랑하던 천재 1년 차? 걔는 좀 어때?"

그중 술이 전혀 자제가 안 되는 아니, 아예 자제할 생각이 없는 내분비내과 서효석 교수가 조태진 교수를 향해 말을 걸어왔다. 입을 열 때마다 여과되지 않은 술 냄새가 훅 끼쳐서 상당히 불쾌했다.

논문을 하도 안 써서 정작 부교수는 조태진이 먼저 달게 되겠지만, 직함과는 관계없이 서효석에게는 백이 있었다. 또한, 어찌 되었건 서 교수는 조 교수보다 한 학번 위였다. 해서 조태진은 최대한 공손하게 대꾸했다.

"오늘 처음 온 거라서요. 아직 잘 모르겠습니다."

"그래? 아유, 신 과장님이 요새 걔 얘기만 하잖아. 아주 귀에 딱지가 앉겠어."

"발표 때 못 보셨어요? 그때 보면 자랑할 만하긴 했는데."

"야, 나 펠로우 때 안국태 그 새끼한테 개박살 났던 거 기억 안 나냐? 그 이후로 발표 안 가. 내 케이스 아니면."

서효석이 사뭇 당당하게 말했다.

"아……."

그때 볼 만했었지. 조태진 교수는 과거를 회상하며 고개를 끄덕였다.

'딱히 안국태 교수 아니었어도 개박살 나기는 했을걸.'

그렇게 엉망인 발표를 보는 건 정말이지 드문 일이었다. 그때까지만 해도 서효석이 교수가 될 수 있으리라고는 감히 상상도 하지 못했다. 그런데 이 서효석이 설마하니 태화생명 전무의 아들일 줄이야. 전형적인 낙하산 인사라고 불만이 치솟았지만, 돈 대 주는 갑의 입장이었기에 태화생명의 의견은 절대적이었다.

부우웅. 그리 유쾌하지 않은 기억인지라 고개를 털어 내고 있으려니 상 위에 올려 둔 전화가 울렸다.

"15⋯⋯03?"

서효석은 허락도 구하지 않고 조 교수의 핸드폰을 들었다.

1503. 15층 서 병동에 있는 세 번째 전화번호였다. 다시 말하면 병원에서 걸려 온 전화라는 소리였고, 반드시 받아야 한다는 뜻이기도 했다.

"너 전화 왔다."

서 교수는 번호가 병원 번호라는 걸 확인한 것만으로도 기분 잡쳤다는 듯한 얼굴로 조태진에게 핸드폰을 건네주었다. 거의 던지다시피 한 수준이었으나, 술을 거의 먹지 않은 조 교수는 용케 받아 냈다.

"이상하네? 지금 어지간한 환자는 다 괜찮은데?"

그는 잠시 고개를 갸웃거렸다. 응급실 환자라면 병동 전화가 아니라 치프 번호로 왔어야 했으니까. 그러다 문득 자신이 이수혁에게 직접 노티하라고 했던 것이 떠올랐다.

'아. 오늘 당직인가?'

거기까지 생각이 미치고 나니, 뭔가 좀 재밌는 기분이 들었다. 치프의 노티는 무조건 노련해야 한다고 생각했으니 주로 혼내는 축에 속하는 그였지만, 1년 차의 전화라면 어느 정도는 재롱 잔치 본다고 쳐줄 수 있을 터였다.

"혈액종양내과 조태진입니다."

조태진은 조금은 여유로운 얼굴로 전화를 받았다. 그 어떤 전화든 자신을 귀찮게 하는 건 죄다 싫은 서효석으로서는 잘 이해가 안 가는 반응이라 할 수 있었다.

'미쳤나?'

이런 얼굴을 하고 조태진을 보고 있으려니, 수화기 너머로 씩씩하다 못해 시끄럽다는 표현을 써야 할 것만 같은 목소리가 들려왔다.

"네, 교수님! 1년 차 이수혁입니다! 응급실 환자 노티드릴 일 있어 전화를 드렸습니다!"

"응. 나 지금 다른 사람들이랑 있으니까, 조금만 조용히."

"아, 네. 죄송합니다."

"죄송할 건 없고. 그래, 어떤 환자야?"

군기가 꽉 든 1년 차의 모습은 언제나 교수의 마음을 흐뭇하게 하는 법이었다. 누군가 자신을 진심으로 두려워한다는 건 퍽 기분 좋은 일이었으니까.

"네, 교수님. 박경원, 남자 52세, 비인두암 2기로 3개월 전 교수님께 입원하여 항암 방사선 치료를 받은 환자로 금일 의식 변화 및 사지 마비를 주소로 응급실 내원하였습니다."

"응? 박경원······?"

"네. 마지막으로 교수님 외래를 본 건 한 달 전입니다. 그날 이비인후과 외래도 보았으며, 해당 외래에서 시행한 내시경 검사에서는 별다른 특이 소견이 없었습니다."

"음……."

조태진은 고개를 끄덕이며 머릿속을 헤집어 박경원이라는 환자를 떠올리기 시작했다. 아직은 이름과 외래만 들어서 쉬이 생각이 나진 않았지만.

"브레인 메타(brain metastasis, 뇌 전이) 있는 건 아니야?"

대신 이 경우 가장 범용적으로 할 수 있는 생각을 떠올렸다.

"저도 처음에 그렇게 판단하고 MRI를 시행하였으나 머리 쪽 병변은 없었습니다. 신경과 당직에게도 확인받았습니다."

수혁은 어느 틈엔가 남겨져 있는 신경과 기록을 보며 해당 소견을 읊어 댔다. 주저리주저리 꽤 길게 쓰여 있는데, 요약하면 그냥 아무 이상 없음이었다.

"그래? 그럼 뭐지?"

"검사 도중 경부 쪽으로 검사 범위 확장하였고, 비인두까지 포함하여 MRI 시행하였습니다."

"아, 잘했네. 그래서?"

"제가 사진 한 장을 보내 드려도 되겠습니까? 보시면서 말씀 드리는 게 좋을 것 같습니다."

'당돌하네.'

태진은 그리 생각하며 그러라고 했다. 5G 시대이니만큼 사진은 즉시 도착했다. 먼저 도착한 것은 한 달 반쯤 전에 시행했던 MRI 검사 사진이었다. 한 달 전 외래에서 확인했던 바로 그

사진이었고, 조태진은 혈액종양내과 교수답게 사진을 보자마자 환자가 누구인지 특정할 수 있었다.

'아, 이 환자. 이상하네……. 상태 좋았는데?'

항암제나 방사선 치료에 반응이 좋으면 소위 '치료가 잘 먹는다'라는 표현을 쓰는데, 이 환자는 정말이지 치료가 잘 먹는 그런 환자였다.

곧이어 오늘 시행한 MRI 사진이 전송되었다. 모든 컷을 전송할 수는 없는 노릇이니만큼 제일 중요한 비인두 부위가 걸린 컷만 보내왔다.

'뭐야, 이거.'

그리고 그 사진은 태진을 경악하게 하기에 충분했다. 이전 사진과 동일 인물이라고 믿기 어려울 정도로 험악하게 변해 있었다.

'재발……인가?'

주변 구조물을 마구 헝클어뜨리고 있는 파괴적인 모습. 급기야 척수를 가리고 있던 척추뼈마저 부수고 들어가 있는 모습은 역시 암을 떠올리게 했다.

"지금……. 지금 환자 어디 있지?"

비인두암이 재발해서 사지 마비를 일으키다니. 이건 너무 드문 케이스라 할 수 있었다. 주태진 교수는 회식 중이라는 사실도 잊은 채 소리쳤다. 아까 수혁에게 다른 사람들이 함께 있으니 조용히 해 달라고 했던 사람이 맞나 싶을 정도로 큰 목소리였다.

"응급실에 있습니다, 교수님."

"일단 기다려. 나 병원 앞이니까, 바로 가지."

"아……. 네, 교수님."

수혁은 아직 노티할 것이 많아 아쉬웠지만 감히 교수가 오겠다는데 막을 수도 없었다.

"5분이면 가. 지금 MRI만 된 건가?"

"네. 혈액 검사는 나갔는데 지금 결과 나온 건 CBC(Complete Blood Cell count, 혈구 세포 검사)뿐입니다. 백혈구 수치가……."

"됐어. CT 검사 예약하고, 내 앞으로 입원장 내 놔."

"네, 교수님."

수혁은 이번에도 백혈구 수치가 높아 염증을 의심할 수 있다는 말을 하고 싶었지만, 그만 막히고야 말았다.

*****

그렇게 전화를 끊은 수혁이 재차 조태진 교수를 향해 입을 열 수 있게 된 것은, 정말로 5분 정도가 지난 후였다. 병원에서 지원하는, 병원 교수들 회식인 만큼 진짜 병원 바로 앞에서 이루어지고 있었기 때문이었다.

"어, 이수혁. 환자분 어디 계셔."

"네, 지금 저기 계십니다."

"안내해."

"네, 교수님."

"이상하네, 진짜. 외래에서는 괜찮았는데……."

조태진 교수가 이토록 서둘러 달려온 데는 다 이유가 있었다. 혹시 뭐라도 하나 놓쳤을까 봐. 그래서 이 환자가 이렇게 된 것일까 봐. 의사로서 책임감 또한 막중하기 때문이기도 했지만, 이것 때문에 혹시 창창하기만 해야 할 앞날에 문제가 생기지 않을까 하는 생각이 더 컸다.

'뭐라도…… 어떻게든…….'

그래서일까. 조태진의 명민한 두뇌는 평소만큼 회전이 잘되지 않았다.

'사지 마비……. 사지 마비…….'

재발한 암에 의해 증상이 발생한 거라면 방사선이라도 빨리 때려야 했다. 그래서 암 덩이의 크기를 줄여야 증상이 어느 정도라도 해소될 터였다. 재발한 암에 대한 근치적(완전한) 치료는 둘째 치고서라도, 환자가 사지 마비가 된 상황을 너무 오래 끌면 안 될 테니까. 그렇게 정신없이 걷고 있는 조태진을 향해 수혁이 아주 조심스럽게 입을 열었다.

"저, 교수님."

"어. 이따가 하면 안 될까?"

"아직 환자 의심되는 진단명을 말씀 못 드려서요."

"뭐? 재발한 거지! 여기서 더 뭐가 필요해!"

"그……."

수혁은 자기 바로 앞에서 소리치고 있는 조태진을 보며 더 입을 놀려야 하나 말아야 하나 하는 생각이 들었다.

[지금 조태진 교수는 제정신이 아닙니다. 환자가 크게 잘못될 가능성이 있습니다.]

하지만 바루다의 평소와 같은 평온한 말투를 듣고 있자니 어느 정도 자신감이 붙었다. 게다가 수혁은 그냥 조태진 교수에게 전화를 건 것은 결코 아니었다. 그야말로 거의 100%에 가까운 확신이 있어서였다. 절대로 틀리지 않을 자신이 있었다.

"교수님, 환자의 사지 마비 정도는 환자의 자세 또는 시간에 따라 계속 변하고 있습니다. 게다가 서서히 발생한 것도 아니고 오늘 갑자기 나타난 증상입니다. 그래서 머리 쪽 병변을 의심했던 거였고요."

수혁은 말을 거의 속사포처럼 쏟아 냈다. 조태진 교수는 누가 자신에게 이렇게 다다다 쏟아 내는 것이 퍽 오랜만이기도 했거니와, 사지 마비 상태가 변하고 있다는 것이 놀랍기도 해서 그저 묵묵히 듣고만 있었다.

"만약 비인두 부근에 보이는 병변이 암이었다면 변동은 없었을 겁니다. 암은 누르는 게 아니라 파괴하는 조직이니까요."

"그럼…… 암이 아니다?"

더 듣다 보니 그럴싸한 주장도 나왔다. 수혁의 말대로 암은 주변 조직을 부수는 녀석이었다. 순진하게 누르기만 하는 건 양성 종양들이나 하는 짓이었다.

"네."

"흠."

정말로 암이 아닐 수도 있겠단 생각이 든 조태진 교수는 그제야 발걸음을 멈추었다. 그사이 수혁은 계속해서 말을 이었다. 조태진을 설득하겠다는 확고한 의지가 이어지는 듯한 기색이었다.

"영상에서 저렇게 지저분해 보이지만 암은 아닌 병변은 사실 많습니다. 하지만 감별은 가능합니다. 갑자기 감염병이 생기거나 하지는 않았을 테니까요."

"그래……. 그건 비약이지. 그럼 넌 뭘 의심하지?"

"저는……."

수혁은 계속 떠드느라 입안에 고였던 침을 꿀꺽 삼켰다. 소매로 입가 주변을 한 번 닦아 내고 매무시를 정리했다. 그러곤 확신에 가득 찬 눈빛으로 조태진 교수의 얼굴을 똑바로 쳐다보며 답했다.

"방사선성 괴사를 의심합니다."

조태진 교수는 방금 수혁이 언급한 병명을 되뇌며 중얼거렸다.

"방사선성 괴사라."

속으로는 맹렬히 머리를 굴렸다.

'흐음.'

좀 더 정확히 말하자면, 방금 수혁이 말했던 소견들과 방사선성 괴사라는 병명을 맞추기 위한 작업을 해 대었다.

'확실히…… 자세나 상태에 따라 마비 정도가 바뀌는 건 많이 이상하지.'

조직에 닿으면 바로 파괴해 버리는 것이 암의 특성이었다. 물론 그저 접해 있기만 할 때는 염증을 일으키기도 하지만, 이렇게까지 극적인 변화를 일으키는 건 무척 드물었다. 아니, 아예 없다고 단언해도 좋을 정도였다.

'그렇다고 감염을 의심하는 건 뜬금없지.'

비인두염의 원인균 중 이렇게까지 심각한 감염을 일으킬 수 있는 균이나 곰팡이가 있기는 있었다. 환자는 항암 치료를 받았으니 면역력이 떨어져 있기도 할 테고.

하지만 감염의 징후도 없이 이 정도로 빠른 진행을 보인다? 그건 꽤 자연스럽지 않았다. 적어도 훌륭한 내과 의사라면 처음부터 감염을 염두에 두어선 안 되었다. 하지만 완전히 배제해서도 안 되었다. 그랬다간 환자를 잃을 수 있었으니.

"그럴싸한데. 어떤 치료를 할 거지? 그럼?"

이제 조태진 교수는 아예 발걸음을 멈춘 상태였다. 이 정도로 대화가 이어 나갈 거라곤 기대하지 않았는데, 의외로 즐거운 수혁과의 대화에 푹 빠진 탓이었다. 고작해야 1년 차와의 대화에 이 지경이 되다니. 스스로 생각하기에도 어처구니가 없었지만, 어쩌겠는가. 이미 열띤 토론을 시작하게 되었는데.

"마음 같아서는 고용량 스테로이드를 시작하고 싶습니다."

"왜지?"

"방사선성 괴사에서는 스테로이드가 제일 첫 번째 치료제 중 하나이니까요. 가장 효과가 강할 겁니다."

"그런데 왜 단서를 붙였지?"

조태진 교수는 이미 방사선성 괴사를 수혁에게 들은 이후 어느 정도 치료 계획을 수립한 후였다.

'방사선 때렸으면······.'

처음 계획처럼 방사선 때릴 생각은 이제 추호도 없었다. 그랬다간 괴사는 점점 더 심해질 것이 분명했으니까. 어쩌면 그것 때문에 환자를 잃을 수도 있었다. 아니, 잃을 수도 있는 게 아니라 그럴 가능성이 매우 컸다. 실제로 그렇게 보고한 케이스 리포트들도 많았다.

'감염을 완전히 배제할 수는 없어.'

[그렇습니다. 자연스럽지는 않지만, 의학은 결국 통계입니다.]

한편, 수혁 또한 조태진의 질문을 듣고 머리를 굴리는 중이었다. 좀 더 정확히 말하자면 신뢰할 수 있는 조언자인 바루다와 대화 중이었다.

'그럼 역시 스테로이드는 좀 위험하겠지? 쓰고 싶긴 한데……'

[곰팡이에 의한 감염인 경우, 실시간으로 환자가 죽어 가는 걸 보게 될 수도 있습니다. 그것을 보고 싶다면 꼭 고용량 스테로이드를 때리십시오.]

'넌 말을 꼭 그렇게 싸가지 없게 하냐?'

[진실만을 말할 뿐입니다.]

아쉽게도 바루다의 말은 사실이었다. 스테로이드는 현존하는 가장 강력한 항염증제였다. 그렇기에 아주 다양한 상황에서 극적인 효과를 발휘할 수 있었지만 역시나 강력한 만큼이나 심각한 부작용을 동반하고 있었다. 그중 지금 상황에서 문제가 될 만한 것은 바로 면역 억제였다.

[위 환자는 시스플라틴(cisplatin, 항암제의 한 종류)을 기본으로 한 항암 치료를 받았습니다. 그 말은 이미 치료 도중 면역 억제가 발생했을 수 있다는 뜻입니다. 정상적으로 코 내에 살고 있던 곰팡이……]

'알았으니까, 닥쳐 줄래? 슬슬 조태진 교수님이 이상한 눈빛으로 바라보기 시작했거든?'

[제가 보기에도 수혁의 얼굴이 좀 이상하게 생기긴 했습니다.]

'닥쳐. 이럴 땐 무조건 내 말이 맞아.'

[자존심이 상하지만, 황선우 사례를 생각하여 입을 다물겠습니다.]

수혁은 그렇게 바루다를 침묵시킨 후 조태진 교수를 바라보았다. 그의 생각대로 조 교수는 수혁을 참으로 복잡한 얼굴로 바라보는 중이었다.

'진짜 좀 이상하긴 하구나.'

이현종도 신현태도 이수혁이 진짜 인재라고 떠들어 댔다. 신현태야 원래 약간 팔불출기가 있어서 아무리 좋게 봐도 좀 노력하는 범재 수준의 레지던트도 곧잘 칭찬했었지만, 이현종은 그에 비하면 훨씬 엄격함에도 불구하고 이수혁의 천재성은 인정했다.

그리고 그 둘 모두 수혁에게 약간 이상한 점이 있다는 말도 해 줬다. 하지만 위험하진 않은 거 같다는 말도 함께였다.

'정말 위험하지 않은 건 맞겠지?'

조태진 교수는 약간 뒤로 물러서긴 했지만, 딱히 방어 자세를 취하거나 하진 않았다. 수혁은 그런 조태진 교수를 향해 입을 열었다.

"환자는 시스플라틴 계열의 항암제를 이용한 항암 치료를 받았습니다. 이는 면역력의 저하가 이미 발생했다는 것을 시사합니다."

[잠깐, 너무 똑같이 따라 하는데?]

"그렇기에 코 내에 살고 있던 상재균 또는 곰팡이균이 비인두에 감염을 일으켰을 가능성도 완전히 배제할 수는 없습니다."

[수혁. 양아치입니까? 닥치랄 때는 언제고?]

바루다가 중간중간 계속 끼어들었지만, 수혁은 전혀 흔들림 없이 말을 이어 갔다. 바루다가 자신 있게 꺼냈던 말이니만큼 조태진이 듣기에도 아주 완성도가 높았고, 흡족했다.

"그렇지. 항암 방사선 치료 환자 중…… 특히 안면 쪽에 치료받은 환자들은 감염이…… 특히 곰팡이 감염이 상대적으로 흔하지."

"네. 아스페르길루스(aspergillus, 누룩곰팡이) 균이라면 그나마 스테로이드를 투여한 후에도 기회가 있겠지만, 뮤코르마이코시스(mucormycosis, 털곰팡이) 균이라면…… 실시간으로 환자가 균에 잡아먹히는 것을 봐야 할지도 모릅니다."

말하자면 현 상황에서 스테로이드는 하이 리턴, 베리 하이 리스크라는 뜻이었다. 이게 돈에 관련한 것이거나 뭔가 다른 일이라면 감수해 볼 수도 있겠지만, 사람의 목숨이 달린 일에서 그럴 수는 없는 노릇이었다.

"그래. 그럼 네 의견은?"

조태진 교수는 거의 동등한 수준으로 토론을 이어 나가는 수혁을 보곤 빙그레 웃으며 질문을 던졌다. 어쩐지 수혁의 입에서 자신이 생각하고 있는 그 치료가 튀어나올 것만 같아서였다.

"우선 부담이 적고, 감염에 대한 치료도 될 수 있는 고압 산소 탱크 치료를 하고 싶습니다."

"흠."

튀어나올 것 같긴 했지만, 진짜 튀어나오니 솔직히 진짜 놀랍긴 했다.

'정답을 말했다 이거지?'

고압 산소 탱크란 말 그대로 고농도의 산소에 환자를 노출하는, 일종의 캡슐 같은 것이라고 보면 되었다. 원래는 일산화탄소 중독이나 감압병과 같은 아예 다른 기전의 병을 치료하기 위해 고안된 것이었지만, 쓰다 보니 다른 질환에도 극적인 효과를 보인단 것을 알게 되어 지금은 다른 질환에 오히려 더 많이 쓰이고 있었다.

"좋아. 지금 바로 예약 잡…… 아니, 거기 내가 잡을게. 넌 또 뭐 하고 싶어?"

조태진의 질문이 계속되었다. 보통 레지던트 입장에서, 그것도 1년 차 입장에서 이건 정말 짜증 나는 일이었다. 하지만 수혁은 계속되는 조태진 교수의 질문이 부담스럽기는커녕 기회로만 느껴졌다.

'감염내과 교수를 해야 하나 했는데, 어쩌면 혈종두…….'

[수혁과의 대화를 토대로 미루어 볼 때, 이럴 때 해 줄 수 있

는 조언으로 '김칫국 마시지 마라.'가 있겠습니다.]

'넌 좀 닥치고. 뭐 하고 싶은지나 말해. 난 조직 검사를 하고 싶은데. 맞아?'

[저도 동의합니다.]

'좋아.'

바루다가 그렇다고 하면 거의 그런 거라고 보면 되었다. 아직 정보가 많이 들어가 있진 않아서 부정확할 때도 있긴 했지만.

"조직 검사를 해야 한다고 생각합니다."

"조직 검사? 뭐가 나올 거 같은데?"

"염증 조직이 나올 거라고 봅니다. 다만 동결 절편 검사나 염색 검사에서 곰팡이 감염 정도는 확인할 수 있을 테니, 거기서 음성 소견을 보인다면 본격적으로 방사선성 괴사에 대한 치료를 진행할 수 있을 거라고 생각합니다."

거기까지 들은 조태진 교수가 크게 고개를 끄덕였다. 이 정도까지 답을 할 수 있다면 이건 그냥 운이 좋거나, 해당 질환에 관해 책 한번 쓱 읽어 본 수준이 아니었기 때문이었다.

"좋아. 이 환자 네가 맡아서 보고. 앞으로 어떻게 할지 설명해드려. 나는 고압 산소 탱크 잡아 줄게. 조직 검사는…… 그것도 내가 잡을게. 아무래도 네가 하긴 좀 어려울 테니까."

어디 시설 예약하거나 다른 과에 부탁하는 건 정말 어려운 일이라 할 수 있었다. 특히나 수혁처럼 1년 차 나부랭이는 더더욱 그러했다. 그걸 교수가 대신 해 주겠다고 한 참이 아니던가. 수혁의 고개가 내려간 것은 당연한 일이라 할 수 있었다.

"네. 교수님, 감사합니다."

"감사는 무슨. 가 봐. 환자분 기다리겠네."

"네, 교수님."

"아, 그리고."

조태진 교수는 고개를 꾸벅 숙이고 환자를 향해 총총걸음으로 달려가려는 수혁을 멈춰 세웠다. 수혁은 설마 또 학회 발표 같은 게 떨어지려나 하는 눈으로 그를 돌아보았고.

"너 백당(100일가량 봐주는 선배)이 원래 누구지?"

"김인수 치프 선생님입니다."

"아, 인수……. 흠."

예상과는 다른 질문이었으나 수혁은 당황하지 않고 바로 대답했다. 그저 인수라는 이름을 되뇌고 있는 조 교수를 물끄러미 바라보고 있을 따름이었다.

"이렇게 하자. 내가 보니까 너 백당 필요 없을 거 같아. 그냥 단독으로 서고. 입원 필요한 환자는 나한테 바로 노티해. 다른 분과 환자들은…… 인수나 2년 차 컨펌받고. 알았어?"

"아, 네. 교수님."

수혁은 조태진에게 크게 고개를 끄덕여 보이며 대답했다.

이로써 감염내과에 이어 혈액종양내과에서도 교수에게 직접 노티할 수 있는 권한을 획득한 셈이었다. 별거 아닌 것처럼 보일 수도 있겠지만 사실 대단한 일이라 할 수 있었다. 1년 차가 2년 차나 3년 차의 일을 하게 된 것이었으니까. 제일 똑똑한 1년 차가 제일 멍청한 2년 차보다 못하단 말이 진리로 통하는 대학 병원에서 이건 거의 기적이었다.

"그래, 그럼 가 봐. 후딱 환자 정리하고 좀 자야지."

"감사합니다. 교수님."

수혁은 마지막으로 인사를 한 후, 환자에게로 달려갔다.

다행히 환자는 아까보다 사지 마비가 좀 풀려 있는 상황이었다. 덕분에 수혁은 자신의 설명이 잘 전달되고 있음을 확인할 수 있었다. 해서 환자는 자신이 왜 고압 산소 탱크에 들어가는 건지에 대해 묻지 않았다.

'잘되려나.'

수혁은 그렇게 탱크 안에 들어간 환자를 보며 고개를 갸웃거렸다.

[모르죠.]

'왜 몰라? 넌 알아야지.'

[아직 데이터가 너무 부족해서 예측이 잘 안됩니다.]

'공부 열심히 하고 있잖아?'

[공부 많이 한다고 훌륭한 의사가 됩니까? 경험이 필요하죠.]

'경험······. 그건 내가 어떻게 할 수 있는 부분이 아닌데? 시간이 필요하지.'

이제 겨우 내과 의사가 된 지 한 달 조금 넘었는데 경험은 무슨 놈의 경험이란 말인가.

바루다는 수혁의 시큰둥한 말을 들으며 그대로 대화를 이어 갔다.

[그 시간을 줄일 수 있도록 수혁이 최대한 굴렀으면 좋겠습니다. 딱 생존할 수 있을 정도로만 수면을 취하면서요.]

'아주 그냥 죽으라고 저주를 해라······. 이 새꺄.'

야, 이거 헷갈리네

"환자 어때?"

오후 외래를 마치고 병동으로 올라온 조태진 교수가 치프 김인수 선생을 향해 물었다. 김인수는 잠시 수혁을 돌아보았다가 이내 입을 열었다.

"예정대로 항암 치료를 받으신 분들은 뚜렷한 합병증 없이 퇴원 예정입니다. 주말 사이 항암 치료를 위해 입원하신 분들도 이번이 첫 사이클이 아니라서 아마도 별일 없을 거라 생각됩니다."

모두 무서워하는 심각한 약물 부작용은 대개 초기에 나타나기 마련이었다. 처음에 괜찮았으면 대개 계속 괜찮을 가능성이 아주 컸다. 물론 항암제는 약물 용량과 사용 기간에 따라 부작용이 커지는 경향이 있기는 했지만.

"그래? 그냥 다 루틴 환자들이란 거지?"

"네, 교수님."

"좋네. 우리도 좀 이럴 때도 있기는 있어야지."

조태진 교수는 씁쓸한 미소를 지어 보였다. 전 병동에서 단위 병실당 가장 많은 환자가 죽어 나가는 곳이 바로 이곳, 혈액종양내과 병동이기 때문이었다. 그중에서도 그가 담당하고 있는 15층 서 병동 쪽은 말기 환자들도 많이 입원하고 있어서 제법 많은 죽음을 목격해야만 했다.

"그래, 그 환자는 좀 어때?"

조 교수는 잠깐 그렇게 웃고 있다가 수혁을 돌아보았다. 누구라 말은 하지 않았지만, 수혁은 즉시 조 교수가 말하는 사람이 누군지 알 수 있었다.

"네. 박경원 환자, 이틀 전에 중환자실에서 일반 병동으로 전실했습니다. 현재 혈액 검사상 염증 수치 가라앉고 있으며 해당 부위 통증 또한 주관적 보고 9점에서 4점으로 가라앉고 있습니다."

"약은?"

"진통제 들어가는 횟수도 절반으로 줄었습니다."

"잘됐네."

통증은 때론 아무것도 아닌 지표일 때도 있지만, 어쩔 땐 모든 지표 중 가장 중요할 때도 있었다. 주관적인 점수 감소도 물론 좋은 소견이었지만 진통제 사용 감소가 객관적으로 확인된다는 것은 더 좋은 일이었다.

"운동은 어때?"

"아직은 운동 수준이 들쭉날쭉해서 휠체어 보행만 하고 있습니다. 움직임에 크게 제한이 있지는 않습니다. 신경과 의견으로는 영구적인 후유증은 없을 거라고 합니다."

"이비인후과에서는 뭐래?"

"매일 아침저녁으로 내시경 검사를 해 주고 있습니다. 오늘 협진 방 진료를 보고 찍은 사진 소견은 이렇습니다."

수혁은 굳이 사진 소견을 입으로 설명하는 대신 직접 보여 주었다. 당연하게도 조태진 교수와 김인수의 시선이 그리로 모였다.

울긋불긋한 것이, 확실히 좋아 보이진 않았다. 하지만 처음 상태와 비교하자면 어마어마한 진전을 보이고 있는 셈이었다. 그땐 진짜 암이 재발한 거 아닌가 하는 생각이 들 정도로 엉망이었으니까.

"여기 이거, 뼈 녹은 건 어떻게 하래?"

조태진 교수는 사진상에서도 뻥 뚫려 보이는 비인두의 뒤쪽 벽을 가리켰다. 염증 자체는 많이 가라앉았지만, 그래서 더 구멍이 크게 보인다는 단점이 있었다.

게다가 여기 있는 의사 셋은 그 구멍이 척수로 바로 이어진다는 것을 잘 알고 있었기 때문에 걱정이 이만저만이 아니었다. 물이라도 들어가서 감염을 일으키면 어찌 되겠는가. 그땐 지금처럼 잘 회복되리라는 보장도 없었다.

"일단 지금 치료를 유지해서 괴사한 조직이 좀 더 좋아지고 나면 수술적 재건을 하겠다고 합니다."

"수술? 여길?"

비인두는 코 가운데에 있는 조직이었다. 말하자면 얼굴 중앙이라는 뜻. 접근하기가 그야말로 최악이란 얘기였다. 수술하려면 얼굴 반쪽을 가르고 들어가야 할 가능성이 컸다.

"네. 다행히 빨리 치료에 들어가서…… 내시경으로 가능할 거라고 합니다. 정확한 얘기는 못 들었지만……."

[몰라서 말끝을 흐린 것이죠? 대퇴근막장근(TFL, 안정적인 직립 보행에 사용하는 근육)으로 재건할 가능성이 큽니다.]

"대퇴근막장근을 이용해서 재건할 가능성이 크다고 생각합니다."

수혁은 살짝 민망하다는 생각을 하며 말을 끝마쳤다. 물론 듣고 있는 조태진 교수로서는 전혀 그런 생각이 들지 않았다.

'얘 진짜 물건이네…….'

보통 내과 의사는 외과적 처치에 대해서는 별로 관심이 없는 경우가 많았다. 하지만 진짜 훌륭한 내과 의사라면 최종 치료도 빠삭하게 알고는 있어야 했다. 할 줄 모르는 거야 어쩔 수 없다고 하더라도, 그래야 자기 환자에게 제대로 된 설명을 할 수 있을 테니까.

"그래. 그럼 그런 식으로 대강이나마 운은 떼어 놔. 갑자기 수술한다고 하면 환자도 황당하니까."

"네. 교수님."

"그리고……."

조태진은 그대로 병동 회진을 돌러 가는 대신 병동 환자 목록의 새로 고침을 눌렀다. 그럼에도 원하는 환자가 뜨지 않자, 오후에 있던 외래 환자 목록을 띄웠다.

"어디……. 아, 여기 있네."

그러고 나서도 한참 스크롤을 위아래로 굴리고 나서는 '박상아'란 이름 앞에서 멈춰 섰다.

"이 환자, 외래에서 입원장을 냈거든? 전화로 확인했을 때 병동에 빈자리가 있다고 들었는데, 아직 입원 수속이 안 된 모양이네."

그의 중얼거림을 들은 병동 간호사가 부리나케 다가와 답을 해 주었다.

"네, 교수님. 외래에서 환자분 한 명 올라온다고 전해 들었습니다. 아직 병동 자리 정리 중이라……. 한 한 시간에서 두 시간 있다가 올라오실 예정입니다."

"그럼 오늘은 내가 얼굴 못 보겠다. 치프도 그만 퇴근하고. 수혁이가 가서 인사드려."

조태진의 말에 김인수가 자못 흐뭇한 미소를 지었다. 지금쯤 다른 치프들은 아마 1년 차 뒤치다꺼리하느라 퇴근은커녕 겁나게 혼나고 있을 터였다. 교수들은 1년 차가 저지른 잘못은 곧 2년 차, 3년 차의 잘못이라고 생각했으니까.

'원래 1년 차랑 나랑 둘이 돈다고 다음 달은 진짜 편한 과 배정받았는데…….'

이건 뭐 2년 차랑 도는 것과 비교해도 훨씬 편하고 좋을 지경이었다. 기분이 좋아진 그는 남몰래 수혁의 어깨를 토닥거려 주었다.

"어떤 환자냐면……."

조태진은 다시 모니터를 향해 고개를 돌린 채 환자 차트를 열었다. 외래에서 올라오니까 알아서 차트 확인해서 대강 보라는 말을 할 만한 위치에 있는 사람이었지만, 태화의료원 내과는 그런 마음가짐으로 버틸 수 있을 정도로 만만한 곳이 아니었다. 물론 백이 든든한 사람이라면 얘기가 좀 달라질 수도 있긴 하겠지만.

"원래 대장암으로 항암 치료 폴폭스(FOLFOX, 항생제 치료법) 세 사이클 정도 돌린 환자분이야. 원발 병변은 완전히 제거된 상태로 지내고 계셨는데, 이번에 경과를 관찰하려고 시행한 복부

MRI에서……. 이거 왜 이렇게 느려."

조 교수는 환자 검사 결과 창 옆의 영상 버튼을 누르곤 투덜거렸다. 그런다고 느린 컴퓨터가 빨라질 리는 없었기 때문에 한참을 투덜거린 후에도 잠시 멍하니 모니터를 바라보고 있어야만 했다.

"아, 떴네. 보이냐?"

"아……. 간에 멀티플 메타(multiple metastasis, 다발성 전이)가 있네요."

치프 김인수가 재빨리 답했다. 확실히 교수를 꿈꾸는 사람인 만큼, 공부도 꽤 열심히 하는 편이었다. 대장암은 전이가 꽤 잦은 암이라는 것, 그중에서도 간으로 잘 가는 암이라는 것을 잘 알고 있었다.

"그래. 이거 워크업(work up, 검사)해 볼 거야. 일단 환자한테는 전이 얘기는 하지 말고……. 간 조직 검사 정도만 설명해 줘. 알았어?"

이제 조태진 교수는 수혁을 바라보고 있었다. 하지만 수혁은 즉각 답을 하지 못했다.

[전이라고 딱 잘라 말하기에는 조금 무리가 있어 보입니다. 자세한 것은 지금 데이터 부족으로 말씀드리기가 어렵습니다만…….]

바루다가 조태진 교수나 김인수와는 전혀 다른 말을 하고 있었기 때문이었다.

'전이가…… 아닐 수도 있다고?'

지금 복부 MRI에서 보이는 소견은 누가 봐도 전이를 생각할 만한 병변이었다. 심지어 복부영상의학과 김진실 교수의 이름으로 간 전이를 의심해야 한다는 의견서까지 첨부되어 있었다. 그걸 아니라고 하다니.

[수혁이 지금 환자와 관련된 논문을 읽고 있던 당시 졸아 버려서 기록이 흐릿합니다. 자세한 의견을 드릴 수는 없습니다.]

'그럼 일단 지금은 그냥 넘어가.'

[동의합니다.]

다행히 바루다와의 대화는 짤막하게 끝났다. 그리고 조태진 교수는 이미 수혁이 간혹 정말로 이상한 행동을 보인다는 것을 경험적으로나 남들에게 들어서나 아주 잘 알고 있었다.

'위험한 건 아니야.'

해서 위와 같은 생각과 함께 참을성 있게 기다려 줄 수 있었다.

"앗. 죄송합니다. 네, 그렇게 전하겠습니다."

"그래. 그럼 부탁할게. 나머지 환자 먼저 돌자. 내가 오늘 모임이 있어서 빨리 나가 봐야 해."

"네, 교수님."

수혁은 고개를 끄덕이며 부리나케 앞으로 나섰다. 병실 문 여는 일은 철저하게 1년 차의 몫이었다. 심지어 학생이 있어도 그랬고, 인턴이 있어도 그랬다. 엄청 똑똑하건 말건, 그건 문제가 아니었다. 그냥 기본이었다.

드르륵. 수혁은 재빨리 병실 문을 열면서 뒤따르고 있는 둘을 돌아보았다.

"박경원 환자분입니다. 현재 비인두 방사선성 괴사로 고압산소 탱크 치료 및 데일리 소독, 그리고 스테로이드 치료 중에 있습니다."

"그래."

1년 차는 문만 여는 게 아니라, 대강 여기 누가 있는지 알려주기까지 해야 했기 때문이었다.

"환자분."

물론 환자에게 인사를 할 때는 귀신같이 조태진 교수 뒤로 빠져야만 했다. 이건 1년 차 회진도, 치프 회진도 아닌 교수 회진이었으니까. 병동에 입원한 환자에게는 종일 기다려질 수밖에 없는 그런 시간이었으니까.

"네, 네. 교수님."

"좀 어떠세요?"

"많이 좋아졌습니다."

"네. 그 뒤에 문제 좀 남은 건 이비인후과에서 수술로 해결할 수 있을 겁니다. 간단한 수술이라고 하니, 너무 걱정 마세요."

"아이고, 감사합니다."

비록 그 설명과 시간이 레지던트 회진과 비교할 수 없이 적다고 해도 환자들이 얻는 위안과 위로는 어마어마한 것이었다.

/////

"좋아. 내가 일러 준 대로 하도록 하고. 수혁이는 이따가 그…… 그래, 박상아 환자 올라오면 잘 설명해 드리고. 내일 조직 검사 스케줄 잡아."

"네, 교수님."

"그럼 간다. 내일 보자."

"네, 교수님."

그렇게 회진을 마친 조태진 교수는 약속이 꽤 급한 것인지 거의 뛰듯이 사라졌다. 그가 시야에서 없어지자마자 김인수도 사라졌다.

"나도 오늘은 약속이 있어서. 너 오늘 당직 아니지? 환자만 받고 얼른 쉬어라."

"네, 선생님."

수혁은 김인수까지 사라지기를 기다린 후, 잠시 눈을 감았다.

'아까 했던 얘기 더 자세히 털어 봐.'

바루다와 대화하기 위함이었다.

[좀 더 정확한 의견을 개진하기 위해서는 더 많은 데이터가

필요합니다.]

'어떤 데이터? 나 대장암에 관한 논문 꽤 읽었는데?'

[읽으면 뭐 합니까. 졸았는데.]

'하……. 어떤 논문인지도 몰라? 난 아예 기억에 없어…….'

수혁의 말에 바루다는 한심하다는 투로 쯧쯧 소리를 내고는 말을 이었다.

[Radiology 2014 May.]

'뭔 미친 소리야.'

[그때 읽다 만 논문입니다. 졸아서 제목은 저장이 안 되어 있습니다.]

'아.'

[방금 좀 미안했죠? 사과하시죠. 아니면 머리 치시든가.]

'그건 또 뭐야. 어디서 봤어.'

[유튜브요. 수혁이 공부하는 시간을 아껴서 보는 그…….]

'됐어. 됐어. 논문이나 보러 가자. 전이가 아니면 대체 뭐라는 거야…….'

▰▰▰▰▰

"래디올로지(Radiology, 영상의학과 학술지)……. 2014년 5월 발간된 거에 있다 이거지."

수혁은 혼잣말을 해 가면서 병동 스테이션에 있는 컴퓨터를 켰다. 하지만 바로 검색에 들어가진 못했다. 박상아 환자가 병동으로 올라왔기 때문이었다. 조태진 교수에게 전해 들었던 대로 40대 여성이었고, 생각했던 것보다 수척해 보이거나 하진 않았다.

'오히려 건강해 보이는데……. 일단 걸음걸이에 힘이 있어.'

탈모가 발생했는지 모자를 쓰고 있긴 했지만, 그 외에는 별로 병색이 완연하다는 느낌을 주지 않았다. 주관적인 느낌에 불과하다고 볼 수도 있겠지만, 의외로 만성 질환자에서는 이러한 것이 상당히 중요했다. 의사는 암을 치료하는 것도 맞지만, 뭐가 어찌 되었건 그 암에 걸린 환자를 돌보는 사람이었으니까.

[체중 감소도 없어 보입니다. 석 달 전 입원했을 때 기록보다 오히려 는 것으로 생각됩니다.]

바루다도 그의 의견에 동의한다는 듯 비슷한 말을 전해 왔다.

"박상아 님 맞으시죠? 병실 안내해 드릴게요."

수혁이 바루다와 함께 환자의 외견상 알 수 있는 정보를 토대로 잠시 대화를 나누는 사이, 담당 간호사가 환자를 데리고 병실로 향했다. 늘 병실이 꽉꽉 들어차 있는 태화의료원답게 그녀가 안내되어 간 곳은 2인실이었다.

'진짜 전이가 아니려나?'

[전이가 일어났다면 그 전이에 기반한 증상을 보여야만 합니

다. 현재 환자는 별다른 증상이 없는 듯해 보입니다. 물론 반드시 그런 건 아니지만, 뭐 전이가 아닐 가능성을 의심해 볼 만한 가치는 충분하죠.]

'외래 기록에서는 어땠지?'

[조태진 교수가 별다른 기록을 남기지 않았습니다.]

아무래도 영상만 보고 바로 입원을 결정한 모양이었다. 사실 당연한 일이라 할 수 있었다. 암 치료에 있어서 가장 중요하고 또 가장 무서운 것이 바로 전이였으니까. 누가 뭐라고 해도 이건 반드시 확인하고 넘어가야 할 문제다, 뭐 이런 얘기였다. 대부분의 혈액종양내과 의사가 제일 좌절하게 되는 순간이기도 했고.

'일단 나오기 전까지 논문이나 좀 뒤져 보자.'

[제발 좀 그래 주시죠. 제가 손만 있으면 바로 했을 텐데. 참 안타깝습니다.]

'말 좀 얄밉게 하지 마.'

수혁은 고개를 절레절레 젓고는 병동 스테이션 컴퓨터를 이용해 논문 사이트에 들어갔다. 계속 뭔가를 중얼거리는 그를 보고도 간호사들은 별로 수군대거나 하지는 않았다. 그저 우리 특이한 1년 차가 또 이상한 버릇을 내보이기 시작했구나 하고 여길 뿐이었다. 그사이 수혁은 자신이 원하던 학술지에 로그인했다.

Radiology.

영상의학과 단독 학회지 중에서는 가장 큰 학회지답게 사이트에는 상당히 많은 논문이 게재되어 있었다. 그중 수혁이 뒤져 봐야 할 것은 2014년 5월에 발간된 호였다.

'아이고, 뭐가 이렇게 많냐……. 이걸 언제 다 해…….'

어렵지 않게 찾아 들어갔더니, 그달에 발표된 논문만 수십 개에 이르렀다.

[그러니까 한 번 할 때 졸지 말았어야죠.]

'알람을 울리든가 하지 그랬어.'

[와……. 언제는 그거 하면 머리에서 떼어 낸다고 해 놓고서는? 어떻게 이런 식으로 나오죠?]

'그래도 이게 꼭 필요한 지식이다 싶으면 울렸어야지.'

[와, 이 시…… 알겠습니다. 방금 발언은 제가 반드시 제 행동 지침으로 숙지하도록 하겠습니다.]

'그, 그렇게까지 할 건 없고…….'

수혁은 그 말을 해 대면서도 화면에 뜬 수많은 제목을 훑어보았다. 다행히 태화의료원은 국내 제일의 병원이다 보니 모든 논문에 열람 권한을 가지고 있었다. 따로 어디 전화해서 요청해 가면서 논문을 읽어 볼 이유가 전혀 없다는 소리였다.

"이수혁 선생님. 환자분 나오셨는데요."

미처 첫 논문도 눌러 보기 전에 담당 간호사가 수혁을 불렀다. 고개를 들어 보니 박상아 환자가 뒤에 서 있었다. 멀리서 봤을 때도 그리 아파 보이는 기색이 없었는데, 가까이에서 보니 더더욱 그러했다.

'진짜 전이가 아닌가?'

[단정 짓기는 이릅니다. 암의 특성을 잘 생각하십시오.]

'하긴.'

암은 증상을 보이지 않아서 더 무서운 경우가 많았다. 즉 '아프지 않았는데', '다른 뭐가 없었는데' 등의 말은 적어도 암에서는 전혀 소용이 없다는 얘기였다.

"네, 안녕하세요. 박상아 환자분. 주치의를 맡게 된 이수혁입니다."

"아……. 안녕하세요."

"조태진 교수님은 내일 오전 회진 때 오신다고 하셨습니다. 일단 여기 앉아 보실까요?"

"아……. 네. 알겠습니다."

환자는 담당 교수 대신 웬 어린 의사 하나가 덜렁 있는 것이 좀 불안한지 연신 주변을 살피다 마지못해 의자에 앉았다.

수혁은 환자 근처에 놓여 있던 자신의 지팡이를 급히 들어다 반대편에 가져다 놓았다. 아무래도 아직 지팡이 짚고 다니는 게 익숙하지 않다 보니 이런 일이 잦았다.

"내일 검사에 대해서는 교수님께 설명 들으셨을 거예요. 맞나요?"

"음……. 네. 대강? 근데 그거 왜 하는 거예요?"

"음."

수혁은 잠시 조태진 교수의 말을 떠올렸다.

─일단 환자한테 전이 얘기는 하지 말고…….

아직 확진된 것도 아닌데 섣불리 환자 불안하게 만들지 말라는 뜻이었다. 물론 입원이 결정된 시점에서 이미 충분히 불안하긴 하겠지만.

"그냥 확인해 볼 것이 있다고만 들었습니다. 내일 교수님 오시면 직접 아마 설명해 주실 겁니다."

[능구렁이같이 잘도 빠져나가는군요.]

다행히 수혁은 지난 한 달간 내과 레지던트로 수련받으면서 단지 병에 대해서만 배운 것은 아니었다. 다양한 레지던트들과 교수들의 환자 보는 스킬도 익히고 있었다.

"알겠……습니다."

다행히 환자는 억지로라도 납득을 해 주는 듯했다. 아마 수혁처럼 어린 의사와 자신의 상태에 대해 더 얘기하기 싫어서일 수도 있겠지만. 아무튼, 곤란한 질문을 무사히 넘긴 수혁은 재차 입을 열었다.

"그럼 몇 가지 질문을 좀 하겠습니다. 괜찮으실까요?"

"네, 뭐."

"최근 한 달간 복부 통증이 있으셨나요?"

"음……. 아뇨. 뭐, 특별히? 아, 가끔 속이 쓰리긴 했어요."

"약을 드셔야 할 정도였나요?"

"아뇨. 그 정도는 아니었습니다."

누차 말하지만, 통증은 상당히 중요한 지표였다. 비록 암 중에서는 어느 정도 이상 크기 전까지는 증상을 나타내지 않는 놈들이 많다지만, 그럼에도 통증은 반드시 확인해 봐야만 했다. 괜찮겠지 했던 통증이 생각보다 큰 문제로 인한 것일 수도 있었으니.

[별거 없군요, 통증은.]

하지만 이 환자에서 통증은 꽝이었다.

"구역감이 있던 적은 없었나요?"

"음……. 한 번 정도?"

"실제 토로 이어졌나요?"

"아뇨."

이어지는 질문에서도 특이 사항은 없었다.

"특별히 더 피로하거나, 하루의 절반 이상을 주무셨던 적은 없나요?"

"없습니다. 오히려 한 달 전보다 지금이 좀 더 나아요."

간에 전이가 있어 조직을 파괴하고 있다면 구역, 구토, 복통, 피로감 등을 유발할 수 있었다. 물론 체중 감소나 황달도 따라올 수 있는 증상이긴 했으나, 그건 굳이 묻지 않아도 알 수 있었다.

"네, 감사합니다. 오늘은 혈액 검사 하나만 있을 예정이니, 푹 쉬셔요."

"알겠습니다. 감사합니다."

그 후로도 몇 가지 질문을 더 이어 나갔으나 별다른 소득은 없었다.

[소득이 없는 게 아니라, 아무 증상이 없다는 소견을 얻은 겁니다.]

'나도 알거든?'

[그럼 왜 잔뜩 실망한 표정을 짓고 있는 겁니까?]

'남이사.'

[우리가 남이라 할 수 있을까요? 저는 수혁의 표정을 느끼고 있는데요.]

'꺼져, 시발. 소름 돋아.'

수혁은 환자가 사라지자마자 혼자 주절거리다가 이내 아까 보고 있던 모니터를 향해 고개를 돌렸다. 아무도 그가 치고 있던 컴퓨터를 건드리진 않았던 터라, 논문 목록이 고스란히 떠 있었다.

'아무래도 복부 영상 쪽을 봐야겠지?'

[그럴 거라고 생각합니다. 간염 비슷한 제목이었습니다.]

'넌 인공지능이라는 애가 기억력이 흐릿해?'

수혁의 도발에 바루다도 지지 않고 받아쳤다.

[드디어 수혁의 뇌를 저장 공간으로 써야 하는 제 고충을 이해할 수 있겠습니까?]

'나 정도면 인마……. 꽤 준수한 편이야……. 4등 졸업이라고.'

[그럼 벌써 아는 사람 중에 셋이나 있군요. 더 훌륭한 뇌를 가진 사람이. 제가 과연 수혁을 세계 최고의 내과 의사로 만들 수 있을까요? 두려워집니다.]

'그건 인마, 내가 집안이 어려워……. 에이, 시발 됐어. 집어치워. 논문이나 찾아.'

수혁은 이런저런 사정 설명을 하려다 말고 고개를 휘휘 저어 댔다. 너무 구차하다는 생각이 들었기 때문이었다. 게다가 내일 조태진 교수가 회진을 돌기 전에 전이가 아니란 증거를 찾지 못하면 이것도 모두 헛수고로 돌아가지 않겠는가. 그러니 지금은 그저 서두르는 게 최우선이었다.

'복부, 복부…….'

[세 번째, 복부입니다.]

수혁은 바루다의 도움을 받아 논문을 하나하나 읽어 가기 시작했다. 인공지능이 탑재되었다 해도 영어 실력이 비약적으로 느는 건 아니었던지라 속도가 미친 듯이 빨라진 않았다. 기억하는 게 아니라 저장하는 방식으로 읽을 수 있어서 남들보다는 빠르긴 했지만.

'이건 꽝이네…….'

[이번에도 꽝이군요.]

덕분에 열 개가량의 논문을 훑어보았을 땐 이미 2시간이 훌쩍 지나 있었다. 수혁은 지친 기색이 역력하다는 얼굴로 중얼거렸다.

'너 이거 확실한 거야? 2014년 5월?'

[그건 확실합니다. 바루다는 세계 최고 성능을 자랑하는 인공지능입니다.]

'지 입으로 그런 말 지껄이면 안 부끄럽냐?'

[부끄럽다는 게 혹 수혁이 '나는 돈 많이 버는 의사가 되면 좋겠다.'라고 동네방네 떠들고 다니던 때를 회상했을 때 나타나는 감정 변화를 말씀하신다면, 전혀 그렇지 않습니다.]

'개새끼.'

수혁은 한 마디도 지지 않는 바루다에 질렸다는 듯 욕설을 내뱉었다.

'어.'

그러던 그의 눈에 논문 하나가 들어왔다.

'소화기암에서 항암 치료에 의한 간의 국소 병변. 이거 아니야?'

[불완전한 기억을 토대로 추정해 봤을 때, 맞을 가능성이 99%를 상회합니다.]

'좋아. 읽어 보자고.'

[네.]

수혁은 잠시 그 논문을 들여다보았다. 읽으면 읽을수록 확신할 수 있는 게 하나 있었다. 이게 바로 바루다가 말했던 바로 그 논문이라는 것.

[이제 아시겠습니까? 바루다가 그렇다고 하면 그런 겁니다.]

덕분에 바루다는 아주 의기양양하다는 태도로 머릿속이 죄 울리도록 외쳐 대기 시작했다. 무척 성가신 상황이었지만 수혁은 끝내 논문을 다 읽어 내었다. 내용이 흥미로운 건 둘째 치고서라도, 논문에 나온 케이스와 지금 환자의 상황이 너무 잘 들어맞았기 때문이었다.

'내일 교수님 진짜 놀라시겠는데?'

조금 전까지만 해도 그렇게 시간이 안 갔으면 좋겠더니. 이젠 빨리 내일 오전이 왔으면 좋겠다는 마음뿐이었다.

*****

"으……. 좋은 아침이다, 수혁아. 넌 잘 잤냐?"

1년 차 잘 만난 덕에 꿀잠 자고 나온 치프 레지던트 김인수가 미소를 지은 채 인사를 건네 왔다. 정말이지 푸근하고도 친절해 보이는 미소였다. 그 모습을 본 병동 간호사들이 수군거리기 시작했다. 수혁이 혼자 중얼거리는 모습이야 '버릇이라 그래.' 하며 넘어가 주는 모양이었지만, 무려 3년을 함께 지지고 볶았으면서도 처음 보게 된 김인수의 따뜻한 모습은 도저히 그렇게 넘어가 주기 어려운 것 같았다.

"웬일이래. 웃을 줄도 아는 사람이었네."

"와……. 사람 너무 차별하는 거 아니에요?"

"황선우 선생님이 보면 울겠다, 울겠어."

"근데 황 선생님은 조금……."

"아무튼!"

김인수는 간호사들의 친근함이 묻어나는 나무람에 또다시 미소를 지어 보였다.

"3년 차 돼서 그래요. 마음이 넓어지는 거 같아. 이제 막 병원이 예뻐 보인다니까요?"

"하긴……. 1년 차 때 악마 같던 사람들이 3년 차 되면 천사가 되기도 하죠. 계속 악마인 사람도 있기는 하지만."

곳간 있는 곳에 인심 있다는 말도 있지 않은가. 비유가 좀 이상하게 보일지 모르겠지만, 일단 자기가 살 것 같아야 남들에게도 인정을 베풀 수 있지 않겠는가.

방금 간호사가 말한 상황은 딱히 드문 것도 아니었다. 레지던트 1년 차는 거의 사람 사는 꼴이 아닌 수준이지 않던가. 거기서 벗어나는 슈가 인성에 지대한 개선이 찾아오는 건 드문 일이 아니었다. 물론 권력을 쥐자마자 더 개차반이 되는 놈들도 있긴 했지만.

"아무튼, 환자 별일 없지?"

김인수는 잠시 더 웃어 보이곤 수혁을 향해 고개를 돌렸다. 짙은 신뢰감이 묻어나는 그런 얼굴이었다.

"네, 선생님. 어제 입원한 환자분도 별문제 없이 주무셨고, 회진 때도 별다른 말씀 없었습니다. 다만……."

"다만? 뭔데?"

김인수는 수혁 뒤로 보이는 시계를 힐끔 본 채 물었다. 시계는 이미 8시를 가리키고 있었다. 곧 조태진 교수가 올 시간이라는 뜻이었다.

'뭐 사고가 있었나?'

당연하게도 김인수의 마음이 불안해지기 시작했다. 원래 같으면 치프 회진이 대략 7시에 있어야만 했다. 특히 1년 차가 주치의인 경우에는 그보다 더 일찍 도는 경우도 많았다. 밤새 사고 친 것을 때워야 했으니까.

'아……. 일찍 올걸……. 너무 믿었나.'

그런데 수혁은 2년 차보다도 더 능숙하게 환자를 보는 1년 차다 보니, 김인수로서는 마음 놓고 방심하게 된 지 오래였다. 그래서 교수보다 일찍만 오자는 마음으로 출근을 했는데, '다만'이라는 얘기를 들었으니 긴장이 될 수밖에 없었다.

"그…… 박상아 환자분."

"어, 빨리 말해 봐. 이러다 교수님 오시겠어."

"전이가 아닐 수도 있지 않나 싶어서요."

"뭐? 그게 뭔 소리야, 인마! 그건 교수님 의견인데. 그리고 영상 보면……."

김인수는 생각 같아서는 더 크게, 더 오래 떠들어 대고 싶었다. 로열에게 소리치는 행위가 마음에 걸리더라도 그렇게 하고 싶었다. 하지만 그는 그러지 못하고 입을 다물어야만 했다.

"왜 그렇게 시끄러워?"

어느새 조태진 교수가 곁에 다가와 있었기 때문이었다. 오늘은 외래가 없고 연구 시간만 있는 날이라 그런지 어제 좀 달린 모양이었다. 머리칼이 아직도 약간 헝클어져 있었다. 입에서 은은한 술 냄새도 약간씩 풍겨 나오는 듯한 느낌이었고.

"그……. 그게, 저……. 음……."

김인수는 바로 뭐라 말하고 싶었지만, 미처 할 말을 찾지 못했다. 바로 이럴 때 꿀 먹은 벙어리라는 표현을 쓰는 건가 하는 생각이 들었다. 그사이 조태진 교수가 재차 입을 열었다. 아주 재밌겠다는 표정을 한 채였다.

"사실 들었어. 박상아 환자분이 전이가 아닐 수도 있다?"

그는 그렇게 말을 하며 의자에 털썩 주저앉았다. 거의 의자 속으로 다이빙하고 싶어 하는 듯 보였다. 어차피 시간도 있겠다, 어제 술을 진탕 마셔서 힘들기도 하겠다, 여기서 좀 쉴 겸

겸사겸사 진득하게 대화를 좀 나누어 보겠다는 의지가 팍팍 느껴졌다.

"왜 그런 생각을 했지?"

조태진 교수는 여느 내과 교수와 마찬가지로 제법 흥미롭다는 얼굴로 질문을 던졌다. 아마 외과계였다면 감히 자신의 의견을 무시했다느니 하면서 뭐라도 집어 던졌을 수도 있었을 텐데, 확실히 내과 쪽이 좀 더 점잖기는 했다. 속으로 꿍해서 두고두고 보복하는 사람들도 있기는 했지만, 다행히 조태진 교수는 그런 사람도 아니었다.

"일단 영상을 좀 보여 드려도 될까요?"

김인수는 잠시 수혁이 '그냥 한번 생각해 봤습니다.' 하고 넘어가기를 바랐지만, 수혁은 이참에 본격적인 프레젠테이션이라도 하겠다는 듯 영상까지 떡하니 띄워 버렸다. 어제 회진을 돌기 전에 보았던 바로 그 영상이었다. 박상아 환자의 간 쪽이 선명하게 찍힌 MRI 영상.

'어떻게 봐도 전이 같은데.'

조태진 교수와 김인수는 동시에 같은 생각을 하며 고개를 갸웃거렸다. 하지만 수혁의 자신만만한 얼굴을 보니 아닐 수도 있겠단 생각이 드는 것도 사실이었다. 누가 들으면 박장대소하고 웃을 만한 일인데, 실제로 겪어 보면 그렇게까지 시원하게 웃어 젖히진 못할 터였다. 지난 1주간 수혁은 정말이지 어마어마한 활약을 보여 줬다. 무려 교수가 레지던트 1년 차에게 어떤 기대를 걸어 봐도 좋겠단 생각이 들 정도로.

"시작해 봐."

조태진 교수는 그런 생각을 하면서 턱으로 영상을 가리켰다. 수혁은 말없이 고개를 끄덕이곤 간에 선명하게 박혀 있는 덩이들을 가리켰다. 주변 간 조직에 비해 현저히 어두운, 대장암 전이 병변에 합당해 보이는 소견을 가지고 있는 덩이들이었다.

"이게 잘 보시면…… 일단 경계가 조금 무너진 듯 보이지 않습니까?"

"응?"

"여기 보시면 이 덩이들……. 경계가 깨끗하지가 않습니다."

"흠."

수혁의 말을 들으니 좀 그런 거 같기도 했다. 수혁은 고개를 끄덕이고 있는 둘을 향해 말을 이었다.

"아시다시피, 대장암에서 간으로 전이되는 병변들은 경계가 아주, 아주 뚜렷한 것이 특징입니다. 여기…… 제가 따로 캡처한 건데요. 지금 입원해 계시는 환자분 영상입니다."

"흠……. 그래. 그렇긴 하지. 근데 지금 상황에서 이 여러 개의 덩이를 일으킬 수 있는 병변으론 전이의 가능성이 가장 커. 고작 그것만으로는 감별 요소가 안 돼."

조태진은 꽤 재미나게 들었다는 듯한 얼굴로 이렇게 말했다.

그럴싸하긴 하지만 아직 납득할 수 없다는 뜻이었다. 물론 수혁도 단지 이것만으로 얘기를 꺼낸 것은 아니었다. 그는 기다렸다는 듯 다음 얘기로 넘어갔다.

"네, 교수님. 하지만…… 음영도 보십시오."

"음영?"

"박상아 환자분의 덩이는 조금 밝지 않습니까? 실제 전이로 밝혀진 환자의 덩이보다?"

"아……. 이거……. 이거 왜 이러지?"

따로 놓고 볼 때는 보이지 않던 특성이었다. 수혁처럼 바루다의 도움을 받아 딱딱 기록해 둘 수 없는 사람에게는 구별이 어려울 수도 있었다. 조태진이 아무리 혈액종양내과 교수라고는 해도 영상의학과처럼 영상만 주야장천 보는 건 아니어서 더더욱 그러했고.

"이유가 있습니다."

수혁은 늘 그러했듯, 중요한 말을 하기 전에 뜸을 들이는 스킬을 발휘했다.

"뭔데? 빨리 말해."

조태진에게도 먹혀들어 갔고, 이제 조태진은 자신이 수혁을 시험하고 있었다는 것도 잊어버린 지 오래였다. 이미 수혁의 논리와 추론에 빠져 버린 탓이었다. 물론 김인수도 마찬가지였다.

'뭐지? 뭐야, 대체.'

조태진이 옆에 있어 감히 입을 열고 있지는 못했지만, 얼른 수혁이 설명을 이어 나가길 바라는 마음은 조태진에 비할 바가 아닐 지경이었다.

 "우리나라에서는 MRI 촬영 시에 조영제로 프리모비스트(Primovist)를 많이 쓰는 편입니다."

 "프리모, 뭐?"

 "프리모비스트입니다."

 "그게 이거랑 무슨 연관이 있지?"

 조태진은 아마 대단한 연관이 있을 거란 기대를 하며 물었다. 수혁은 그 기대를 저버리지 않겠다는 듯한 표정을 지으며 고개를 끄덕였다.

 [수혁은 의학보다 연기에 더 소질이 있는 거 같습니다. 저였다면 바로 말했을 텐데.]

 '그렇게 하면 뭔가 대단해 보이질 않잖아, 인마.'

 [그러니까요. 제 분석에 따르면 조태진, 김인수 두 개체의 감정은 기대감 100%라고 추정됩니다.]

 바루다는 최근 수혁의 표정을 기본 베이스로 한 인간 감정 표현 분석 또한 진행 중에 있었다. 수혁이 보기엔 별 쓸데없어 보이는 짓이었으나, 바루다는 다 배워 두면 쓸데가 있다고 하면서 데이터를 수집하고 있었다.

 "프리모비스트는 무려 한 바이얼에 15만 원이나 해서 외국에서는 거의 안 쓰입니다만, 우리나라에서는 워낙 간암이 많기 때문에 주로 이 조영제를 쓰고 있습니다."

"특성이 뭔데?"

"간세포에 흡수가 아주 잘됩니다."

"아?"

조태진 교수는 뭔가 알 듯 말 듯 한다는 얼굴이 되었다. 김인수는 그런 교수의 표정 변화를 보곤 급히 따라 했고, 수혁은 그런 둘을 아주 만족스럽단 얼굴로 바라보면서 아까 띄워 둔 영상을 재차 가리켰다.

"다시 영상을 보시죠. 박상아 환자분의 덩이와 전이가 확인된 환자의 덩이입니다."

"음."

조태진 교수와 김인수는 뭐라 답할 생각도 하지 못한 채 영상을 뚫어져라 바라보았다. 어제까지만 해도 당연히 전이라 생각했던 박상아 환자의 덩이들이 진짜 전이로 인해 발생하는 덩이들과는 현저하게 다르게 보이기 시작했다.

"밝아……. 확실히 밝아. 그럼?"

"프리모비스트가 흡수가 되었다는 뜻입니다. 멀쩡한 간세포에 비하면 적지만 말이죠."

"그렇군……."

"이게 대장암에서 전이된 조직이라면 아예 흡수가 안 되어야

합니다. 대장에는 간세포가 없으니까요. 여기 이 환자의 덩이처럼요."

수혁은 새카맣기만 한 간 전이 환자의 덩이를 가리켰다. 조태진 교수는 멍한 얼굴이 된 채 고개를 끄덕였다. 그러곤 박상아 환자의 덩이를 가리키며 물었다.

"그럼 이건……. 이건 뭐야. 간암……? 아닌데. 이렇게 보이지 않는데, 간암은."

"간세포에서 유래한 병변입니다."

"어떤?"

"이 환자, 항암 요법으로 폴폭스(FOLFOX, 대장암에서 사용되는 병용 화학 요법)를 이용했습니다. 그 용법에 보면 옥살리플라틴(oxaliplatin, 진행성 전이 대장암 치료제)이라는 약을 쓰죠."

"아. 그렇구나!"

그제야 조태진 교수는 확신에 찬 얼굴이 된 채 고개를 끄덕였다. 김인수는 여전히 감을 못 잡고 있었으나 애써 조태진 교수의 얼굴을 따라 하는 중이었다. 뭔가 알아챘다는 듯, 희미한 미소를 지으며 고개를 끄덕이면서였다.

"옥살리플라틴은 간세포에 독성을 일으키는 약입니다. 즉, 이 덩이들은 항암제에 의한 간의 국소 병변(부분 증상)입니다. 대장암의 전이가 아니라요."

수혁은 둘을 바라보며 짤막했던, 하지만 강렬했던 발표를 마무리 지었다. 조태진은 잠시 그의 얼굴을 바라보다가 겨우 입을 열었다.

"허……. 야……. 너, 진짜……."

거의 감동해서 울 것 같은 얼굴이 되어 있었다.

*****

"아니, 이걸 어떻게 생각한 거야."

조태진 교수의 감탄은 회진을 돌고 나서도 계속되고 있었다. 아니, 아까보다도 오히려 더 커져 있었다.

―환자분, 따로 검사를 받아 볼 필요는 없겠습니다. 경과 관찰만 하면 됩니다. 한 달 후에 다시 MRI 찍어 보시죠.

특히 박상아 환자에게 이 말을 하고 나서는 감동이 막 벅차오르는 모양이었다.

"따라와, 따라와. 아무거나 먹지 말고. 아침 나가서 먹자, 나가서. 어차피 급한 환자도 없는데."

심지어 수혁과 김인수 둘을 데리고 지하 주차장으로 내려가고 있을 지경이었다. 3년 차 김인수야 업무 시간 중간에 한두 번인가 나가 본 경험이 있다지만, 1년 차 수혁으로서는 난생처음 겪는 일이었다. 아니, 다른 1년 차들은 언감생심 꿈도 꾸지 못할 일이라 할 수 있었다.

삐빅. 어리둥절한 표정을 짓고 있으려니 어디선가 차 소리가 들려왔다. 고개를 돌려 보니 딱 엠블럼만 봐도 멋이 철철 넘치는 독일제 차량이 한 대 서 있었다.

'와……. 저거……. 내 드림 카인데.'
[침 떨어지겠습니다, 입 좀 다무시죠.]
'시끄러워, 깡통아. 저게 얼마짜리인 줄 아냐?'
[모르긴 해도 저보단 쌀 겁니다.]
'아…….'

맞는 말이긴 했다. 바루다는 태화전자의 정수가 담긴 물건이었으니까. 세계 굴지의 대기업이 심혈을 기울여 개발하고, 그것도 모자라 계속해서 업데이트하던 녀석 아니던가. 아마 값을 따질 수도 없는 보물이었을 터였다.

[그러니 저를 소유하고 있는 수혁은 조태진 교수보다 훨씬 부자입니다.]

바루다는 멍하니 서 있는 수혁을 향해 말을 걸어왔다. 어쩐지 잘난 척하는 듯한 말투였고, 수혁은 그게 그다지 마음에 들지 않았다.

'그럼 뭐 하냐. 밥 한 끼 사 먹지도 못하는데.'
[길게 보십시오. 이제 슬슬 보이지 않습니까? 교수로의 길이?]
'그건 그래.'
[다 제 덕이니까 그저 감사하는 마음으로 사십시오.]

'하…….'

[잔말 말고 지금은 차에 타십시오. 조태진 교수의 표정 분석 결과, 수혁 지금 상당히 의심을 사고 있습니다. 아마 또라이인가 아닌가 하는…….]

'알았다, 알았어.'

수혁은 고개를 절레절레 저어 대고는 태진의 차에 올라탔다. 이미 조수석은 김인수가 차지하고 있었기 때문에, 수혁의 자리는 자연히 운전자 바로 뒷자리가 되었다. 잠시 수혁을 난감하다는 얼굴로 바라보고 있던 태진이었지만, 이내 운전대를 잡았다. 가끔 이상한 모습을 보인다는 거야 원래부터 잘 알고 있었으니까.

"미안, 뒤에 골프채 그거 그냥 옆으로 밀어."

대신 좋은 교수 행세를 이어 나가기로 했다.

"아, 네. 교수님."

수혁은 부리나케 고개를 끄덕이며 골프 백을 옆자리로 옮겼다. 어떻게 된 게 골프 백에도 외제 차의 엠블럼이 떡하니 박혀 있었다.

'좋은 차 사면 이런 거 사은품으로 준다더니……. 정말 그러네.'

[그만 좀 부러워하십시오.]

'안 부럽게 생겼냐? 나 봐라. 다리 다쳐서 골프는 아무리 돈 많이 벌어도 못 친다고.'

[아.]

'미안하지?'

[뭐…… 얻는 게 있으면 잃는 것도 있는 법이죠.]

'이놈은 진짜…….'

수혁이 진절머리가 난다는 표정을 지을 때쯤, 태진의 차가 지하 주차장을 미끄러지듯 빠져나왔다. 흔해 빠진 4기통 터보 엔진이 아니라 진짜배기 6기통에 휘발유라 그런지 정말 조용했다. 고급 차들이 그토록 내세우는 정숙함의 표본이라고나 할까.

'개부럽네…….'

당연하게도 수혁의 마음속엔 부럽다는 감정이 빠르게 차올랐고,

[적당히 좀 하시죠.]

바루다의 빈정거림 또한 계속되었다.

"아, 수혁아."

그사이 차는 완전히 대로로 빠져나왔다. 이미 출근 시간이 지난 시각이라서 도로는 한산하기 그지없었다. 태진은 여유로운 주행을 하다 말고 백미러를 통해 수혁에게 말을 걸어왔다. 감히 교수의 말을 씹을 수 있는 성격은 못 되는 터라 수혁은 즉시 입을 열었다.

"네, 교수님."

"너 그…… 우하윤이라고, 지금 본과 4학년 알아?"

"아, 알죠, 압니다. 교수님."

"우창윤이라고, 저기 아선병원 교수님이 한번 만나 보라고 했던 거 기억하지?"

이걸 기억 못 할 수는 없는 일이었다. 우하윤 자체도 유명했지만, 우창윤도 엄청 유명한 사람이었으니까.

'닥터프렌즈라고……. 엄청 잘나가는 의학 유튜브 채널 이낙준 선생님 절친…….'

그래서 그런지 간혹 유튜브에 출연하기도 했다. 너무 노잼이라 나올 때마다 조회 수가 바닥을 치긴 했지만 아무튼, 유명한 사람이라는 사실엔 변함이 없었다.

"네, 교수님. 기억합니다. 번호도 받긴 했는데……. 아직 연락은 못 해 봤습니다."

"아, 그래서 나한테 연락이 왔구나. 내일 당직 아니지? 어차피 지금 급한 환자도 없으니까. 내일 한번 봐 봐. 부담 갖지 말고. 후배 만나는 거라고 생각하고."

"어……."

이렇게 교수 주선으로 만나도 되는 건가 하는 생각이 머릿속을 스치고 지나갔다.

[빨리 '예.'라고 하십시오. 제 분석 결과 조태진 교수는 기다리고 있습니다.]

'아, 알았어.'

하지만 바루다의 말을 듣고 보니 정말 '네.'라고 해야 할 것만 같았다.

"네, 교수님."

"뭐……. 만나는 김에 잘되면 좋긴 할 거야. 내가 하윤이 어릴 때부터 봤는데, 걔 진짜 착해."

어찌나 순했는지 갓난쟁이일 때부터 속을 한 번도 안 썩였을 지경이었다. 만나면 맨날 농담조로 '형님이 아니라 형수님 닮아서 그렇다.' 하고 놀려도 그 자존심 센 우창윤이 허허 웃을 정도였다.

끼이익. 그렇게 달리고 달린 차는 24시간 설렁탕집 앞에 멈추었다.

'아니, 이게 뭐여.'

내심 한우라도 구울 줄 알았던 수혁의 얼굴에 실망의 기색이 진하게 새겨졌다.

"와, 저 설렁탕 진짜 좋아하는데. 교수님, 감사합니다."

하지만 3년간 단련된 김인수의 아부를 듣고 나니 정신이 퍼뜩 들었다.

'난 아직 멀었구만…….'

수혁은 짧은 자책을 마친 후 김인수와 합세해 조태진의 비위를 맞춰 주었다. 대개는 불과 일주일 남짓한 시간 돌았을 뿐이었지만 교수님에게 정말 많은 것을 배워 감사하다는 말들이 주를 이루었다. 이에 더해 김인수는 역시 진짜 내과는 혈액종양 내과라는 얘기를 했고, 이수혁은 다시 한번 감탄을 터뜨렸다.

'이건 진짜 배워야겠다.'

[쓸데없어 보이지만⋯⋯. 상급자가 수혁에 비해 확실히 더 숙련된 것으로 볼 때, 필요하다고 판단할 수도 있겠습니다.]

기기기기

아무튼, 그렇게 칭찬 반 아부 반으로 이루어진 식사를 마친 수혁은 다음 날 아침이 되자마자 일단 병원을 빠져나왔다. 3월 에도 잠깐잠깐 나왔던 적은 있었지만, 이렇게 일찍 본격적으로 나온 건 1년 차가 된 이후 처음이었다.

[약속은 세 시인데. 왜 이렇게 일찍 나갑니까? 공부 안 합니까?]

'인마⋯⋯. 공부만이 성공의 길인 건 아니야.'

수혁은 그 말을 하면서 창가 앞에 비친 자신의 모습을 점검했 다. 얼굴은 썩 괜찮은 편이었지만, 통 자르지 못한 머리카락 때 문에 거지꼴을 면하지 못하고 있었다. 그것도 모자라 지팡이까 지 들고 있었다.

'뭐⋯⋯. 기대는 안 하지만.'

수혁이라고 해서 왜 생각이 없겠는가. 우창윤이야 워낙에 괴 짜로 소문난 사람이니만큼 수혁의 결점을 크게 생각지 않을지 몰라도, 다른 사람이 볼 때 수혁은 결코 일등 신랑감은 아니었다. 아니, 아예 신랑감이 아닐 수도 있었다. 고아에 다리까지.

[근데 왜 머리카락은 자르는 겁니까?]

바루다는 기대 안 한다고 해 놓고선 무려 헤어 커트 가격만 2만 원이 훌쩍 넘는 미용실에 들어온 수혁을 향해 빈정거렸다.

'뭐. 노력도 못 해?'

[설마 어제 온 문자 때문에 이러는 겁니까?]

바루다의 말에 수혁은 재차 자신의 핸드폰을 내려다보았다.

〈이수혁 선배님. 아빠도 그렇고, 신현태 과장님도 그렇고, 얘기 정말 많이 들었습니다. 어떤 얘기를 해 주실지 벌써 기대가 많이 됩니다. 내일 3시에 병원 앞 카페로 찾아뵙겠습니다. 감사합니다.〉

벌써 몇 번이나 읽어서 아예 외워 버린 문자가 떠 있었다.

[이건 그냥 예의가 바른 거지, 호감의 표시는 아닙니다.]

'알아, 나도.'

[근데 왜 옷은 사는 겁니까?]

'노력도 못 해? 너도 인마, 하윤이 한번 보면 이해는 갈 거다.'

우하윤이 입학했을 때가 떠올랐다. 다들 어찌나 설레발을 떨어 댔는지. 하지만 그녀는 얼굴만 보고 껄떡대는 사람에게 넘어가는 사람이 아니었고, 그 이전에 너무 훌륭한 인간이었던지라 그 누구도 쉽사리 접근조차 못 했다. 물론 바루다에게 어필

하기엔 턱도 없는 발언이었다.

[언제 봤다고 성을 생략하는 겁니까?]

'몰라, 나도.'

수혁은 구경도 못 해 봤던 3월 월급으로 옷에 신발까지 산 후 카페로 향했다. 늘 보던 그냥 그 카페였지만 오늘은 어쩐지 좀 달라 보였다. 밝아 보인다고 해야 할까.

[주접떨지 마시고, 내과에 대해서나 말씀해 주시죠.]

'초 좀 그만 칠래?'

[아, 저기 있군요. 흠.]

'왜, 네가 보기에도 너무 이뻐?'

[아뇨. 커피가 반쯤 비어 있습니다. 바닥에 흐른 물기로 미루어 볼 때, 여기 온 지 30분은 더 된 것 같군요.]

'셜록 흉내 내지 마.'

[오, 제 레퍼런스를 어떻게 아셨죠?]

'잘 때마다 내 기억 들춰내는 거 다 알아. 자꾸 이상한 꿈 꾼다고, 너 때문에.'

수혁은 더 얘기를 이어 나가려다가 이내 고개를 털어 대고는 하윤에게 다가갔다. 아무리 선후배 사이로 만나는 거라지만 일단 첫 만남 아니던가. 남들에게 그러하듯 미친놈으로 불릴 생각은 추호도 없었다.

"으흠, 흠."

"아, 선배님!"

"언제 온 거예요? 많이 기다린 거 아니에요?"

수혁은 자기도 일찍 온 주제에 너스레를 떨었다. 하윤은 자신의 커피 잔을 내려다보다가 손을 내저었다.

"아니에요. 어차피 공부할 거 있어서 겸사겸사 온 거예요."

들던 대로 참 좋은 사람이었다. 수혁은 자신도 모르게 푸근한 미소를 지으며 하윤의 반대편에 앉았다.

[지금 표정 병신 같습니다. 수정할 것을 요청드립니다.]

물론 바루다의 깐죽거림은 끊이지 않았다. 하지만 수혁 또한 느낄 정도로 좀 이상하긴 했기에 그 말을 듣기는 했다.

"그래, 내과에 대해서 궁금한 게 있다고요?"

수혁은 커피를 시켜 놓고 나오기 전까지의 어색함을 견디지 못해, 먼저 입을 열었다. 하윤은 이렇게 바로 본론으로 가나 하는 표정을 지어 보였지만 금세 수혁의 말을 받아 주었다.

"네. 공부하다 보면 내과가 제일 재밌거든요. 근데 아빠는 다른 과가 더 편하고 좋다고 해서요."

남들 앞에서는 맨날 내과가 최고라고 하더니. 결국, 자기 딸에게는 시키고 싶지 않은 모양이었다. 수혁은 내과에 온 게 잘한 짓인가 하는 생각을 하다가 이내 말을 이었다.

"공부가 재밌으면 후회할 것 같진 않은데요? 머리에만 들어 있던 지식을 환자한테 대입시키는 과정이 되게 재밌어요."

"그래요? 역시 그럴 거 같았는데."

다행히 하윤은 대화를 참 잘 맞춰 주는 편이었다. 내과라는 공통의 관심사가 있기도 했고. 덕분에 무려 2시간이 훌쩍 지나도록 둘은 쉬지 않고 입을 놀려 댈 수 있었다.

[수혁.]

이제 슬슬 자리를 옮길까 하는 생각이 들 때쯤, 바루다가 말을 걸어왔다.

'응?'

[손을 잡아도 될 것 같습니다.]

'뭔 미친 소리야, 새꺄. 만난 지 얼마나 됐다고.'

[저 못 믿습니까? 바루다는 세계 최고의 진단 목적 인공지능입니다. 최근 감정 분석 데이터를 쌓기도 했고요.]

'하……..'

그냥 개소리라고 치부하고 싶은데, 어쩐지 혹하는 개소리이기도 했다.

'너, 진짜야?'

[물론이죠.]

'음…….'

[망설이지 마십시오. 우하윤은 기다리고 있습니다. 제가 언제 틀리는 거 봤습니까?]

'못 봤지.'

[그럼 고.]

환자나 보자

"하, 시발."

수혁은 지금 태화의료원 지하 2층 구석에 주저앉아 있었다. 나라 잃은 충의지사라도 되는 듯한 표정을 하고서였다.

[아, 이게 빗나가네.]

바루다는 마치 남 애기를 하듯이 심드렁한 말투로 중얼거렸다. 당연하게도 수혁으로서는 열불이 터질 수밖에 없는 반응이었다.

'아, 이게 빗나가? 이 개새꺄! 분위기 좋았는데! 거기서! 거기서 네가 손만 잡으라고 안 했으면⋯⋯. 아오⋯⋯.'

[그러니까요. 근데 왜 안 됐을까? 이상하네요. 제 분석은 완벽했는데. 이 오류가 대체 어디서 온 걸까?]

바루다는 여전히 냉철한 말투를 유지하고 있었다. 상당히 분석적인 태도를 유지하기도 했고.

일부러 그러는 거 같아 보이지는 않았지만 바루다의 아무렇지 않은 태도는 수혁을 더더욱 열받게 하기엔 충분했다. 수혁은 미치기 일보 직전이었으니까. 아마 오늘 밤 이불이 찢어질지도 모를 터였다.

'이……. 이 새끼 이거. 아오…….'

어떻게 하면 이 녀석에게 고통을 줄 수 있을까. 이런 생각만 드는데, 환장할 노릇인 점은 방법이 아예 보이질 않는다는 점이었다. 그렇지 않은가. 가장 단단하게 보호되고 있는 머릿속에 있는 새끼였으니까. 때리고 오만 야단법석을 피운다 해도 수혁이 더 괴롭게 될 공산이 컸다.

'이……. 아……. 앞으로 교수님 얼굴 어떻게 보지.'

[제가 수혁의 기억을 들여다보니, 한 가지 지금 상황에 아주 적절한 말이 있던데. 들어 보시겠습니까?]

'아니!'

수혁은 바루다의 말이 끝나기 무섭게 손절했다. 어차피 또 사람 속 뒤집어 놓을 소리인 게 뻔했다. 물론 바루다는 수혁이 하지 말라고 한다고 해서 듣는 놈은 아니었다.

[그냥 하겠습니다.]

'하지 마, 새꺄! 하지 마!'

[주식 투자 실패의 책임은 본인에게 있다. 어떻습니까. 아주 적절하죠?]

바루다는 다른 학계의 정설까지 예로 들며 수혁을 놀리는 데 힘썼다.

'와……. 이거 어떻게 부수지.'

[못 부숩니다. 신경외과 쪽 협진 결과를 보시면…….]

'그만해, 새꺄……. 음?'

수혁은 머리카락을 다 뽑을 듯한 기세로 머리를 쥐어뜯고 있다가 바지 주머니를 내려다보았다. 분명 핸드폰 진동이었다. 당직은 아니지 않은가. 따로 전화 올 일은 없으니, 생각나는 발신인은 하나뿐이었다.

'어, 답장 온 건가?'

수혁은 두근거리는 마음을 안고 핸드폰을 부리나케 꺼냈다.

〈아까 정말 손에 모기가 있어서 잡은 거예요. 정말이에요.〉

스스로 생각해도 개소리란 말만 떠오르는 문자를 보내지 않았던가. 잘도 이런 문자를 보냈구나 하는 생각만 들게 하는 그런 문자였다. 하지만 희망을 버리진 않았다. 수혁은 긍정적인 사람이었으니까.

'제발, 하윤이! 제발!'

[성 빼고 부르지 말라니까요? 그렇게 어색하게 헤어진 주제에…….]

'넌 닥쳐!'

아무래도 손이 떨리다 보니 핸드폰 꺼내는 것도 일이었다.

[외과 안 하길 천만다행이네요. 이건 뭐, 어후.]

'하.'

수혁은 이제 닥치라고 말하기도 지쳤는지 한숨만 쉬고는 핸드폰을 꺼냈다. 정말로 발신인은 우하윤이었다.

'제발 쌍욕은 아니길…….'

기도하는 마음으로 문자를 열었을 때, 수혁은 하마터면 소리를 지를 뻔했다.

<미안해요, 그러신 줄도 모르고. 저도 너무 놀라서……. 인사도 못 드리고 나왔어요. 미안해서 어쩌죠? 다음에 제가 밥 한번 살게요.>

조금 부끄러운 얘기였지만 수혁이 살면서 지금까지 이성에게 받아 온 문자 중 제일 친절한 편에 속하는 문자였다. 가끔 동기들이 모솔이라고 놀릴 땐 아니라고 발끈했지만. 그가 그렇게 발끈하는 데는 다 이유가 있는 법이었다. 심지어 밥을 산다니! 이게 꿈인가 생시인가 싶었다.

'그, 그린라이트? 그린라이트지, 이거?'

이미 수혁의 머릿속에서는 손자의 손자까지 보는 중이었다.

[예이가 참 바른 사람이군요.]

'지랄 말고. 잘난 분석이나 해 봐.'

[얼굴을 봐야 가능한데…… 지금은 어렵습니다.]

바루다의 말을 듣던 수혁이 됐다는 기색으로 고개를 저어 댔다.

'아니다……. 어차피 백날 틀리겠지. 널 믿은 내가 바보지…….'

[방금 그 발언은 수용하기 어려운데요?]

'틀렸잖아?'

[그 오류가 어디서 발생했는지 지금 분석 완료했습니다. 앞으로는 틀릴 일 없습니다.]

'그, 그래?'

이번에야 틀렸다지만 사실 감정 분석이 제대로만 된다면 앞으로 정말 크나큰 도움이 되긴 할 것 같았다. 비단 연애에 있어서뿐만이 아니라, 교수를 향해 나아감에 있어서도. 더 나아가 교수로 승승장구하기 위해서도.

이놈의 지랄맞은 언행을 참아 주기 위해서라도 뭔가 더 유익이 있어야 하지 않겠는가. 신이 있다면 그게 공평한 처사일 것 같았다. 수혁은 솔깃한 표정이 되어 바루다의 말에 귀를 기울였다.

[제가 수혁의 기억을 분석하여 데이터를 쌓고 있음은 알고 계실 겁니다.]

'알지. 그것 때문에 아주 환장하겠어.'

대체 왜 의학 지식이 아닌 다른 기억까지 헤집어 놓느냐고 하니, 그게 시각, 청각, 미각, 후각, 촉각 등 오감과 관련한 데이터를 쌓는 데 도움이 된다는 말을 들은 터였다. 그러니 어쩌겠는가. 그게 앞으로 신난의 정확성을 올릴 수 있다는데. 수혁으로서는 감수해야만 하는 불편인 셈이었다. 해서 일단 잘 때만 만지라고 해 둔 참이었다.

[이번 남녀 간의 연애 감정에서 제가 레퍼런스로 삼은 대상은「밥 잘 사주는 예쁜 누나」, 「성균관 스캔들」, 「시크릿 가든」, 「도깨비」입니다.]

'아니, 잠깐만. 이거 어쩐지 굉장히 상처받는 대화로 이어질 것 같은데? 하지 말아 줄래?'

[계속하겠습니다.]

'아니, 그만해도 될 거 같아.'

수혁은 계속 머리를 흔들었지만 바루다는 아랑곳하지 않았다.

[남자 주인공은 각각 정해인, 송중기, 현빈, 공유입니다.]

'그만⋯⋯. 제발 그만⋯⋯.'

[시뮬레이션 결과 넷 중 어느 하나에 해당하는 매력을 수혁이 지니고 있었다면 오늘 하윤은 가지 않았습니다.]

'제발 닥쳐⋯⋯.'

[이번 사건을 교훈 삼아⋯⋯.]

'이게 사건씩이나 되냐?'

[입건될 수도 있는 거 아닙니까?]

'아, 하긴.'

그나마 하윤이 착해서 망정이지, 그렇지 않았다면 지금 수혁은 병원 지하 2층이 아니라 구치소에 주저앉아 있을 수도 있었다. 갑자기 아무 사이도 아닌 놈이 손을 덥석 잡았으니까.

[아무튼, 교훈 삼아 앞으로는 수혁을 기준으로 분석하도록 하겠습니다.]

'흠…….'

[아무래도 최대한 보수적인 분석을 시행해야 할 거 같습니다. 아주 조심스러운 접근을 해 보도록 하겠습니다.]

'이…….'

[일단 답장부터 보내시죠.]

'아, 맞네.'

수혁은 얼굴이 시뻘게질 정도로 화를 내다가 돌연 핸드폰으로 시선을 돌렸다. 바루다는 참 쉬운 사람이라는 판단을 내렸으나 굳이 발언하진 않았다. 여기서 더 감정이 격해지면 건강에 해가 될 것 같아서였다. 이미 충분히 해가 될 정도로 화가 난 것 같기도 했지만. 아무튼, 수혁은 느릿느릿 문자를 적기 시작했다.

〈고마워. 사……〉

[미쳤습니까?]

'손이 미끄러진 거야. 진짜.'

[지랄…….]

'욕은 뇨 어디서, 아니다. 아니야, 답변하지 마. 입 씰룩거리지 말라고.'

어차피 또 수혁에게 배웠다고 할 것이 뻔하지 않은가. 수혁은 무용한 입씨름을 하는 대신 썼던 것을 다시 지운 후, 재차 문자를 작성했다.

〈어, 아니에요. 오해할 만한 상황이었죠. 밥은 그냥 제가 살게요. 선배니까. 아마 다음 달 첫째 주쯤 시간이 날 거 같은데, 괜찮나요?〉

[밥 먹자는 건 진짜 예의상 한 말 같은데. 그걸 또 진지하게 받으시네.]

'초 치지 마. 보낼 거야. 보낸다.'

[마음대로 하십시오. 대신 상처받고 공부 안 하는 짓만 안 하시면 됩니다.]

'내가 그럴 거 같아?'

[정확히 5년 2개월 11일 전…….]

'아아, 그만!'

수혁은 아직도 가끔 자다 생각나면 이불 차는 에피소드를 떠올리며 손을 내저었다. 그러나 그만 문자를 보내고야 말았는데, 어차피 보낼 생각이었으니 별 상관은 없는 일이었다.

〈네, 감사합니다. 그럼 다음 달 첫째 주 토요일에 뵙는 거로 알고 있겠습니다, 선배님.〉

다행히 답문은 제법 성공적이라 할 수 있었다.

'휴. 진짜 X되는 줄 알았네……. 휴…….'

[X된 거 아닌가요? 첫 만남에 그런 식으로 헤어졌으면. 현실을 직시할 필요가 있습니다.]

'너, 너는……. 너는 정말…….'

[아무튼, 시간이 남았군요. 어쩌실 겁니까? 이대로 허송세월? 아니면 공부?]

묘하게 울컥하게 만드는 말이라 할 수 있었다. 하지만 실제로 약속이 사라진 토요일 저녁에 할 일이 없는 것 또한 사실이기는 했다. 슬픈 일이었지만 다른 동기들도 1년 차 아니던가. 따로 만날 사람이 정말이지 단 한 사람도 없었다.

'혼자…… 맛있는 거 먹고 공부…….'

[이것 참. 아주 훌륭하십니다.]

'하아…….'

수혁은 잠시 한숨을 쉰 후, 배달 앱을 켰다. 보통 1인분만 시키면 배달을 안 해 주는 집이 쌔고 쌘 것이 현실이었지만, 병원 근처의 배달 음식점들은 그렇지 않았다. 어차피 하나만 시키는 놈들이 한곳에 죄다 몰려 있었으니, 한 번에 몰아서 가져다주면 될 일이었다. 게다가 스트레스가 잔뜩 쌓여 있는 레지던트들은 대개 폭식을 해 대기 마련이었다.

'간짜장에 탕수육에 군만두.'

[벌크업하십니까?]

'시끄러워……. 언제 이런 거 먹어 보겠어. 또, 한동안 병원 밥이나 먹어야 될 텐데.'

[하긴 부실하긴 합니다. 인정합니다.]

'웬일이냐?'

[전 맞는 말만 하는 바루다이니까요.]

'에이.'

수혁은 고개를 한 번 저어 대고는 음식을 시켰다. 왜 요리를 이렇게 시키는데 짜장면은 한 개냐고 묻지도 따지지도 않았다. 병원 근처 배달 음식점으로서 경험을 쌓아 온 집다웠다. 후루룩,

[흠……. 이게 짜장면의 맛이로군요. 흠…….]

그렇게 배달되어 온 짜장면을 후룩 먹고 있으니, 바루다가 뭔가 아주 만족스러워 보이는 투의 발언을 했다.

'뭐야, 너 맛이 느껴져? 아, 느껴진다고 했지?'

[네. 그런데 이건 꽤 좋군요. 병원 밥에 비하면…….]

'그래, 그렇다니까? 병원 밥은 쓰레기야.'

[확실히, 인정합니다. 쓰레기였네요.]

'자, 그걸 알았으면. 이제 내가 부자가 될 수 있게 좀 더 적극적으로 도와 봐.'

[애기가 왜 그렇게 이어집니까?]

수혁은 당황한 듯한 바루다를 향해 의미심장한 미소를 흘리며 말을 이었다. 그 바람에 입안에 들어 있던 면발이 조금 튀어나오긴 했지만, 수혁이나 바루다나 딱히 신경을 쓰진 않았다.

'이런 거 계속 먹으려면 내가 돈을 많이 벌어야 할 거 아니야.'

[하아…….]

'왜.'

[어쩐지 한심하지만. 인정합니다. 짜장면 훌륭합니다.]

'새끼. 다음 주에는 치킨 먹어 줄게.'

[치킨?]

'환장할 거다. 이것보다 더 맛있어, 인마.'

[그게 가능합니까?]

'그렇다니까. 돈만 많이 벌어 봐라. 내가 진짜…….'

[최선을 다하겠습니다. 수혁.]

*****

"수혁아, 가자."

3년 차 치프 김인수가 오후 회진을 돌고 잠시 벽에 기대서 있던 수혁을 불렀다.

[또 이상하게 생각하기 전에 움직이시죠.]

'알았어.'

수혁은 짜장면을 먹인 후로는 눈에 띄게 고분고분해진 바루다의 말을 따라 김인수를 바라보았다. 김인수는 팔에 서류 뭉치 같은 것을 끼고 있었는데, 수혁도 그와 똑같이 생긴 서류 뭉치를 전달받은 바 있었다.

"주간 증례 토의 가시는 거죠?"

"어, 가야지. 당직 말고는 다 가야 해. 안 그러면……."

공부 안 하는 놈이라고 찍힐 게 뻔했다. 월말에 열리는 태화내과 증례 발표회와 비교할 정도로 커다란 행사는 아니었지만, 내부 행사 중에서는 그래도 꽤 커다란 행사 중 하나였으니까.

"네, 가시죠. 선생님."

수혁은 부리나케 크록스를 끌며, 지팡이를 짚고 복도를 걸어 나갔다. 물론 그가 이렇게 서두르는 데는 뭔가 좀 다른 이유도 있었다.

'이상하지? 이번 케이스.'

[네. 뭔가 놓친 부분이 있어 보입니다.]

감염내과 쪽에서 나온 케이스였는데, 신현태 과장 환자는 아니고, 그 밑에 있는 다른 교수의 환자였다. 치료는 진단에 맞추어 잘하고 있었으나 영 결과가 신통치 않았다. 해서 토의를 해볼 요량으로 주간 증례 토의에 제출한 모양이었다.

'근데 내가 거기 가서 떠들어도 되려나.'

수혁은 복도를 따라 걷고 있는 수많은 내과 의사들을 보며 중얼거렸다. 2년 차들도 어깨를 움츠리고 있을 정도로 높은 사람들이 너무 많았다. 3년 차, 펠로우, 조교수, 부교수, 그리고 정교수 들까지. 지금 시간 되는 내과 사람들은 죄다 모여들고 있었다.

[분위기 봐서 하시죠.]

'오, 그래도 좀 늦었다?'

[짜장면을 더 많이 먹기 위해서는 더럽고 치사해도 세상과 야합해야 된다는 것을 깨달았습니다.]

'아니, 뭘 또 야합이라고까지 할 건…….'

[신현태 과장입니다. 인사하시죠.]

'아.'

바루다의 말에 정신을 차려 보니, 증례 토의가 열리는 지하 1층 소강당 앞에 서 있는 신현태가 눈에 들어왔다. 아직 거리가 꽤 먼데도 불구하고 오로지 수혁만 바라보고 있었다.

[감염내과로 꾈 생각이라더니, 노골적이군요.]

'그러게.'

수혁은 고개를 끄덕이면서 일전에 전해 들었던 말을 떠올렸다.

─신 교수님은 뭐 벌써 그렇게 이수혁한테 공을 들이냐?

─로열이잖아, 똑똑하고. 감염내과로 와 주면 땡큐지.

대강 이런 내용이었는데 수혁 앞에서 대놓고 떠들어 댄 게 아니라, 저들끼리 얘기하는 걸 의국에서 엿들은 것이었다. 도리어 더 정확한 정보일 수 있다, 뭐 이런 뜻이었다.

[그런데 감염내과는 돈을 잘 법니까?]

'응?'

[중요한 문제 아닙니까?]

'어……'

[왜 그러십니까?]

'아니, 좀 변한 거 같아서.'

맨날 돈 얘기 한다면서 세속적이라고 깔 때는 언제고, 짜장면 하나에 이렇게 돌변할 줄이야. 수혁은 조금 어처구니없다는 생각이 들어서 껄껄 웃었다. 그리고 바루다의 말에 대답해 주는 대신 아까부터 자신을 바라보고 있던 신 과장을 향해 고개를 꾸벅 숙였다.

"안녕하십니까, 교수님."

"어, 그래. 우리 수혁이. 혈종도 끝내주게 돌고 있다며?"

"아…… 아닙니다."

"오늘 증례 토의에서도 뭐 좀 이상한 거 있으면 기탄없이 얘기해 보라고. 정 뭐하면 기회를 줄 테니까."

"아, 네. 감사합니다."

"그래. 그러려면 맨 앞자리 앉아야겠지? 다른 놈들처럼 뒤부터 채우지 말고, 맨 앞으로 가라. 그래야 위 연차들도 이뻐해."

"네, 교수님."

수혁은 그리 답하고는 소강당 안으로 들어섰다. 작은 영화관 형태로 생긴 소강당은 이미 꽤 많은 사람들로 북적거리고 있었다. 그리고 신현태 교수의 말처럼 뒤부터 차 들어가고 있었다. 눈치 없는 1년 차도 끼어 있었는데, 3년 차들의 구박을 받고 있었다.

'역시 앞으로 가긴 가야겠구만.'

[그렇게 하시죠. 기회가 오면 질러 보는 겁니다.]

'지르긴 뭘 질러. 말씀드려도 나중에 조용히 말씀드려야지.'

[뭐……. 알겠습니다.]

'너 또 네가 목소리 내고 그러려고 그러지? 시발. 하지 마, 그거. 진짜 큰일 나.'

[아뇨? 제가 미쳤습니까? 안 그럽니다. 다만 신현태 과장 표정 분석 결과…….]

'백날 틀리는 분석은 하지도 말고.'

수혁은 지난번 일이 떠올라 고개를 휘휘 털어 대고는 맨 앞에 털썩 주저앉았다.

"오, 수혁이."

앉고 보니 하필 이현종 원장 옆자리였다. 어지간하면 교수들도 찾아가지 않는 자리인지라 여태 비어 있었던 것을 수혁이 채운 참이었다. 이제 와서 다시 일어나기도 뭐한 상황인지라 수혁은 마지못해 웃어 보였다.

"워, 원장님. 안녕하십니까."

"그래, 그래. 편히 앉아. 원래 공부는 마음 편히 해야 해."

"네."

"그런데 오늘 케이스 미리 읽어 오긴 했어? 당연히 읽어 봤지?"

방금 편안하니 어쩌니, 떠들어 놓고선, 바로 불편하게 만드는 질문을 던지는 이현종이었다.

'이러니까 신 과장님 말고는 아무도 안 앉지…….'

수혁은 이런 생각을 하면서도 입을 쉬진 않았다. 상대는 다른 교수도 아니고 원장이었으니까. 조금 과장해서 말하자면 미래를 쥐고 있다고 해도 과언이 아닌 사람이었다.

"네? 네. 읽어 봤습니다."

"뭐 좀 이상한 점은 없고?"

표정을 보아 하니, 뭔가 좀 이상한 점을 찾긴 찾은 모양이었다.

'야, 뭐라고 하냐. 그 잘난 분석 좀 해 봐.'

[백날 틀리는 분석 하면 뭐 합니까?]

'설마 삐졌어? 난 네가 맨날 개소리해도 다 참는데?'

[흠.]

바루다는 뭔가 마음에 안 든다는 식의 한숨을 쉬고는 말을 이었다.

[그럼 이제부터 분석에 토 달지 않는 겁니다.]

'야……. 아무리 그래도 그렇게 차였는데…….'

[그럼 뭐 이대로 입 다물까요?]

'알았어, 알았어. 하, 이놈은 진짜…….'

[그냥 이상한 게 있기는 한데, 발표는 들어 봐야 알 것 같다. 이런 식으로 발언하십시오. 분석 결과 이현종 원장은 재미있는 걸 좋아하는 사람입니다. 벌써 답 듣는 것을 좋아하지 않을 겁니다.]

'아……. 알았어.'

묘하게 설득력이 있는 말이었던지라 수혁은 홀랑 넘어가고야 말았다.

"네, 원장님. 조금 미심쩍은 부분이 있기는 했습니다. 하지만 발표를 들어 보면 알 수 있을 것 같습니다."

"그래? 좋네. 재밌어. 아, 다들 들어오는구만. 일단 듣자고. 남 발표하는데 떠드는 건 예의가 아니야."

"네, 원장님."

수혁은 '먼저 말 건 사람은 원장님이 아닌가요?'라고 말하고 싶었지만, 역시 입 밖에 내진 않았다. 대신 좌장 자리에 앉은 신현태 과장과 그 바로 옆에 자리한 이번 케이스의 담당 교수 장덕수, 그리고 발표를 맡게 된 3년 차 김진용을 향해 고개를 돌렸다.

'김진용…….'

약국장 김진용. 옛날 옛적 리베이트가 횡행하던 시절 약국장의 권력은 그야말로 무소불위였다고 했다. 의국에 유통되는 약을 지 약국장이 어느 정도 결정을 했으니 당연한 얘기.

하지만 리베이트가 없어진 지금에 이르러서는 사실 유명무실한 직함일 뿐이었다. 부치프라고나 할까.

[성깔 더럽다던데.]

'진짜 더럽지.'

알게 모르게 정강이 깐 거 다 합치면 지금쯤 구속당해도 할 말이 없을 터였다. 거기에 이런저런 명목으로 의국비 까먹고 다니고, 법인 카드 사적으로 유용하고. 1, 2년 차는 더러워서 참고, 3년 차는 쪽팔려서 참고 있기에 망정이지, 그렇지 않았다면 이미 의국에서 방출당했어야 할 사람이었다.

"안녕하십니까, 3년 차 김진용입니다."

그런 김진용이 단상 위에 놓인 마이크를 잡고 인사를 건넸다. 1, 2년 차들은 저도 모르게 마른침을 삼키며 허리를 세웠다. 수혁도 예외는 아니었다. 다들 저 인간에게는 한 번쯤 당해 본 경험이 있었으니까. 김진용은 그런 변화가 뿌듯하기라도 한 듯, 여유 있는 미소를 지으며 말을 이었다.

"오늘 제가 발표해 드릴 케이스는 6주 전 시작된, 식욕 부진을 주소로 내원한 78세 남자 환자입니다."

그러곤 화면을 넘겨 환자의 지금까지의 병력을 띄웠다.

"환자는 내원 5년 전부터 척주관 협착증으로 인한 허리 통증이 있었으나, 혼자 옷 입기 및 식사하는 게 가능했습니다."

이 말은 곧 일상생활에 지장이 없었단 뜻이었다. 이미 어느 정도는 사전에 배포된 자료에 나와 있던 것들이라 다들 고개를 끄덕이고만 있었다.

"내원 6주 전부터는 점차 피로감을 호소하며 하루에 침상에 누워 있는 시간이 12시간 이상 유지되었습니다. 그리고 내원 2주 전부터는 식욕 부진 및 구역감이 동반되면서 식사량이 절반으로 감소하였습니다."

이 말은 곧 전신 쇠약이 발생했다는 뜻이었고, 그 정도가 상당히 심각하다는 것을 의미했다. 환자의 나이가 젊다면 그냥 요즘 좀 피곤한가 하고 넘어갈 수도 있겠지만, 이 케이스는 78세 노인이었다.

"더불어 혼자 옷을 갈아입을 수 없을 정도로 전신 위약감이 악화하여 본원 외래로 내원하였고, 입원하였습니다."

노인이 생활 수행 능력이 떨어진다는 것은 대단히 위험한 일이라 할 수 있었다. 이러다가 '어?' 하는 순간에 돌아가시는 경우도 왕왕 있었으니까. 즉 진단이 안 된 상태에서라도 입원을 결정한 것은 매우 잘한 일이라 할 수 있었다.

"생긴 건 산적처럼 생겼는데, 의외로 세심해."

아니나 다를까 원장도 이 면에 대해서는 칭찬했다. 그가 중얼거림과 동시에 화면이 또 넘어갔다. 환자의 흉부 엑스레이 사진이었다.

"보시면 양측 폐 하엽 기관지 부근에 음영이 증가해 있습니다. 다음 혈액 검사를 보시면 CRP 또한 증가해 있어 지역 사회 감염으로 인한 폐렴으로 진단, 노년의 나이와 중증도를 감안하여 처음부터 레보플록사신을 투약하였습니다."

레보플록사신이면, 내성균주에 대한 항생제들을 제외하면 거의 끝판왕이라고 보면 되었다. 그러니 폐렴이었다면 호전되는 것이 당연했을 터였다.

"투여 5일 후 증세가 호전되는 듯하였으나, 지금은 다시 악화된 상황입니다."

하지만 환자는 불과 3일 만에 증상이 다시 악화한 상황이었다. 즉 지금까지 언급한 것은 환자의 과거력이었고, 이제부터 해야 할 것이 바로 토의였다.

"다시 촬영한 흉부 엑스레이에서는 이전 소견에서 변화된 게 없었습니다. 이에 원인 불명의 전신 위약감이라고 판단, 증례 토의에 제출하였습니다."

진용이 말을 마치자마자, 이현종이 손을 들었다. 그러곤 진용이 미처 반응을 보이기도 전에 입을 열었다.

"그래. 이 케이스의 발표자로서, 김진용 선생이 생각으론 이게 뭐 같아요?"

쉽게 말해 묻지만 말고 스스로 생각을 해 보란 뜻이었다. 김진용은 잠시 당황했지만 3년 차답게 곧 답을 할 수 있었다.

"레보플록사신에 내성이 있는 폐렴일 가능성을 생각했습니다."

하지만 이현종의 마음에 드는 대답은 아니었다.

"폐렴의 가장 흔한 증상이 전신 위약감인가?"

"그건…… 아닙니다."

"근데 왜 폐렴에 집착하지?"

"엑스레이 사진상……."

"이 환자는 78세잖아. 오래된 병변일 수도 있다고 생각하지 않나?"

"그……."

"명색이 3년 차인데, 그 정도밖에 생각을 못 해? 또 다른 사람 없어? 이 환자 주치의는 누구야."

이현종의 말에 뒤쪽에 있던 누군가가 비척거리며 몸을 일으켰다. 2년 차 황선우였다.

"자네 생각은 뭐지?"

가뜩이나 무식하기로 소문난 사람이 황선우 아니었던가. 제대로 된 답을 할 수 있을 리가 없었다. 하지만 눈치는 있어서 폐렴이라고 하진 않았다.

"폐, 폐암."

"뭐, 폐암?"

하지만 그 말은 더 웃음거리가 되고야 말았다.

"넌 여기서 뭐 보이는 게 있어? 뭘 보고 폐암이라는 거야. 나 솜 가르쳐 줘 봐."

"그……. 죄송합니다."

"허이구……. 2년 차란 녀석이……. 더 없어? 이거 말해 볼 사람."

이현종은 혀를 끌끌 차며 사방을 둘러보았다. 모두 숨을 죽인 채, 심지어 고개까지 숙이고 있었다.

"이거……. 태화의료원 내과라는 사람들이……."

이현종은 그런 모습을 보면서 정말이지 실망했다는 눈빛으로 고개를 저어 댔다. 그러다 문득 자신을 빤히 바라보고 있는 수혁을 발견하곤 함박웃음을 지었다.

"야, 야. 웃는다……. 역시 숨겨 둔 아들."

"서러워서 살겠냐."

뭔가 오해를 잔뜩 자아내는 미소였지만 아무튼, 이현종은 기분이 좋았다.

"이수혁. 네 생각은 어때?"

얘는 알 것 같았으니까.

"아……. 네. 그럼."

수혁은 마지못해 일어난다는 투로 아주 천천히 일어났다. 하지만 그와는 아주 대조적인 자신만만한 얼굴로 이현종에게 마이크를 건네받았다. 이 역시 남들이 볼 땐 꽤 이상한 일이라 할 수 있었다. 이현종은 절대로 저런 모습을 보여 줄 만한 사람은 아니었으니까.

"저 봐라, 저. 아들 사랑에 아주…… 원장 아빠 안 둔 사람은 서러워서 살겠나, 이거."

"'나는 의학이랑 결혼했다.' 하시더니…… 언제 저렇게 장성한 아들을 두셨대?"

뭣도 모르는 레지던트들이 제멋대로 수군거리는 사이, 수혁은 마이크를 쥔 채 헛기침을 했다.

[시간 끌지 마시고, 바로 시작하시죠.]

어째 수혁보다 수혁 자랑에 목매달고 있는 바루다가 재촉할 정도로 조금은 긴 헛기침이었다.

'알았어, 알았어.'

수혁은 그렇게 고개를 끄덕이고는 마침내 입을 열었다. 아주 잠시 황선우가 일어나 있던 쪽을 바라본 후였다. 황선우는 차마 그 눈을 바라보고 있기가 그래서 고개를 조금 좌측으로 틀었다.

"환자분은 78세 남자분입니다. 현재 163cm에 62kg이죠. 건장하다고는 못 해도, 나이치고 그리 나쁜 수치는 아닙니다. 금연한 지도 30년이 지났고, 흉부 엑스레이 소견도 폐암과는 거리가 멉니다. 즉 뭔가 만성 질환일 가능성은 적다는 얘기가 됩니다."

그의 말에 황선우의 얼굴은 썩어 들어 갔고, 김진용의 얼굴은 조금 밝아졌다. 요새 태화의료원 개원 이래 최고의 천재라 평가받고 있는 수혁의 의견이 어쩐지 자신과 동일해 보였으니까. 3년 차 입장에서는 상당히 부끄러운 일이었지만, 그 상대가 우수하다고 소문이 나 있고 심지어 로열 중의 로열이라고 입소문을 탄 수혁이라면 딱히 그런 것도 아니었다.

"하지만 급성 폐렴이라고 보기엔 증상이 조금 이상합니다. 기침이 없으며 숨찬 증상도 없습니다. 그저 전신 쇠약감이 환자분이 표현하는 증상 전부입니다."

그러나 수혁의 말이 이어지자 김진용의 얼굴 또한 황선우와 비슷해졌다.

"그래. 두 질환이 아니란 거야 알겠어. 아마 여기 모두 대강은 알고 있었을 거야. 그럼 네 진단은 뭐지?"

이현종 원장은 따진다는 느낌보다는 무언가를 잔뜩 기대하는 얼굴로 재차 수혁을 향해 물었다. 어지간히 애가 닳아 있는 듯이 보였지만, 수혁은 즉시 대답하는 대신 단상을 향해 천천히 걸어 나갔다.

"아, 자료가 필요해서 그래? 이걸로 해."

그러자 당황한 김진용 대신, 좌장 자리에 앉아 있던 신현태 과장이 레이저 포인터를 손수 가져다주었다. 파워포인트를 넘길 수 있는 버튼까지 구비된 제품이었다.

"감사합니다, 과장님."

"아냐, 아냐. 어서 해 봐."

신현태 과장 또한 이현종 원장과 매우 비슷한 얼굴을 하고 있었다. 내 새끼 얼른 말해 보라는 듯한 표정이었다. 굳이 따지자면 김진용과 황선우가 짓고 있는 표정과 딱 반대였는데, 좌중 그 누구도 두 레지던트에게는 관심을 두지 않았다. 그저 이상할 정도로 예쁨을 받고 있는 수혁과 내과의 두 실세를 얼떨떨하다는 눈빛으로 바라보고 있을 따름이었다.

"완전 편애하네, 편애."

누군가는 이렇게까지 중얼거릴 지경이었다. 이쯤 되면 수혁에게도 부담이 될 만도 하겠지만, 수혁은 전혀 떨고 있지 않았다.

[역시 태화 내과 증례 발표가 도움이 되었군요.]

'선순환이라고 하더라, 정신과 용어로.'

이미 이보다 훨씬 큰 무대에서 성공적으로 발표를 해낸 경험이 있었기 때문이었다. 그 경험이 베타 블로커와 같은 약물보다도 더 큰 도움이 되어 주는 중이었다. 중압감보다는 그저 딱 적당할 정도의 활력만 돌았다.

"우선…… 환자의 입원 당시 혈액 검사를 보셔야 합니다."

수혁은 그리 말하면서 화면을 넘겨 김진용은 쓱 훑고 넘어갔던 표를 가리켰다. 대부분 노인치고는 썩 나쁘지 않은 편이었다. 붉은색, 즉 이상하다고 표기된 것이 그리 많지 않았다. 그 중에서 수혁은 'Na'를 가리켰다. 소듐이라고도 하고, 나트륨이라고도 부르는 녀석이었다.

"정상 수치는 135에서 145인데, 이 환자는 127입니다."

노인의 경우 별다른 이유 없이 떨어지는 경우도 있기는 했다. 하지만 멀쩡하다가 입원할 정도로 몸이 안 좋아진 노인이라면 '이게 왜 이럴까?' 한 번쯤 생각해 봐야만 했다. 그렇지 않으면 허송세월하다가 환자를 잃을 수도 있었으니까.

"하지만 환자는 딱히 부종 등의 증상을 보이지 않으며, 기존에 야뇨증 치료를 목적으로 먹고 있던 약 중 데스모프레신(desmopressin, 야뇨증 치료제)이 이 저나트륨혈증의 원인이 될 수 있으므로, 낮은 나트륨은 환자의 현 증상과 관계가 있지는 않겠습니다. 아, 데스모프레신은 끊어 주시면 좋겠습니다."

물론 모든 이상이 지금의 증상과 관계가 있는 건 아니었다. 하지만 하나하나 짚어 나가는 과정은 반드시 필요했다. 훌륭한 내과 의사들이라면 모두 알고 있는 일이었기 때문에, 이 자리에 있는 누구도 수혁에게 왜 논점에서 벗어난 얘기를 하느냐고 하진 않았다. 도리어 놀랐다는 표정만 지어 댈 뿐이었다.

"쟤가…… 진짜 1년 차 맞냐."

"난 뭐 신장내과 교수님이 얘기하는 줄?"

몇몇 레지던트들은 감탄을 내뱉었다. 다만 앉은자리에서 지금의 수혈과 비교의 대상이 되어 버린 김진용과 황선우는 그렇지 못했다. 둘은 얼굴이 새빨개진 채, 고개를 숙이고 있었다. 수혁에 대한 원망을 잔뜩 쌓아 가면서.

"다음으로 환자의 헤모글로빈을 보시면 9.1입니다. 정상 수치는 13에서 17이니 상당히 낮죠. 빈혈입니다."

빈혈 또한 노인에게서는 흔히 나타날 수 있는 소견이었다. 특히 지금 환자처럼 혼자 살고 있는 사람에게는 흔하다는 말도 부족할 지경이었다. 영양이 부족한 경우가 너무도 많았으니까.

하지만 역시나 증상이 있다면 이게 왜 이런지 한 번쯤은 짚어 봐야 했다. 노인이니까 그렇지 하는 생각만큼 위험한 것은 없었다. 특히 환자로 온 경우에는 더더욱 그러했다.

"그런데 레티큘로사이트(reticulocyte), 즉 미성숙 적혈구 생산 지수 또한 1.03으로 떨어져 있습니다. 이건 적혈구가 어디서 파괴되고 있는 게 아니라, 생성이 잘되지 않는다는 뜻입니다. 조혈 작용에 이상이 생겼다는 뜻이죠."

이 또한 노인에게서 흔히 나타날 수 있는 소견이었다. 즉 지금까지 수혁이 언급한 것은 모두 별 의미가 없을 수도 있다는 뜻이었다. 하지만 수혁은 아직 입을 멈출 생각이 전혀 없었다.

"마지막으로 기본 혈구 검사에서 백혈구 성분을 보시면……. 일단 전체 수가 26,100(정상 수치 4,000~10,000)으로 크게 증가해 있습니다. 급성 감염이라고 생각할 수도 있겠으나, 성분에서 단핵구가 무려 31%입니다."

"음!"

아주 결정적인 단서라는 듯 이현종이 고개를 크게 끄덕였다. 그뿐만 아니라 현재 수혁의 지정의를 맡고 있는 조태진 교수 또한 마찬가지였다. 솔직히 그는 너무 바쁘단 핑계로 미리 배포되었던 케이스 자료를 아예 떠들어 보지도 않았던 터라 놀라움의 정도는 이현종 원장보다 더더욱 컸다.

"아까 정상적인 조혈 작용이 떨어졌다고 말씀드렸는데, 이렇게까지 단핵구가 많이 생성되었다는 것은 무엇을 시사할까요?"

수혁은 이제 제법 여유로운 얼굴이 되어 좌중을 돌아보았다. 그럴수록 김진용과 황선우의 얼굴은 흙빛이 되었다. 여기까지 듣고 보니 의심되는 질환이 하나 있기는 했기 때문이었다. 제 아무리 공부를 덜 했다 해도 태화의료원에서 수련을 받다 보면 강제로라도 배우는 게 있는 법이었으니까.

'아, 망했네……. 하……. 저걸 왜 생각 못 했지…….'

특히 3년 차면서, 그것도 발표까지 맡은 주제에 아무것도 떠올리지 못했던 김진용은 깊은 탄식까지 내뱉고 있었다.

물론 수혁은 말을 멈추지 않았다. 아직 답을 내놓지 않았으니까. 그가 좌중을 이렇게까지 몰입시킨 것은 그저 과정이었을 뿐이었으니까.

"네, 바로 혈액암. 그중에서도 이 진행 속도와 환자 나이를 감안한다면 다발성 골수종일 가능성이 가장 크겠습니다."

그가 진단명을 내놓기가 무섭게 좌장 자리에 앉아 있던 신현태가 입을 열었다. 사실 이현종 원장도 입을 열긴 했는데, 그는 마이크가 없어서 잘 들리지 않았다. 그러한 연고로 발언권은 신현태에게 넘어갔다.

"좋아. 그럼 어떤 검사를 해야 하지?"

"척추 MRI, CT, 그리고 말초 혈액 도말 검사 및 혈장 면역 전기영동법 등을 제안합니다."

"그래. 장덕수 교수님 생각은 어떠하신지."

여기서 더 뭔가를 추가하긴 어려울 정도로, 누가 봐도 정답이었다. 신현태는 현재 환자의 담당 교수를 맡고 있는 장덕수에게로 시선을 돌렸다. 장덕수는 이미 발표 전 혈액종양내과 교수들과 토의를 마친 후였기 때문에 답을 알고 있는 상황이었다.

다만 그들이 토의했던 내용을 거의 토씨 하나 틀리지 않고 말하고 있는 사람이 1년 차라는 사실이 무척 놀랍고도 당황스러웠다. 어찌나 당황스러운지, 즉각 답을 내놓지 못할 지경이었다.

"생각이 어떠하신지?"

덕분에 신현태 과장이 한 번 더 채근한 후에야, 좀 더 정확히 표현하자면 무려 다리를 몰래 툭 하고 찬 후에야 입을 열 수 있었다.

"아, 아. 네. 아……. 이것 참. 훌륭한 계획이라고 생각합니다."

"아니, 그런 게 아니라. 장덕수 교수님 계획이 어떠냐고요."

교수가 하기엔 좀 격 떨어지는 답이 아니던가. 때문에 그냥 보고만 있을 수는 없는 노릇이었다.

'이 새꺄, 똑바로 해.'

같은 교수라고 하기엔 나이 차이가 꽤 나는, 심지어 장덕수가 레지던트 시절부터 교수였던 신현태는 다시 한번 장덕수의 다리를 걷어찼다. 이번에는 감정이 실려 있어서 제법 아팠다.

"악. 아, 네. 그……. 동의합니다. 다만 감염 여부를 완전히 배제할 수는 없으니까. 흉부 CT와 혈액 배양 검사 및 객담 배양 검사 정도는 추가하는 게 좋겠습니다."

다행히 또 맞는 일은 없었다. 이번 답은 제법 교수다웠으니까.

"좋군요. 그럼 그냥 이 자리에서 일단 전과를 할까요? 혈종으로?"

신현태 교수나 장덕수나 다른 교수들이나 이 환자가 더 감염내과에 있을 환자라 생각지는 않고 있었다. 수혁의 말대로 이 환자는 암 환자였으니까. 그것도 최대한 빨리 제대로 된 진단과 치료가 필요한. 그렇지 않으면 속절없이 죽어 갈.

"네, 제가 받겠습니다."

조태진 교수가 손을 번쩍 들었다. 그러곤 그 손을 그대로 뻗어 아직도 단상 앞에 서 있는 수혁을 가리켰다.

"주치의는 1년 차 이수혁 선생에게 맡기겠습니다. 괜찮겠죠?"

당연하게도 반대는 없었다. 여기 모인 모든 레지던트, 지금까지 이 환자의 주치의를 맡았던 황선우와 그 치프를 맡았던 김진용까지 통틀어서 이수혁이 이 환자에 대해 제일 잘 알고 있었으니까. 아니, 그 정도가 아니라 아예 수준이 다르단 것을 보여 주었으니까.

'얘는 진짜 천재네!'

거의 모든 교수의 머리에 수혁의 이름이 깊이 각인되는 순간이라고도 할 수 있었다.

/////

"환자는 좀 어때?"

"다행히 진단이 그렇게 느리게 되진 않아서 항암 요법에 반응은 좋습니다. 다만……."

조태진 교수는 말끝을 흐리고 있는 수혁을 보며 쓴웃음을 지어 보였다. 암을 죽이는 작업 자체는 잘되어 가고 있을 터였다. 하지만 암을 치료하는 데 있어 고려해야 할 것은 비단 '암' 그 자체만은 아니었다. 그 암을 앓고 있는 환자를 생각해야만 했다. 그걸 간과하다 보면 오히려 치료 때문에 환자를 죽이게 되는 수도 있었다.

"환자가 너무 고령이지?"

조태진 교수는 수혁의 마음을 이해한다는 듯이 달래는 듯한 말투로 물었다.

"네. 아무래도 몸 상태가 너무 안 좋아지고 있습니다. 최대한 부작용을 막기 위해 수액도 많이 주고 있고, 스테로이드도 쓰고 있긴 하지만……."

수혁 또한 씁쓸한 얼굴이 된 채 환자가 입원해 있는 병실 쪽을 바라보았다.

[신장 기능이 악화되고 있습니다. 투석을 병행할 것을 요청합니다.]

그러곤 바루다가 오전에 했던 말을 떠올렸다. 그 말을 쫓아 투석까지 시작했지만, 여전히 환자의 상태는 그리 좋지 못했다. 아니, 좋지 못하다기보다는 최악을 향해 달리고 있었다.

"구역, 구토에 설사까지 발생했다는데. 급성 신부전인가?"

"네. 아마도……."

"흠. 큰일이네. 그래도 진단이 2개월 안에 된 거면 빠른 편인데……. 아프기 전에는 건강했다고 했지?"

"네. 원래는 별문제가 없었다고 합니다."

수혁은 바루다가 저장해 놓은 환자의 데이터를 떠올렸다. 기록에 따르면 환자는 이번에 아프기 전까지는 일상생활이 가능했던 사람이었다. 다른 사람의 도움도 필요 없이 혼자서. 그러던 사람이 지금은 간병인이 없이는 화장실도 못 가는 지경이

되고야 말았다.

[화장실까지 가면 다행입니다. 지금은 요독이 너무 많이 쌓여서 거의 물처럼 설사가 나오는 실정입니다.]

'나도 아까 봤어……. 아무래도 지금 이 치료를 계속하는 건 무리야…….'

수혁이 뭔가 결심했다는 듯 고개를 끄덕일 때쯤, 조태진 교수도 고개를 끄덕였다. 다만 속에 품은 생각은 둘이 전혀 달랐다.

"환자 소생 거부 동의서 받았나? 혹시?"

조태진 교수는 환자의 나이와 보호자들의 경제적 상황을 고려하고 있었다.

'나으면 좋지. 나으면 좋기야 하겠지만…….'

지금 상황에서 계속 항암 치료를 권하는 건 의사도 환자도 괴로운 일이 될 터였다. 환자의 생명을 살리는 것도 물론 중요하지만, 그의 관록에 따르면 좀 더 현실적인 부분도 고려 대상에 넣어야 한다는 배움이 있어 왔던 것이다.

지금껏 이런 케이스를 너무도 많이 보아 온 조태진으로서는 이쯤에서 치료를 종결하고 환자에게 삶을 마무리할 수 있는 시간을 주는 것이 좀 더 옳은 길로 보였다. 그의 오랜 경험이 이런 결론으로 이끌고 있었다.

'나아야 해. 하지만 이런 방식으로는 아니야.'

반면 수혁은 아직 젊디젊은 의사이니만큼, 아직 환자의 죽음을 충분히 경험해 보지 못해 조태진 교수와는 생각이 많이 달랐다. 그가 추구하는 이상이라고도 할 수 있고, 패기라고도 할 수 있었다. 수혁에게 환사의 나이는 극복해야 할 하나의 시련일 뿐 치료 포기의 단서가 되지 못했다.

보호자들의 경제적 상황 때문이라면 환자에게 시행하는 치료가 합당한가 다시 한번 고민할 수도 있었겠지만, 아직 수혁은 치료와 돈을 바로 결부 지을 만큼 경험을 쌓지는 못한 새내기 의사라 할 수 있었다.

"아뇨. 받지 않았습니다. 교수님."

수혁은 아직 환자나 보호자에게 죽음을 얘기하지 않은 참이었다. 당연하게도 심폐소생술 거부 동의서 따위는 받아 놓을 생각도 없었다. 아니, 아예 떠올리지도 못하고 있었다.

"그거 오늘 오후에 받아 놓지."

"음."

더 나아가 조태진 교수의 말에 '예.'라고 대답하지도 않았다. 조태진 교수는 고집스럽게 다물어진 수혁의 입을 잠시 바라보다가 이내 고개를 털었다.

"너 설마 환자 죽은 적이 없었나?"

조태진 교수라 해서 왜 레지던트 시절이 없었겠는가. 그 또한 파릇파릇했던 시절이 있었고, 의지만 있으면 모두 환자를 살릴 수 있을 거라 굳게 믿었던 시절이 있었다.

'현대 의학의 한계를 인정하지 못했던 시절도 있었지.'

솔직한 얘기로 그렇게까지 뛰어났던 레지던트가 아니었음에도 그러했었는데, 수혁처럼 독보적인 천재라면 어떠할까. 조교수는 어쩐지 알 것 같았다.

"네, 교수님. 아직은……."

"내과를 택한 이상, 언젠가는 보게 될 거란 거 알고 있지?"

"네……."

"이 환자는 가망이 없어. 네 마음하고는 관계없이."

"하지만 아직 병기는……."

"그래. 네 말이 맞아. 병기만 따지고 보면 환자는 반드시 살아야 하지."

여기서 병기란 소위 1기, 2기, 3기, 4기와 같은 병의 진행 정도를 의미했다. 지금 환자의 병기는 2기로 태화의료원의 데이터상 벌써 죽어서는 안 될 수준이었다.

"하지만 이 환자는 고령이야. 신장이 버티지 못하고 있어. 여기서 더 항암 치료를 하는 건 환자를 괴롭게 할 뿐이야."

이 말에는 수혁 또한 깊이 공감하고 있었다. 조태진 교수가 오기 전 김인수와 함께 돈 회진에서 환자가 종일 얼마나 고통스러워했는지 다 봤으니까. 하지만 공감한다고 해서 동의한다는 건 아니었다.

[현재 계획 중인 항암 치료 후 골수 이식은 환자의 신장 기능

부전으로 인해 수정을 요합니다. 미니 조혈 모세포 이식법을 추천합니다.]

바루다 또한 그러했다. 지금 하려고 했던, 항암제로 환자의 골수를 완전히 지우고 새 골수를 받아들이고자 했던 치료법은 폐기할 것을 주장해 왔다. 대신 최근 들어 일부 병원에서 시도하고 있다고 알려진 새로운 치료법을 들고나왔다.

'미니 조혈 모세포 이식이라……'

[현재로서는 선택 가능한 치료법은 이것뿐입니다.]

'그래……. 이식할 골수가 있는데 아예 써먹지도 못하고 보낼 수는 없어…….'

예전보다는 많이 나아졌다고는 하지만 아직은 조혈 모세포 이식, 즉 골수 이식과 기증은 우리나라에서 활발하게 이루어지고 있지는 못했다. 때문에 적합한 골수만 있으면 살 수 있는 환자들 중 상당수가 골수가 없어서 죽고 마는 사태가 여기저기서 벌어지고 있었다. 그런데 이 환자는 운이 좋은 건지 어쩐 건지 이식 대기에 명단을 올리자마자 조혈모세포은행협회에서 연락이 와 버렸다.

[확률로 따지면 20만분의 1입니다.]

'그걸 그냥 날려 먹어서야 안 되겠지.'

수혁은 이미 마음을 정한 것으로 보이는 조태진 교수를 향해 어렵게 입을 열었다. 상당한 용기가 필요한 일이었고, 동시에

환자나 보자

무례할 수도 있는 일이었다. 하지만 수혁은 혈액종양내과를 가히 전설적으로 돌고 있는 데다가 조태진 교수와 개인적인 친분도 제법 쌓은 마당이었다. 덕분에 부담감을 어느 정도는 덜어 낼 수 있었다.

"하지만 교수님……. 아직 시도해 보지 않은 치료가 있습니다."

"시도해 보지 않은 치료? 뭐."

"미니 조혈 모세포 이식법입니다."

이 말에 묵묵히 듣고만 있던 치프 김인수가 조용히 뒤로 빠졌다.

'이 자식은 대체 어디서 자꾸 처음 들어 보는 진단명이랑 치료법을 가지고 오는 거지?'

김인수는 약간 볼멘 얼굴이 되어 있었다. 반면 조태진 교수의 얼굴에는 미미한 미소가 번져 나갔다. 아직은 실험적이라 할 수 있는 치료법을 알고 있는 1년 차가 대견해서였다.

"미니 조혈 모세포 이식이라."

"네. 오늘까지 들어간 항암제만 해도 사실 환자의 골수 기능은 심대하게 억제가 되었을 겁니다. 암세포들도 많이 죽었을 거고요."

"하지만 다 죽지는 않았을 거야."

본래 항암제를 쓴 후 다른 사람의 골수를 이식하는 건, 일종의 초기화라고 보면 되었다. 자신의 골수와 암을 가리지 않고 죽어 버린 후 빈자리에 다른 사람의 골수를 받아 살겠다는 생각에서 나온 상당히 혁신적인 치료. 거의 기적이라는 말이 나올 만큼이나 효과가 좋아서 현재 각종 골수암에서 이 치료를 활용하고 있을 지경이었다.

하지만 한 가지 단서가 필요했다. 골수뿐만이 아니라 암도 다 죽일 것. 지금 이 환자에서는 이 전제 조건이 엇나가 있는 셈이었다.

"네. 다 죽지는 않았을 겁니다만……. 그래도 살아 있는 놈들이 적기는 할 겁니다."

"뭐……."

조태진 교수는 굳이 반박은 하지 않은 채 달력을 돌아보았다. 입원 기록과 맞춰 보면 벌써 항암제가 들어간 지는 꽤 된 셈이었다. 즉 수혁의 말대로 목표치까지 들어가진 않았지만, 절대적인 수치로만 따지자면 많은 양의 항암제가 들어갔다는 뜻이었다.

"그럼 그 암은 이식받은 골수……. 그러니까 그 골수에서 만들어질 면역 세포가 죽일 수 있을 겁니다."

아까 골수와 암을 다 죽이고 다른 사람의 골수를 이식받는 것이 혁신적이었다면, 골수만 죽이고 암은 조금 남겨 둔 후 이식해 준 골수에게 암을 죽이라고 하는 이 방식은 가히 혁명적이라 할 수 있었다.

"모험이라는 건 너도 알고 있지?"

"하지만 가치 있는 모험이라……고 생각합니다. 일단 기증 희망자랑 매칭이 되었다는 것부터가……."

"뭐……. 그건 그렇긴 하지."

조태진 교수는 지금까지 기증을 기다리다가 유명을 달리해야만 했던 수많은 환자를 떠올렸다. 그 환자들에 비하면 지금 저 환자는 그나마 좀 나은 셈이긴 했다. 기회를 얻은 거니까. 그 기회를 너무 쉽게 포기해 버리려 했던 건 아닌가, 뭐 이런 생각도 들었고.

"시도해 보고 싶습니다."

"흠……."

그리고 환자를 살려 보겠다는 의지를 불태우고 있는 수혁을 보고 있자니 마음이 좀 더 움직였다. 하지만 그렇다고 해서 이제 겨우 1년 차 된 지 2달도 채 안 된 녀석에게 골수 이식 치료까지 온전히 맡길 생각은 없었다.

"인수야."

"네, 교수님."

"네가 무균실 처방 백 봐라. 환자…… 한번 해 보자."

"아……."

"뭐가 '아'야? 한번 해 보자고."

"네, 네. 알겠습니다. 교수님."

그렇게 해서 수혁은 김인수의 도움을 받아 환자의 면역력을 뚝 떨어뜨린 후, 무균실로 보내게 되었다. 별다른 방법을 쓴 건 아니었고, 한 번 더 항암제를 때렸을 따름이었다. 그러자 원래도 바닥을 기던 환자의 면역은 0이 되어 버렸다. 즉 일반적인 상황에서는 생존할 수 없는 상태가 되었다는 말이었다.

'이제 이식될 골수가…… 암세포와 싸워 이기기만을 바라야겠네.'

수혁은 무균실에 누운 환자를 바라보며 중얼거렸다. 둘은 시각을 공유하고 있었기에 바루다도 같은 환자를 바라보고 있던 참이었다.

[환자를 앞에 두고 이기기만을 바라야 한다니, 무력한 말이로군요. 수혁.]

'음? 뭐 뾰족한 수라도 있어?'

[아뇨. 없습니다.]

'근데 뭔 시비야, 인마…….'

[그냥 무력한 것은 사실이니까요.]

'그야…… 그야 그렇지.'

수혁은 뭐라 반박할 말을 찾고 싶었지만 그럴 수가 없어 한숨만 쉬어 댔다. 입에서 나온 따스한 입김이 차디찬 무균실 창에

닿아 뿌옇게 맺혔다. 수혁은 거기에 '꼭 살아나십시오.'라는 문구를 남긴 채 병실을 빠져나왔다.

이제 또 다른 곳

"환자 혈압 어때!"

"계속 떨어집니다!"

"수액……. 수액은 얼마나 들어가고 있지?"

"이미 가득 들어가고 있습니다!"

"승압제……. 승압제 쓰자."

조태진 교수의 말에 간호사 하나가 부리나케 재어 둔 승압제를 환자에게 연결된 라인에 찔러 넣었다. 하지만 환자의 심전도는 별다른 변화를 보이지 않았다. 한계에 다다랐다는 듯, 심박출량은 조금 치고 올랐다가 다시 주저앉고야 말았다.

"에에이! 맥박 없잖아! 인턴들 뭐 해! 빨리 흉부 압박해!"

급기야 심장은 완전히 멎어 버렸고, 심전도상 그래프 또한 평형을 그리고 있었다. 혹시 몰라 제세동기를 만지작거리고 있던 조태진 교수는 기기를 내팽개치고는 일단 환자 위에 올라탔다. 그러곤 인턴들이 몰려올 때까지 환자의 가슴을 쿡쿡 눌러 댔다.

어찌나 세게 눌러 댔던지, 갈비뼈 일부가 부러져 나가고 있었다. 순간 환자의 손목 쪽에서 동맥혈 채취를 하고 있던 수혁의 머릿속으로 부러진 갈비뼈에 의한 폐 손상이 스쳐 지나갔지만, 그건 이미 중요한 일이 아니었다. 지금은 오직 환자의 심장을 다시 뛰게 만드는 것만이 중요했다.

"인턴 쌤! 이거 가지고 가서 분석 돌려요!"

수혁은 일단 뽑아낸 동맥혈을 인턴 손에 들려 보낸 후,

"교수님! 이제 제가 하겠습니다!"

숨을 헐떡대고 있는 조태진 교수를 대신하여 환자의 몸 위로 올라탔다. 아무래도 왼쪽 다리가 불편해서 좀 느리긴 했지만 그나마 환자 침대를 내려놓은 상태인지라 불가능하진 않았다.

"하나, 둘, 셋, 넷."

수혁은 배웠던 대로, 그리고 몸이 기억하는 대로 환자의 양 젖꼭지 사이에 손바닥을 댄 후 팔을 곧게 펴서 체중을 완전히 실은 채 꾹꾹 가슴을 눌러 댔다. 모르는 사람이 보면 저거 고문하는 거 아닌가 싶겠지만, 이렇게 세게 눌러 봐야 실제 심장이 뛰는 수준을 재현하기엔 부족했다.

[이미 다발성 장기부전이 심각하게 진행한 상황입니다. 더

이상의 처치는 의미가 없습니다.]

한창 땀을 뻘뻘 흘려 가며 환자의 가슴을 누르고 있으니 바루다가 영 힘 빠지는 소리를 해 댔다.

'닥쳐! 재수 없는 소리 하지 마!'

사실 수혁도 바루다의 말에 십분 동의하는 바였지만, 욕설이 절로 튀어나오는 것 또한 사실이었다.

'환자가 너무 어리잖아!'

지금 수혁의 밑에 깔린 환자의 나이는 이제 겨우 18살이었다. 수혁이 맡은 환자는 아니었다. 혈액암 환자로, 다른 2년 차의 환자였다. 조태진, 이수혁, 김인수가 제일 먼저 와서 이 난리 바가지를 피워 대고 있는 이유는 별게 아니었다. 그냥 회진 돌다가 환자가 넘어가는 걸 봤을 따름이었다. 수혁은 아니고, 바루다가.

[저쪽 구석에 있는 환자, 심장 박동이 이상하군요.]

처음에는 으레 그러하듯 진단병이 도졌다고만 생각을 했다. 원래 바루다는 처음 보는 사람이나 환자가 있으면 병명 맞히기를 하며 추론 능력을 키워 나갔으니까.

[혈압이 떨어지면서 심장 박동수가 올라갑니다.]

하지만 두 번째 말까지 들었을 땐, 무시할 수가 없었다. 진단명을 말하는 게 아니라 지금 벌어지고 있는 어떤 상황을 묘사하고 있었으니. 고개를 돌려 보니 웬 어린 환자 하나가 누워 있었다. 혈액종양내과 환자라고 하기엔 정말이지 너무 어린아이가.

'살려야 해!'

그 이후 혈압을 보존하기 위해 치솟았던 환자의 심장 박동수는 그만큼 빠르게 주저앉았고, 지금과 같은 심폐소생술 상황이 벌어지고야 말았다.

[이미 늦었습니다.]

'같은 말만 하지 말고! 방법을 찾아봐!'

[데이터를 보십시오, 수혁. 환자의 경과 기록 읽은 적이 있습니다.]

'뭐?'

바루다의 말에 수혁은 최선을 다해 환자의 흉부를 압박하면서 바루다가 조금 전에 언급한 기록을 돌아보았다.

'CML(Chronic Myeloid Leukemia, 만성 골수성 백혈병), Multiple Meta(다발성 전이) — Brain, Liver, Lung.'

이게 환자의 진단명이었다. 뇌, 간, 폐에 전이된 만성 백혈병.

'Waiting for BM transplantation(골수 이식 대기 중).'

이건 환자의 앞으로의 계획이었다. 골수 이식을 기다리는 것. 이거 말고는 아무 희망도, 치료 방법도 없었다. 달리 말하면 기증 희망자가 나타나지 않는다면 그저 죽음을 기다리는 신세였다는 말이었다.

'이런 망할!'

[그만하시죠. 수혁.]

'닥쳐!'

[그만하고……. 주변을 좀 보십시오.]

'응? 아…….'

그제야 수혁은 자신을 제외한 모든 의료진이 손을 멈추었다는 것을 깨달았다. 환자가 심폐소생술 상황에 빠진 지 무려 30분이 지났다는 것 또한 깨달았고, 그 시간 동안 그야말로 쉬지 않고 흉부를 압박하고, 약을 썼음에도 불구하고 심장 박동이 돌아오지 않았다는 것까지 깨달았다.

"야, 수혁이 내려 줘라."

"아, 네. 교수님."

수혁이 손을 멈추자마자 조태진 교수가 어두운 얼굴을 한 채 김인수를 향해 턱짓했다. 김인수는 즉시 달려서 환자 위에 올라탄 채 반쯤 탈진해 버린 수혁을 아래로 끌어 주었다.

"아, 아이고……."

그제야 아이의 곁을 늘 지키고 있던 중년 여성이 울음을 터뜨렸다. 수혁 때문에 잘 보이지 않던 아들의 얼굴이 비로소 잘 보였기 때문이었다. 그 얼굴에 이제 더는 생명이 깃들어 있지 않다는 것을 알게 된 까닭이었다.

"일단 자리 비키자. 담당 교수님이랑…… 주치의도 왔어."

김인수는 그런 어머니와 이제 고인이 된 아들을 번갈아 바라보고 있는 수혁을 가만히 잡아끌었다. 수혁은 잠시 황망한 얼굴을 하고 있다가 이내 김인수를 따라 병실을 빠져나왔다.

타닥. 타닥. 그 와중에 지팡이 짚는 것은 잊지 않았는데, 그만큼 지팡이가 익숙해졌다는 뜻이었다.

"수혁아, 괜찮냐?"

복도에 미리 나와 있던 조태진 교수가 수혁을 향해 물었다. 어찌나 다정한지, 다른 레지던트들은 질투보다도 황당함을 느낄 지경이었다. 하지만 수혁이 어떤 1년 차인지 잘 알고 있는 김인수로서는 별다른 감정이 들진 않았다. 다만 대단하다는 생각만 들 따름이었다.

"아……. 네. 괜찮습니다. 감사합니다."

조 교수는 수혁의 입에서 괜찮다는 말이 나오자 비로소 미소를 지어 보였다. 다른 이의 죽음을 목도한 후에 이런 표정이 온당한가 싶겠지만, 그렇지 않고는 버틸 수 없는 것이 대학 병원의 내과였다. 그중에서도 혈액종양내과는 거의 죽음과 벗하고 있는 수준이었고.

"그래. 인마, 네 환자도 아닌데……. 그렇게 열을 올리면 어떡해."

조태진 교수의 말은 남의 죽음에 냉담해지라는 말이 아니었다. 그 나이쯤 되다 보면, 또 그 나이가 될 때까지 대학 병원 내과 교수로 있다 보면 의학 외에도 몇 가지 알게 되는 게 있는 법이었다.

'사람의 감정 주머니에는 한계가 있다.'

그중 하나가 바로 이것이었다. 제아무리 강한 사람도 마구 퍼 주다 보면 언젠가는 나동그라지기 마련이었다. 그러다 정작 자신의 환자를 돌보지 못하게 된다면 어떻게 되겠는가. 단지 그 환자가 운이 없다는 말을 해서는 안 될 터였다. 그건 프로의 자세도 아니고, 의사의 자세는 더더욱 아니었다.

"죄송합니다. 교수님."

수혁 또한 조태진 교수의 말이 무슨 뜻인지 정확히 알기에 황급히 고개를 숙였다. 조태진 교수는 가만히 수혁의 뒷덜미를 내려다보고 있다가 이내 발걸음을 옮겼다.

"됐어. 환자 열심히 본 게 무슨 잘못이겠냐. 가자. 할아버지 환자분 기다리시겠다."

"아, 네!"

그의 말에 수혁은 지팡이를 타닥거리며 부지런히 달려 조태진을 앞질렀다. 그러곤 무균실로 통하는 병실 문을 열어젖혔다. 유리창 너머 꼿꼿이 허리를 펴고 앉아 있는 할아버지 환자의 모습이 눈에 들어왔다. 여전히 투석을 돌리고 있긴 하지만, 그걸 제외하면 가히 건강하다는 말까지 붙여 볼 만한 모습이었다.

툭. 환자는 조태진 교수의 말대로 종일 수혁을 기다렸는지 곧장 침대에서 내려와 슬리퍼를 신었다. 아직 면역 기능도 제대로 회복되지 않은 상태였지만 몸놀림 하나는 예사롭지 않았다.

"에헤이! 가만히 계세요! 그러다 넘어지면 어쩌시려고 그래요!"

수혁은 그런 할아버지를 향해 책망의 말을 건넸다. 하지만 아까 이름 모를 환자를 떠나보내면서 새겨졌던 슬픈 표정은 어느새 떠나가 있었다. 포기하려다 기적을 바라고 치료를 시도했던 환자가 되살아나는 모습엔 그만한 힘이 있었다.

"환자분, 검사 결과……. 이식된 골수 생착은 아주 순조롭습니다. 열이 좀 나기는 하시는데……. 그건 암을 죽이면서 발생하는 염증 반응이라고 생각됩니다."

몸이 불편한 수혁이 미처 다 덧가운을 입기도 전에 조태진 교수가 안으로 들어갔다. 말은 안 하고 있었지만, 그도 자신이 포기했던 환자가 살아난 모습이 아주 기뻤기 때문이었다.

"염증……?"

그래서 환자는 제대로 알아듣지도 못할 말을 신나는 얼굴로 떠들어 댔다. 뒤늦게 들어간 수혁이 부연 설명을 해야만 했다.

"할아버지. 지금 할아버지 골수에는 다른 사람의 골수가 있잖아요. 그 골수한테는 원래 할아버지 골수에서 생긴 암은 아예 다른 놈으로 인식이 된다니까요? 그래서 맞서 싸우는 거예요."

물론 이 설명도 그리 쉽지만은 않았다. 이해하려면 기본적으로 면역학에 대한 기초적인 이해가 있어야 했으니까. 하지만 할아버지는 헤벌쭉 웃어 주었다. 뭐가 어찌 되었건 의사들이

자기 앞에서 이렇게까지 신나게 떠들어 댄다는 건 좋은 뜻일 테니까.

"아, 참. 맞아."

그렇게 한참 웃고 있으니 조태진 교수가 다시 입을 열었다. 수혁을 가리키면서였다.

"환자분. 오늘로 이수혁 선생 내분비내과로 갑니다. 수혁아, 그동안 감사했다고 인사해라."

"아, 네. 환자분. 저는 이제 다른 곳으로 갑니다. 치료 꼭 잘 받으셔서 쾌차하시기 바랍니다. 감사했습니다."

이에 수혁은 자신이 무균실 창에 새겨 둔, 지금은 보이지 않는 문구 '꼭 살아나십시오.'에 눈길을 주고는 고개를 꾸벅 숙였다.

"아, 아이…… 섭섭해서 어떡해……."

할아버지는 정말로 섭섭한지 눈물을 글썽거렸다. 그것을 본 조태진 교수가 일부러 큰 웃음을 터뜨렸다.

"에이! 환자분. 제가 지정의인데 제가 중요하죠! 이러면 제가 섭섭합니다."

"아, 아. 그런가요. 죄송합니다."

"아뇨, 아뇨. 아무튼, 내일부터는 다른 선생님이 봐 주실 겁니다. 제가 인사시켜 드릴게요. 좀 쉬세요."

그리고 그 웃음으로 능숙하게 상황을 넘긴 후, 병실을 빠져나왔다.

이제 또 다른 곳

"에이. 섭섭해서 어떡하지."

그다음엔 환자에게 했던 말이 무색하게 느껴질 만큼이나 섭섭하다는 얼굴로 수혁을 바라보았다. 김인수도 그런 조태진을 딱히 탓할 생각을 하진 못했다. 이번 한 달간 수혁은 정말로 잘 돌았으니까. 다른 주치의랑 어떻게 도나 하는 생각이 들 정도로.

"그……."

교수가 이러고 있으니 수혁으로서는 어찌해야 할지 모르게 되는 것이 당연했다. 조태진 교수는 그런 수혁을 바라보다가, 이내 웃음을 터뜨렸다. 아까의 웃음이 환자를 위로하기 위함이었다면, 이번 웃음은 자신을 위로하기 위함이었다.

"괜찮아, 괜찮아! 나중에 혈종 교수 하면 되지!"

"시켜만 주시면 하죠!"

"하하하. 뭐……. 그거야 천천히 생각해 보고. 다음에 내분비지?"

"네."

"거기……. 음."

조태진은 수혁의 지정의가 될 교수와 치프 김진용을 떠올렸다. 둘 다 그리 좋은 사람들은 아니었다. 하지만 그런 말을 교수가 하는 건 좀 모양 빠지는 일 아니겠는가. 조태진은 그저 수혁의 어깨를 두드려 주기로 했다. 어차피 이놈은 어딜 가도 잘할 테니까.

"여기랑 좀 달라도 당황하지 말고 잘해라."

물론 응원의 말을 보태 주기는 했고.

"네, 교수님. 감사합니다."

수혁은 여느 때처럼 자신감 넘치는 태도로 그 응원을 받았다.

―――――

[띠띠띠띠.]

'아오.'

수혁은 내분비내과로 넘어온 첫 주말 아침 일찍, 침대에서 벌떡 뛰어내렸다. 너무 잘 자서, 체력이 남아돌아서는 결코 아니었다. 그저 머릿속에서 울리는 알람 때문이었다.

[일어나셨군요, 수혁. 좋은 아침입니다.]

'미친놈아! 네가 깨워 놓고선 뭐? 좋은 아침? 이딴 소리가 나오냐?'

[제가 깨운 것과 '아침이 좋다.'라는 명제 사이에 어떤 상관관계라도 있습니까?]

'뭐? 당연하……. 어……. 음…….'

수혁은 마구잡이로 따져 물으려다가, 그만 할 말을 잃고 말았다. 곰곰이 생각해 보니 누가 깨웠든 간에 이 아침은 변하지 않기 때문이었다.

이제 또 다른 곳

[일어난 김에 어제 공부하다 만 자료를 좀 보시죠. 궁금해서 혼났습니다.]

'나는 졸려서 혼나 뒈지겠거든?'

[졸리다뇨, 수혁. 벌써 오전 6시입니다.]

'어제 2시에 잤잖아!'

수혁은 속으로 볼멘소리를 해 대면서 당직실 문 쪽을 바라보았다. 그런다고 어제 그를 못 자게 한 원흉이 보이는 건 아니었다. 하지만 어제의 일을 회상할 수는 있었다.

―야, 야. 마셔. 어차피 당직도 아닌데. 뒈질래? 이번 달 지옥을 보여 줄까?

―그래. 이럴 때 아니면 언제 술맛을 보냐. 치프 선생님 잔 마다하는 거, 그거 예의 아니다, 너?

이딴 말을 지껄이면서 맥주를 건넨 녀석들은 다름 아닌 지금 내분비내과 서효석 교수를 도맡아 돌고 있는 3년 차 김진용과 2년 차 황선우였다.

'뭔 병원에서 술이야……'

[당직이 아니니 딱히 불법은 아닙니다.]

'그래도 말이 되냐? 그렇게 술이 마시고 싶으면 나가서 먹든가.'

[그 의견에는 동의합니다.]

당직 방이라는 곳이 물론 환자들이 볼 수 있는 곳에 있는 건 아니었지만, 술 취한 채 수술복 등을 걸쳐 입고 돌아다니는 건 그리 좋은 일은 아니었다. 그렇지 않아도 얼마 전 다른 병원에서 음주 진료로 물의를 빚은 전공의도 있었으니까. 그러다 환자들이 오해라도 하면 어쩐단 말인가.

'그리고 마실 거면 저들끼리 먹지……. 왜 1년 차를 붙잡고 먹냐고……. 난 오늘 당직인데.'

[나약한 소리 하지 마십시오. 단호하게 거절하라고 열 번인가 말했는데 계속 뭉개고 있던 건 수혁입니다.]

'이 새끼야……. 누누이 말하지만 난 1년 차라니까? 내과 의국 밑바닥!'

[그런 말을 그렇게 자랑스럽게 하다니. 정신세계가 다소 의심스럽습니다.]

'그런 게 아니라!'

바루다는 남들이 볼 땐 저 혼자 일어나서 발광해 대는 것, 그 이상도 이하도 아닌 수혁을 향해 재차 말을 이었다.

[그리고 제 분석 결과 수혁을 대하는 다른 레지던트들의 태도는 조금 이상합니다.]

'네 그……. 분석은 별로 신뢰가 안 가는데.'

수혁은 전에 하윤이에게 설레발치다가 망했던 기억을 떠올렸다. 아마 앞으로 영영 자다가 이불 킥할 만한 사건이 아닐까 하는 생각이 들 지경이었다.

[바루다는 학습을 통해 진화하는 자기 주도 학습형 A.I.입니

다. 전보다 훌륭한 분석 능력을 갖추게 되었다고 자신 있게 말씀드릴 수 있습니다.]

'뭐…… 그래, 말이나 해 봐.'

이미 잠이 다 달아나 버린 수혁은 천천히 크록스를 신고는 방을 나섰다. 기왕 일찍 일어나게 된 거 아침이나 든든히 먹겠다는 심산이었다. 실제로 태화의료원 아침이 호텔식이라 세 끼 중에서는 제일 괜찮기도 했고.

[레지던트들은 수혁을 윗사람처럼 생각한다고 판단합니다.]

'말이 되니? 1년 차를?'

[말이 안 되는 거 같지만 제 분석은 그렇게 판단합니다.]

'그럼 네가 틀린 거겠지.'

[논리가 그렇게 진행됩니까?]

'그렇지.'

[음.]

바루다가 생각하기에도 다른 레지던트들이 수혁을 윗사람으로 인식할 만한 객관적인 논거는 부족하기 짝이 없었다. 바루다는 정말 자신의 논리 회로에 뭔가 문제가 있는 건가 하는 생각에 빠졌다. 마침내 머릿속이 조용해진 틈을 타, 수혁은 자신의 핸드폰을 내려다보았다.

〈다음 주에 전에 뵈었던 카페에서 뵙겠습니다!〉

좀 더 정확히 표현하자면 하윤에게서 온 문자를 바라보았다.

아마 종이에 쓰여 있었더라면 마르고 닳아서 죄다 지워져 있을 터였다.

[거, 고만 좀 하십시오. 제 분석상 우하윤은 이수혁에게 전혀 감정이 없습니다.]

'손 잡으라고 한 건 너거든?'

[제가 인정합니다. 그건 명백히 제 실수였습니다. 사과합니다.]

'사과받는데 이렇게 기분이 나쁜 건 또 처음이네……'

수혁은 고개를 절레절레 흔들고는 식당 아주머니가 건네주는 달걀을 받았다. 태화의료원의 자랑거리 중 하나인데, 그냥 삶은 게 아니라 무려 프라이가 되어 있었다.

'이거에 케첩 뿌려서 먹으면 그게 또 별미지.'

[인정합니다. 병원 밥 중에서는 가장 훌륭하죠.]

이에 수혁과 바루다는 실로 오래간만에 의견의 일치를 본 후, 나머지 반찬을 담아 식당 구석에 자리를 잡았다. 어차피 워낙 이른 시간인 데다가 주말이기도 해서 사람은 거의 없었다.

"오, 수혁아."

그런데 그를 알아보는 사람이 있었다.

"이야, 이렇게 이른 시간에 아침을 먹고, 몸 챙길 줄 아는구나?"

그것도 무려 둘이나.

"워, 원장님. 과장님. 안녕하십니까."

이현종 원장과 신현태 과장이었다. 늘 그렇듯 주말 회진 후

딱 돌고 골프 치러 가는 일정이었다. 확실히 태화의료원 아침밥은 썩 괜찮아서 이 둘도 온 김에 아침이나 먹고 가자고 해서 온 참이었다. 둘은 진심으로 반가워하는 수혁을 보며 껄껄 웃고는 아주 자연스럽게 옆에 앉았다.

"당직이야?"

먼저 말을 걸어온 사람은 이현종이었다. 처음엔 미친놈이니, 또라이니 하면서 멀리하던 주제에 지금은 다정하기 이를 데 없었다.

"네, 원장님. 당직입니다."

"과가 어딘데?"

"내분비내과입니다. 서효석 교수님 주치의를 맡게 되었습니다."

"아, 서효석이."

서효석이라는 이름 석 자에 이현종 교수의 얼굴이 썩어 들어갔다. 실력이 아니라 뒷구멍으로 들어온 녀석이었기 때문이었다.

그뿐 아니라 신현태 과장의 얼굴도 그리 좋지 않았다. 뒷구멍으로 들어올 수는 있겠지만, 그 이후로 보여 준 행보도 최악이었으니까. 서효석 교수에게 그나마 말이라도 붙여 주는 게 서글서글한 조태진 교수뿐이라는 걸 생각해 보면, 굳이 일일이 서효석의 행적을 짚을 필요도 없을 지경이었다.

"수혁아."

"네."

"힘내라. 아, 치프는 누구야? 쓸 만한 놈인가?"

"김진용 선생님입니다."

"야……. 진짜 힘내라."

이현종은 숭늉을 들이켜면서 수혁의 등을 어루만져 주었다.

"너무 힘들게 하면 나한테 말해. 내가 해결해 줄게."

신현태도 허허 웃으며 엄지로 자신을 가리켰다. 그러자 이현종 또한 비로소 웃음을 회복한 후 말을 이었다.

"그래. 서효석이 백이 암만 대단해도 여기 신현태 장인어른한테 비하면 뭐……."

"아니, 또 왜 얘기가 거기까지 갑니까. 제가 과장이니까……."

"네가 과장인 것도 상관이 있지."

"네?"

신현태의 반응을 보며 이현종 원장이 눈알을 빙글빙글 굴려댔다. 너무 신이 나 보여서 이게 정말 육십 넘은 노인이 맞나 싶을 지경이었다.

"장인 아니었으면 과장이 가당키나 해?"

"와……. 그렇게 따지면 원장님은요? 아버지가 태화 의대 초대 학장 아닙니까?"

"난 NEJM에 심심하면 논문 내는 사람이야. 너랑은 입장이 다르지."

"그놈의 NEJM, NEJM. 거기 못 낸 놈은 서러워서 살겠어요?"

"살면 안 되지. 이렇게 큰 병원 교수인데 거길 못 내?"

"와……. 나 골프 안 쳐."

신 과장은 정말로 화가 났는지 들고 있던 포크를 내려놓았다. 그제야 이현종 원장이 몸을 숙였다.

"에헤이. 뭘 또 골프를 안 쳐. 그건 쳐야지."

"안 해, 안 해. 와……. 더러워서 진짜."

"야, 야. 치자. 내가 잘못했어. 나 집에 들어가면 할 것도 없어. 그놈의 NEJM 논문 쓰느라 바쁘게 지냈더니 결혼도 못 했잖아……."

"아……. 나는 NEJM 못 쓰는 사람이라 결혼도 하고 집에 가면 환영받는다?"

"아이. 얘기가 왜 그리로 가, 너……. 그래, 그, 어. 란셋! 거기 냈잖아."

"언제는 란셋 쓰레기라며."

"에이……. 그렇게 좋은 쓰레기가 어디 있어. 내가 농담한 거지."

이현종 원장은 그렇게 한참 위로를 하다가, 끝내 설득에 성공하기는 했다. 대가로 상당한 것을 지불하기는 했지만.

"야……. 아무리 그래도 5타는 좀 그렇지 않냐?"

"그럼 집에 가시든가."

"에이. 내가 진짜……. 알았어. 가. 아, 수혁아. 너 힘들면 진짜 신 과장한테 말해. 애 끗발 장난 아니야. 원장보다 나아."

"아, 네. 원장님. 과장님. 감사합니다."

둘은 그렇게 식당 안에 수혁을 남겨 두곤 사라졌다. 가면서도 뭐라 뭐라 쉴 새 없이 떠들어 댔는데, 수혁으로서는 상당히 복잡한 심경이 되게끔 하는 광경이라 할 수 있었다.

'멋지네.'

[저게요?]

'성공한 사람들의 여유가 팍팍 느껴지지 않냐? 일단 주말마다 골프 치는 것도 부럽고.'

[수혁이 운동에 대해 부러워하다니 좀 이상하군요.]

'뭔 소리야.'

[시간 많고 몸 멀쩡할 때도 딱히 운동한 적은 없었던 거로 아는데요?]

'아.'

수혁은 난데없는 팩트 폭행에 가슴을 부여잡았다가, 이내 7시가 딱 되자마자 울리기 시작한 핸드폰을 향해 손을 뻗었다. 3777. 두말할 것도 없이 응급실이었다.

'얘들은 진짜 귀신같네…….'

수혁은 그렇게 중얼거리곤 전화를 받았다. 그러자 또랑또랑한 인턴의 노티가 시작되었다.

"안녕하십니까, 응급실 인턴 노영태입니다. 노티드릴 환자분 있어 연락드렸습니다!"

"네. 말씀하세요."

"남자 35세 양재원. 내원 두 달 전부터 시작된 발작 및 경련 증세로 내원한 환자분입니다."

"음?"

발작 및 경련이라. 어떻게 생각해 봐도 내분비내과와 딱히 연결되지 않는 증상이었다. 수혁의 의문에 인턴 노영태는 부리나케 말을 이었다. 성격 급한 레지던트들은 바로 이쯤에서 욕설을 퍼붓기도 했으니까.

"아, 내분비내과 메인이 아니라 신경정신과가 메인입니다. 협진 요청차 연락드렸습니다."

"아……. 신경과가 아니라 정신과에서 보나요?"

"신내림을 받아야 한다고 주장하고 있다고 합니다."

"아하."

그렇다면 신경정신과에서 환자를 보게 된 것이 아주 우연은 아닌 것 같았다. 하지만 이것만으로는 설명되지 않는 것이 하나 있었다. 대체 왜 내분비내과를 찾는단 말인가.

"혈액 검사상 저혈당이 있습니다. 현재 66입니다."

"66? 진짜 낮네? 식사를 못 했어요?"

"그건 아니라고 합니다."

"혹시 뭐 당뇨나 이런 거 치료받는 건 없고요?"

"환자분 진술상으론 특이 병력은 없다고 합니다."

"흐음……. 알겠습니다. 내려갈게요."

수혁은 전화를 끊자마자 식판을 정리하곤 계단을 향해 이동했다.

'바루다, 저혈당 유발 가능한 질환 다 추려 봐.'

[공부한 게 없어서 데이터가 한정되기는 하지만…… 노력해 보죠.]

'사족 붙이지 말고.'

[네, 네. 대신 점심에 치킨.]

'콜…….'

[콜.]

어쩐지 식충이가 된 바루다를 달래면서였다.

─────

타닥. 타닥. 수혁은 어렵사리 지팡이를 짚은 채 1층으로 올라갔다. 예전에도 몸이 날랜 편은 아니어서 재빠르게 움직이지는 않았지만, 좌측 다리가 불편해진 지금에 비할 바는 아니었다.

'아, 이거 빨리 낫고 싶은데.'

[지금까지 습득한 데이터상으로는 방법이 없습니다.]

'나도 알지. 그래도…….'

[의학 발전은 무척 빠른 편이고, 보조 기구 쪽의 발전은 더욱 빠른 편이니 죽기 전에는 가능할 거라고 생각합니다.]

'그렇게 위로는 안 되네.'

[위로하려고 한 말이 아닌데요?]

'에이, 시발.'

수혁은 나지막이 식빵을 찾으면서 응급실 내부로 들어섰다. 예전과는 달리 보안이 강화되면서 카드를 찍어야 내부에 들어갈 수 있게 되어 있었다. 수혁이 문을 열자마자 긴 복도가 눈에 들어왔다. 응급실에서 쓰는 각종 기구와 물품 들이 놓인 창고가 복도의 좌우로 자리했다.

타닥. 타닥. 그 복도를 한참을 헤치고 지나가야 응급실 스테이션에 도달할 수 있었다.

"아, 이수혁 선생님."

병원 내에서 지팡이 짚고 다니는 의사는 수혁 하나였다. 그래서 그에게 노티한 인턴은 수혁을 보는 즉시 알아볼 수 있었다. 딱히 태화대학교 의대 출신이 아니었음에도 그러했다.

"인턴 쌤?"

"네. 아까 노티드렸던 노영태입니다."

노영태라고 하는 인턴은 인턴이라고 하기엔 너무 늙수그레해 보이는 인상이었다. 하마터면 형이라고 부를 뻔했다. 수혁보다 대략 5, 6년은 더 위로 보일 지경이었다.

'뭐 다른 곳 다니다 오셨나?'

[그랬을 가능성이 큽니다. 내과 레지던트 중에도 마흔이 넘는 사람이 하나 있으시더군요.]

'그분은 유급을 당하다, 당하다 군대 다녀오고 재입학까지 한 분이서.'

[허어.]

수혁은 바루다의 바람 빠지는 소리를 뒤로하고 인턴을 따라 부지런히 걸었다. 환자는 일반 응급실 병동에 있는 게 아니라 처치실 안에 있었다.

'이상한데? 외상 환자가 아닌데 왜…….'

보통 처치실이라는 곳은 진짜 급한 환자들에게 배정되는 곳이라 할 수 있었다. 응급실 내의 인력이나 장비가 집중된 곳이기도 했으니까.

"으아아아!"

수혁은 딱 처치실 안으로 들어가자마자 왜 이 환자에게 처치실이 배정되었는지 알 수 있었다. 환자는 조금 전까지 면담하고 있었던 것으로 보이는 정신과 레지던트의 멱살을 잡은 채 소리를 지르고 있었다.

"이 새끼들아! 나는 이상이 없다고! 신내림만 받으면 된다고!"

"어어. 이거 놓으시고요, 환자분!"

수혁 앞에 있던 인턴이 부지런히 달려가 환자를 떼어 내었다. 환자는 정신과 레지던트와 격한 몸싸움을 벌이고 있었는지 둘 다 만신창이였다. 특히 레지던트의 얼굴은 말이 아니었다. 덕분에 겨우겨우 환자 손에서 벗어난 정신과 레지던트가 바닥에 떨어진 안경을 집어 들었다. 가만히 얼굴을 들여다보니, 아는 얼굴이었다.

"오진승 선생님?"

"아, 수혁아. 네가 오늘 내분비 당직이구나."

오진승은 방금 환자에게 멱살을 잡혔음에도 불구하고 아주 차분해 보였다. 심지어 보조개가 인상적인, 푸근한 미소까지 지어 보였다. 과연 세간에서 '정신과를 위해 태어난 사나이'라고 부를 법한 사람이었다.

"네, 선생님. 근데 조금 전에 그건……."

"환자분이 약간 정신 착란이 있으셔. 여기가 병원이 아니라…… 뭔가 다른 곳이라고 믿고 있어."

"망상인가요?"

"망상……. 응. 근데 좀…… 달라."

오진승은 고개를 갸웃거리며 환자를 돌아보았다. 그사이 환자는 다른 의료진들에 의해 제압되어 눕혀져 있었다. 특히 노영태라고 하는 인턴의 힘이 아주 대단한 듯했다. 순식간에 환자를 떼어 놓는 기술이 돋보였다. 수혁은 한동안은 저대로 두어도 괜찮겠다고 생각하며 진승을 돌아보았다.

"달라요?"

"응. 빙릭이나 이런 게…… 망상하고는 달라. 보니까 원래 다니던 병원에서 약도 쓴 모양인데, 반응이 거의 없어. 급성기에 쓰는 약만 들을 뿐이고."

"급성기라면, 안정제요?"

"그래. 이런 발작만 가라앉혔을 뿐, 실제로 발작의 빈도를 줄인 적은 한 번도 없어."

안정제야 어떤 이유든 간에 관계없이 모든 발작에 듣는 약이니 논외로 쳐야 했다. 그러니 진승의 말을 종합해 보면, 정신과적 증상을 보여서 정신과 약을 사용했지만 별로 효과를 보이지 못했다는 뜻이었다.

[좀 이상하군요. 최근 정신과 약물 치료는 비약적인 발전을 했는데요.]

예전엔 '마음의 병'이라고 불렸던 것이 바로 정신과 질환들이었다. 하지만 최근 연구에 따르면 단지 마음의 병이라고 부르기에는 실재하는 다른 이상이 있다는 것이 속속 밝혀지고 있었다. 뇌신경 전달 물질이 너무 부족하거나 너무 과해서 생기는 증상들이라는 얘기다. 그 말은 즉, 약으로 그 전달 물질을 조절하면 증상이 좋아진다는 뜻이었고, 실제로도 그러한 효과를 많이 보고 있었다.

이제 또 다른 곳

'그러니까…… 약이 아예 안 듣는다라.'

수혁은 바루다의 말에 동의한다는 뜻으로 고개를 끄덕였다. 그러면서 다른 병원에서 가지고 온 지금 이 양재원 환자에 대한 차트를 빠르게 훑기 시작했다. 순서는 최근부터 과거까지 역순이었다.

'혼수상태로 온 적이 있어……. 이때 혈당이 50이 안 되었구나.'

[당에 반응해서 회복되었군요.]

'당시 진료한 의사는 조증 삽화 또는 조현병 증상으로 인한 영양 부족으로 판단했어.'

[환자 진술과는 다르군요.]

환자는 분명 밥을 먹었다고 진술한 바 있었다. 하지만 혼자 사는 환자인 데다가, 진료 당시에는 워낙 횡설수설하고 있었기 때문에 중요하게 생각하진 않은 듯했다.

'물건이 두 개로 보인다고 한 적도 있고…… 실제로 경련이 있어서 입에 거품을 문 적도 있어.'

[입원 당시 기록을 보면…… 아주 골치 아픈 환자였던 것으로 보입니다. 신경학적 증상이 너무 많군요.]

'확실히 오 선생님 말대로 전형적이진 않아. 보면 약은 거의 다 들어가고 있잖아?'

[그렇군요. 약물에 반응하지 않는 정신병도 있기는 하지만, 이건 정도가 심합니다.]

그런 것치고는 또 환자가 멀쩡할 때는 지나칠 정도로 멀쩡한 모습을 보이기도 했다. 일상생활이 가능한 수준이 아니라 간단한 업무까지 가능한 수준까지 회복되기도 했고. 모든 것이 일반적인 정신병하고는 많이 달랐다.

'약이 안 듣는데……. 이런 식으로 회복이 된다?'

[이상하군요. 지금까지 환자를 데리고 있던 병원에서 쓴 약은…… 안정제 말고는 들은 게 없습니다.]

'그래서 신내림이라는 주술적인 방법을 떠올린 건가?'

수혁이 계속 차트를 넘기고 있으려니 오진승이 다시 한번 말을 걸어왔다.

"수혁아. 뭐 좀 보이니?"

"네? 아뇨. 아직은 잘 모르겠습니다. 다만……."

"다만?"

"정신과 질환이 아닐 수도 있겠단 생각이 듭니다."

"그래. 나도 그런 생각이 들어. 근데 일단은…… 환자가 저혈당이 좀 심해서 말이야. 이것부터 좀 해결해 줄래?"

"아, 네."

그제야 수혁은 자신에게 온 노티가 이 환자를 전반적으로 봐 달라는 게 아니라, 저혈당에 대해서 봐 달라는 것이었다는 걸 떠올릴 수 있었다.

"혈액 검사한 것도 다 볼 수 있을까요?"

"어, 그래. 저기 떠 있을 거야."

"네, 형. 감사합니다."

"감사는 무슨."

오진승은 병원을 넘어 대학 전체 최고의 신사로 통하는 만큼, 아주 부드러운 미소를 지으며 빈 컴퓨터를 가리켰다.

'저런 사람이, 같이 술만 마시면······.'

호날두가 되어 술자리를 진행하는 모습을 본 기억이 아직도 생생했다. 개가 되거나 했으면 차라리 더 이해가 되었을 텐데. 그런 사람은 생전 처음이었다. 저렇게 젠틀한 사람이 실은 술자리를 주도하는 인간이라니.

[일이나 하십시오. 잡생각하지 마시고.]

'알았다, 알았어.'

수혁은 바루다의 말에 진승과의 옛 추억에서 벗어나 지금 눈앞에 있는 환자의 검사 결과를 들여다보았다.

'저혈당······. 흠. 꽤 심하네.'

아까 노티 올 때만 해도 66이라고 들었는데, 지금은 40이었다. 고개를 돌려 보니, 환자는 아직도 횡설수설하는 중이었다. 보통 사람 같았으면 의식 변화를 일으켜도 시원찮을 수치인 것을 감안하면 꽤 대단하다고도 볼 수 있었다.

[그에 비하면 다른 검사 결과들은 상당히 괜찮군요.]

'아······. 그렇네.'

정신병력이 오래되면 딱히 그 정신병 때문이 아니라, 그 증상들 때문에라도 생활 습관이 망가지기 마련이었다. 그리고 망가신 생활 습관은 곧 혈액 수치의 이상으로 나타나기 마련이었고.

하지만 이 환자의 검사 결과는 거의 깨끗하기만 했다. 적어도 응급실에서 일반적으로 시행하는 검사에서는 이상 소견을 찾아보기 어려웠다.

'확실히 이상해.'

[고민은 이따 하시고, 일단 당을 주시죠. 더 내려가면 위험합니다.]

'그래야겠지?'

[네.]

수혁은 일단 바루다의 말에 따라 당을 주었다. 환자는 딱 당이 들어가자마자, 입을 다물었다. 좀 더 정확히 말하자면 헛소리를 중단했다.

"흐음."

대신 고개를 두리번거림으로써 여기가 어디인지 파악했다.

"병원……인가요?"

"네. 그렇습니다."

그러자 오진승이 기다렸다는 듯 달려갔다. 본래 면담이라는 건 정신이 온전할 때 해야 효과적인 법이었으니까. 수혁은 그 모습을 보며 다시 한번 고개를 갸웃거렸다.

'이상하네. 당을 주니까…… 의식만 돌아온 게 아니라…….'

[정신도 차린 것처럼 보이는군요.]

'아까 차트 좀…… 다시 봐 보자. 뭔가 좀 이상해.'

[네.]

수혁은 내려놓았던 차트를 뒤적거리기 시작했다. 그러다 뭔가 이상한 것을 발견했다.

'이것 좀 봐. 환자 증상이 시간에 따라 달라.'

[그렇군요. 아주 규칙적이군요.]

증상의 양상은 그때그때 달랐지만 간호 기록상 환자가 액팅 아웃 즉, 증상 발작을 보이는 시간은 거의 한결같았다. 오전 11시, 오후 4시, 저녁 9시.

'이게 뭘 의미하는 걸까……?'

[모르겠습니다. 좀 더 정보가 필요합니다.]

'흐음……. 어, 아냐. 이 시간이…… 변했어.'

[그렇군요. 이젠 오전 9시, 오후 2시, 저녁 7시부터 증상이 발현하는군요.]

'뭐야, 이거?'

수혁은 도통 모르겠다는 얼굴로 차트를 톡톡 두드렸다.

"어어! 환자분! 이거 놓으세요!"

"여기가 어디냐고, 이 새끼야!"

그사이, 환자는 또다시 증상 발작을 일으키고 있었다. 당이 들어가고 의식을 찾은 지 꼭 30분이 지난 시점이었다.

"환자분!"

인턴 노영태가 노다시 달려들어 환자를 뒤로 눕혔다. 의사가 아니라 레슬러를 했어도 소질이 있겠다는 생각이 들게 하는 움직임이었다. 그사이, 수혁이 지팡이를 짚고 환자에게로 다가갔다.

"이 환자 혈당 좀 바로 체크해 볼까요?"

그러곤 옆에 있던 간호사에게 구두 처방을 내렸다. 어차피 혈당은 계속 봐야 하는 일이었기에 간호사는 별말 없이 환자의 손가락 혈액을 이용해 검사를 시행했다.

"48입니다."

"네?"

"48…… 맞습니다."

"방금…… 당이 들어갔는데, 또 48이라고요?"

"네."

"흐음……?"

여기서도

"어……. 환자 의식이!"

혈당이 48이라는 걸 확인하고 얼마 지나지 않아서 환자의 의식이 훅 꺼져 버렸다. 정말이지 꺼졌다는 표현이 딱 맞을 정도로 급작스러운 변화라 할 수 있었다.

"호, 호흡이……. 산소 포화도가 떨어집니다!"

심지어 호흡까지 제대로 유지되지 않을 정도의 의식 변화였다. 대개의 경험 적은 의사들이 그러하듯 수혁 또한 돌발 상황에서 즉각 대응하기는 어려웠다. 거의 같이 의식 변화를 맞기라도 한 것처럼 숨만 거칠어질 따름이었다.

[삽관하십시오, 수혁!]

하지만 수혁의 머릿속에는 바루다가 있었다.

'아, 그래. 맞아……. 삽관!'

덕분에 수혁은 공황에서 금세 벗어나 환자의 머리 쪽으로 이동할 수 있었다. 아무래도 처치실에 들어와 있던 간호사들은 전원 베테랑으로 이루어져 있다 보니 척하면 척이었다. 벌써 자발 호흡이 약해졌다는 걸 확인했을 때부터 삽관 준비를 하고 있었다.

"여기 있습니다, 선생님."

"네, 음."

수혁은 물에 끝이 적셔진 플라스틱 튜브와 금속으로 이루어진 후두경을 받아 들고는 잠시 신음을 내뱉었다.

[뭐 합니까?]

당연하게도 바루다의 질책이 이어졌다. 하지만 그럼에도 불구하고 수혁은 당장 움직이지 못했다.

'나 이거……. 딱 한 번 해 봤는데.'

[네? 기관 삽관술을 한 번 해 봤다고요?]

'나 1년 차야……. 아직 중환자실도 안 돌았다고…….'

[다른 사람 머리로 들어갔어야 했는데.]

'뭐?'

[아, 아닙니다. 자, 일단 차분하게 기다리세요.]

'기다리라고? 이 상황에서?'

수혁은 황당하다는 듯, 환자의 얼굴을 내려다보았다. 자발 호흡이 사라지면서 사지의 힘도 훅 빠지고 있었다. 그뿐만 아니라 얼굴 근육의 긴장도도 많이 줄어서, 어딘지 모르게 편안해 보일 지경이었다.

[괜히 지금 후두경 쑤셔 넣었다가 환자 발버둥 치면 이 다 부러집니다.]

'아.'

[약을 써서 재운 게 아니란 것을 유념하세요, 수혁.]

'그, 그렇지.'

이렇게 급작스럽게 호흡이 정지된 상황에서 초보 의사들이 하기 제일 쉬운 실수가 바로 조급해하는 것이었다. 아직 사지에 힘이 빠지지 않았고, 아직 의식이 완전히 나간 게 아닌데 딱딱하고도 거대한 후두경으로 목구멍을 쑤시면 어떻게 될까. 환자는 통증 때문에 몸부림치게 될 테고, 그러다 보면 이가 부러지든 뭐가 됐든 피가 주르륵 흘러나오지 않겠는가. 그 피는 시야를 가려서 그 이후에 있을 삽관까지 방해하게 될 터였다.

'더 기다려?'

[아직 근육의 긴장도가 남아 있습니다.]

'산소 포화도가 떨어지는데! 그냥 응급실 선생님 부르면 안 돼?'

[정 자신 없으면 그렇게 하시죠. 삽관 못 하는 내과 의사라……. 이현종 원장이나 신현태 과장이 이 얘기를 들으면 과연 어떤 반응을 보일지…….]

'개새꺄! 그럼 네가 넣든가!'

[저한테 그 정도의 신체 장악력이 있기를 소망합니까?]

'아, 아니. 아니요. 잘못했어.'

바루다에게 지배당하는 몸이라니. 상상만으로도 소름이 쫙 돋았다.

"선생님! 산소 포화도 60대입니다!"

그때 옆에 있던 간호사가 외쳤다. 퍼뜩 정신이 들어 모니터를 바라보니 과연 환자의 산소 포화도는 65까지 떨어져 있었다.

'더 기다려?'

[아직.]

'이 시발……. 이제 곧 50이야!'

[지금! 이제 넣으세요. 괜찮을 겁니다. 아마.]

'아마? 너 지금 아마라고 했냐?'

딱 숨넘어가기 직전까지 기다리라고 해 놓고선 하는 말이 '아마? 수혁은 정말이지 바루다가 손에 잡히는 놈이었다면 지금쯤 두들겨 팼을 거라 다짐했다. 하지만 지금은 때가 아니었다.

"선생님! 환자 포화도 49입니다!"

눈앞의 환자가 넘어가고 있었으니까.

"수혁아! 빨리 넣어 봐! 아니면 다른 선생님 불러올까?"

심지어 저 침착한 오진승까지 후달려 할 정도로 빠르게. 수혁은 아까 내려놓았던 후두경을 집어 들었다. 올바르게 장착이 되자, 끝에서 밝은 불빛이 켜졌다. 어둡고 컴컴한 목구멍 안을 비추기 위함이었다.

[혀 밑으로 누르면서 왼쪽으로 미십시오.]

'이렇게?'

[환자 앞니 부러뜨리고 싶으면요.]

'깐죽거리지 말고!'

[지금 너무 앞만 누르고 있어요. 전체적으로. 음, 지금. 지금 좋아요.]

'오케이⋯⋯. 다행히 환자가 말라서 다행이야.'

목이 두껍지 않은 데다가 길다 보니 난도는 무척 낮았다. 혀를 밑으로 내리누르면서 아래턱을 위로 들어 올리자, 후두경 끝에 후두개가 걸려서 젖혀진 것을 확인할 수 있었다. 그 뒤로는 좌우로 벌어진 구조물이 눈에 들어왔다.

[성대입니다.]

'나도 알거든?'

[별로 안 해 봤다길래.]

'아오.'

수혁은 고개를 절레절레 흔들고는 아까부터 들고 있던 플라스틱 튜브를 성대 안쪽으로 쓱 밀어 넣었다. 그러곤 튜브 끝에 달린 풍선에 바람을 불어 넣었다. 빵빵해진 풍선은 기도에 걸려 튜브를 고정했다. 의식이 조금이라도 남아 있었다면 어마어마하게 불편했을 텐데. 다행인지 불행인지, 환자는 완전히 뻗어 있었다.

"헐딩 어때요?"

수혁은 산소 포화도까지 온전히 돌아오는 것을 확인한 후에야 간호사 쪽을 돌아보았다. 간호사는 베테랑답게 이미 혈당 체크를 해 둔 참이었다. 질문이 나가자마자 답변이 돌아왔다.

"32……입니다."

"32?"

"네."

"너무 낮은데."

세상에 32라니. 이건 낮아도 너무 낮은 거 아닌가.

[에러 가능성이 있습니다. 기준치 이하의 저혈당에서 손가락 측정은 적합한 방법이 아닙니다.]

'아……. 그렇겠네.'

[우선 지금 즉시 혈액 검사할 것을 요청합니다.]

'알았어.'

수혁은 고개를 끄덕이곤 처방을 내렸다. 간호사들이 처방을 따라 혈액을 뽑아내는 사이, 진승이 다가왔다.

"이거……. 아무래도 정신과가 받을 만한 환자가 아닐 수도 있겠다."

"네, 형. 저혈당이 너무 심해요."

"왜 저러는 거지?"

"글쎄요……. 음."

수혁은 아래턱을 긁으며 환자를 돌아보았다. 노영태 인턴이 아까 자신이 넣은 튜브에 인공호흡기를 달고 쥐어짜고 있었다. 일일이 시키지 않아도 알아서 일을 해내는 타입이었다. 인턴으로서는 최고라고 보면 되었다.

딱 그런 생각을 하고 있을 때쯤 환자가 발작을 일으키기 시작했다. 아니, 발작이라기보다는 발버둥이라는 표현이 더 알맞아 보였다.

"어, 어! 이러면 안 됩니다!"

인턴이 버둥거려 봤지만 별 소용은 없었다. 심지어 수혁은 말리려다가 뒤로 밀려 넘어지기까지 했다. 마른 편에 속하는 환자의 힘은 놀랍도록 강했다.

"푸후."

그 환자는 필사적으로 팔을 놀려 자신의 목에 박혀 있던 튜브를 뽑아내었다. 고정하기 위해 불어 두었던 풍선을 그대로 둔 채 뽑았기 때문에 입가에 피가 약간 맺혀 있었다.

"시발……. 이게 뭐야."

그는 그렇게 욕설을 내뱉더니, 주변을 둘러보았다. 바로 상황 파악이 되지는 않는지, 그가 다시 입을 열기까진 시간이 꽤 걸렸다. 인턴이 그사이에 달려가 어떻게든 튜브를 빼앗으려 했지만, 수혁이 말렸다. 어차피 제힘으로 일어나서 말까지 하는 사람에게 삽관이 필요하진 않았으니까.

[내게 뭘까요?]

'네가 그런 말을 하면 어쩌냐…….'

[데이터가 부족해서 그렇습니다.]

'뭐만 하면 데이터래. 내가 너 때문에 얼마나 공부를…….'

게다가 바루다와 입씨름하며 환자 상태에 대해 알아내는 것만도 바빴다.

"무, 무슨 일 있습니까?"

그때 밖에서 대기 중이던 환자의 보호자가 달려왔다. 중년 남성이었는데, 아무래도 환자의 아버지 같았다.

"아, 아버님. 지금은 괜찮습니다."

"괜찮긴! 저거 입에 피 아니야? 당신들 뭐 하는 거야? 애는 그냥 신내림을 받으면 낫는 거라니까?"

신내림. 수혁이나 다른 현대 의학의 세례를 받은 이들에게는 그저 주술일 따름이었다. 하지만 이미 여러 병원에서 치료를 받았으나 여전히 설명할 수 없는 증상으로 고통받고 있는 환자와 환자의 아버지에게는 그렇지가 않은 듯했다.

"저, 아버님. 하지만 아직 검사가 다 끝난 건 아닙니다. 어떤 질환인지 알게 되면 치료를……."

"그놈의 검사! 머리 MRI도 찍었는데 정상이었다고!"

"하지만……."

"에이! 시골에서 여기까지 왔는데 이게 뭐야! 야! 가자!"

오진승 정신과 레지던트가 나서서 차분히 설명을 이어 나가려 했으나 잘 통하지 않았다. 지금껏 허비한 시간과 돈이 보호자를 한껏 예민하게 만든 까닭이었다.

"잠깐, 아빠! 그래서 여기 큰 병원까지 온 거잖아! 일단……. 일단 검사부터 해 보자고. 그다음에도 뭐가 없으면 그때 신내림인지 뭔지 받게 하라고!"

다행히 보호자는 아버지만 있는 건 아니었다. 환자의 누나로 보이는 사람이 하나 더 있었는데, 그녀는 신내림이란 처방에 그렇게 동의하지 않는 것으로 보였다.

"야! 네가 뭘 안다고 떠들어! 보살님이……."

"알았어, 알았다고! 그래도 여기 검사도 한번 받아 보자니까? 시골 병원이 아니라 진짜 큰 병원이잖아!"

"그래 봐야 돈만 나가지."

"내 돈으로 받게 한다고 했잖아!"

"음……."

"검사 끝날 때까지는 내 말 들어!"

"서, 성깔 하고는……."

"조용히 해!"

"아, 알았어."

그녀는 쉽게 물러서지 않을 것으로 보였던 환자의 아버지를 단숨에 제압한 후, 진승과 수혁을 돌아보았다.

"선생님들. 저희 긴짜 검사도 많이 받아 보고……. 병원도 이곳 저곳 많이 다녔거든요……. 근데 원인을 모르겠대요. 이러다 제 동생 진짜 신내림받게 생겼어요. 뭔지 좀 제발 알려 주세요. 네?"

그러곤 진심이 담긴 부탁을 털어놓았다. 이런 보호자의 말을 눈앞에서 들었는데 가만히 있을 수 있는 의사는 거의 없다고 보면 되었다. 특히 이 자리에 있는 진승이나 수혁처럼 젊은 의사라면 더욱 그러했다.

"알겠습니다. 최선을 다하겠습니다."

"저도 최선을 다하겠습니다."

둘은 거의 동시에 고개를 숙이며 누나의 부탁에 화답했다.

"어, 선생님!"

그리고 그때 인턴이 외쳤다. 환자를 가리키면서.

"환자분 발작합니다!"

조금 전까지만 해도 멀쩡해 보이던 환자는 또다시 팔다리를 떨며 경련을 시작했다. 참으로 이상한 일이라 할 수 있었다.

[기록 및 가지고 온 검사 결과를 봐도 머리 쪽 이상은 없습니다.]

환자의 머리 검사 결과는 종류를 막론하고 모소리 정상이었으니까. 그런데 저런 경련을 한다. 정말이지 이상했다.

"저 봐! 저! 신내림받아야 한다니까!"

"아빠!"

환자의 발작과 더불어 시작된 소란 속에서 바루다가 중얼거렸다.

[머리 쪽 원인이 아닌 경련에 조절되지 않는 저혈당까지…….]

'잠깐. 너 지금 뭐라고 했냐?'

[욕 안 했는데요?]

'아니. 방금 한 말 다시 해 봐.'

[욕 안 했는데요?]

'병신인가. 그 전에!'

바루다는 수혁의 구박이 낯설었지만 일단 시키는 대로 했다. 수혁의 어조가 너무 단호했던 까닭이었다. 더구나 이 인간은 멍청한 듯하다가도 간혹 홈런을 날리는 경우가 종종 있어 오지 않았던가.

[머리 쪽 원인이 아닌 경련에 조절되지 않는 저혈당이라고 했습니다.]

'그래……. 그래! 저혈당!'

[네?]

'바루다, 나 아무래도 천재인 거 같다.'

[미치셨나?]

딥러닝을 통해 끊임없이 학습하고 발전하는 궁극의 A.I. 바루다는 수혁의 발언을 두고 생각했다. 미친 게 틀림없다고. 그렇지 않고서야 어떻게 일개 인간이, 그것도 수혁이라는 아직 많이 미숙한 인간이 어찌 자신보다 먼저 답을 알았다고 외칠 수 있겠는가. 하지만 수혁은 지금 그 누구보다도 더 당당한 표정을 짓고 있었다.

"형, 일단 안정제 주시죠."

"안정제? 이거 줘 봐야 어차피…… 효과가 한시적일 텐데."

"원인을 알 것 같아서 그래요. 근데 검사하려면, 환자가 액팅 아웃하고 있으면 안 됩니다."

"저, 정말?"

오진승은 대번에 믿지 못하겠다는 얼굴이 되었다. 요사이 수혁에 대한 이런저런 소문이 돌고 있는 것은 사실이었다. 그중 태반은 이현종 원장의 숨겨 둔 자식이네 뭐네 하는 말도 안 되는 얘기들이었지만, 분명 태화의료원 개원 이래 최고의 천재라는 소리 또한 돌고 있었다. 물론 수혁을 제법 오랜 시간 잘 알고 지내 왔다고 자부할 수 있는 진승에게는 다소 황당한 소문이긴 했다.

'진짜 머리에 뭐 들어박히고…… 천재가 됐나?'

신경외과 과장 최낙필 교수의 이론에 따르면 이랬다. 극히 드문 확률로, 머리를 다친 이후 수행 능력이 좋아지는 경우가 있기는 있다고. 그게 아무래도 이번 수혁에게도 벌어진 거 같다고.

'뭐가 됐든……. 지금 상황에서 여기서 환자 붙잡고 있어 봐야 해결되는 건 아무것도 없어.'

솔직히 무섭기까지 한 상황이었다. 면담을 하다 보면 경련을 하고, 경련을 하다 보면 의식을 잃고, 깨어나면 멀쩡해 보이고. 이 기이한 사이클이 반복되고 있지 않은가. 오진승으로서는 도저히 이걸 타개할 방법도 모르겠고, 자신도 없었다.

"알았어. 줄게."

일단 안정제를 환자의 복부에 찔러 넣기로 결정했다. 투여는 순식간이었다. 환자는 바닥에 누워서 경련하고 있었으니까. 제압이든 뭐든 할 필요가 없을 지경이었다.

"호흡은 괜찮은 거죠?"

"어? 어. 그런 종류의 약은 아니야. 한…… 30분가량은 괜찮을 거야."

"네. 그럼 일단 CT를 찍어 보죠."

"CT?"

오진승의 얼굴에 재차 불신의 빛이 스쳐 지나갔다. CT라면 이 환자가 벌써 열 번은 더 찍은 검사였기 때문이었다. CT만 찍었나? 뇌 MRI도 여러 번 찍은 참이었다. 그런데 이제 와서 또 찍는다고? 별 뾰족한 수가 있을 것 같진 않았다.

[그러니까요. 도대체 무슨 생각입니까? 수혁?]

바루다도 오진승과 비슷한 생각인지 불신 가득한 반응을 보였다. 그럼에도 불구하고 수혁은 여전히 자신만만해 보일 뿐이었다.

"머리가 아니에요, 형."

"응? 머리가 아니라고?"

환자가 경련하고 있는 마당에 머리 검사가 아니라니. 이제 오진승의 얼굴에 떠 있던 불신은 더더욱 짙어져만 갔다. 바루다도 비슷한 반응이었다.

[진짜 미치셨나?]

'닥쳐, 너는. 두고 보기나 해.'

[보기는 할 겁니다. 제가 뭐 막을 수 있는 것도 아니고.]

반면 수혁은 바루다의 깐족거림이 반가울 지경이었다. 한 방에 갚아 줄 생각이 들어서였다. 덕분에 그는 얼굴 가득 비열해 보이는 미소를 지은 채, 진승의 말에 대꾸했다.

"네. 형. 배를 찍을 거예요."

"배……. 너……."

경련인데 배를 찍겠다니. 게다가 이런 이상한 얼굴을 하고? 진승은 수혁을 둘러싼 또 다른 소문을 떠올렸다. 주로 김진용, 황신우 등이 퍼뜨리고 있는 소문이었다.

'미쳤다는 말도 있기는 하던데…….'

그들에 의하면 지금까지 수혁이 보여 준 놀라운 진단 능력은 다 우연이고, 실제로는 미친 것에 불과하다고 했다. 처음에는 꽤 동조를 얻었다. 원래 너무 뛰어난 놈이 나오면, 그놈이 원래는 아무것도 아닌 흙수저였다면 더더욱, 미움을 받기 마련이었으니까. 하지만 수혁이 점점 성공적인 진단과 치료를 늘려 나갈수록 수그러들고 있는 소문이기도 했다.

"아무튼, 제가 처방 내고 찍고 올게요. 시간 많이 없으니까."

"어? 어……. 그래. 인턴…… 인턴 쌤이랑 같이 가."

"네. 형."

수혁은 진승이 고민에 빠져 있는 사이에 환자가 누워 있는 침대를 끌고 밖으로 나섰다. 응급실 내에 있는, 아니 병원 내에 있는 모든 침대는 이송용을 겸하고 있었기에 끌고 나가기가 그렇게 어렵지 않았다.

"서, 선생님. 제가 끌겠습니다."

"아, 그래 줄래요?"

물론 한쪽 다리가 불편한 수혁이기에 아주 쉽지는 않았다. 다행히 1년 차인 수혁 대신 인턴이 침대를 끌겠다며 나섰다.

타닥. 타닥. 지팡이를 짚은 채 환자 침대 뒤를 졸졸 따라가는 수혁에게 바루다가 말을 걸어왔다.

[배? 복부 CT는 대체 왜 찍는 겁니까?]

'넌 아까 네가 말해 놓고도 이상한 거 못 느끼냐?'

[느껴? 촉각을 의미하는 겁니까?]

'아니. 새꺄, 그…… 음……. 그래, 직감. 그런 거 없어? 촉 말이야, 촉.'

조금 이상하게 들릴지 모르겠지만, 의사들 사이에서 '쟤 촉이 좋다.'라는 말은 어마어마한 칭찬이었다. 실제로 시험 쳐 보면 실력은 고만고만한 거 같은데 진단 실력은 확 다른 그런 녀석에게 하는 말이었기 때문이었다. 당연하게도 바루다에게는 그런 개념이 없었다.

[진짜 미쳤나? 혹시 머릿속에 자리한 이물질 이식에 성공했던 케이스가 없을까요? 이거 난파선 된 거 같은데.]

'지랄 말고. 영상 찍자마자 내 위대함에 질질 짤 거다.'

[제발……. 실력 있는 신경외과 의사 어디 없나.]

'닥쳐.'

수혁은 그렇게 중얼거린 후, 곧장 기사실로 들어갔다. 원래 같았으면 같이 따라온 김에 기사를 도와 환자 자세를 잡는 것도 함께했을 테지만, 다리가 불편해진 지금은 별 의미가 없었다. 그러다 넘어지지나 않으면 다행이었으니까.

곧 인턴을 남겨 둔 기사가 돌아왔다. 모니터에 뜬 화면에는 인턴과 환자가 나란히 잡혀 있었다.

"복부…… 조영제까지 넣고 촬영하는 거 맞죠?"

기사 또한 모니터를 잠시 바라보다가 수혁을 향해 물었다.

수혁은 지팡이를 가만히 쥔 채 고개를 끄덕였다.

"네. 전후 다요."

"알겠습니다. 그럼 찍겠습니다."

"네."

기사는 이후 마이크를 잡고는 인턴에게 환자 잘 잡고 있기를 부탁한 후, 버튼을 눌러 촬영을 시작했다.

위이이잉.

CT 기기는 예열이 되나 싶더니 곧 돌아갔다. MRI에 비하면 어마어마한 속도라 할 수 있었다. 그렇게 촬영된 영상은 하나하나 기사실 쪽 컴퓨터로 전송되어 왔다. 아직은 조영제가 들어가기 전이라 얻을 수 있는 정보는 극히 제한적이었지만, 수혁은 그럼에도 불구하고 뚫어져라 화면을 바라보고 있었다.

[그런다고 없는 게 생길까요?]

반면 바루다는 시큰둥했다. 복부 CT에서 꽝이 나올 거라 확신하고 있었기 때문이었다.

[응?]

'봤나?'

하지만 전송되어 온 사진이 쌓여 갈수록 바루다의 반응이 조금씩 달라졌다.

[이거…… 뭐죠?]

뭔가 둥근 덩이가 있었기 때문이었다. 배 속 장기, 그것도 췌장에.

[암? 이걸 알고 찍은 겁니까?]

'임? 암 같은 소리 하고 있네. 이렇게 동그랗고 이쁘게 생긴 암 본 적 있냐? 전이도 아니고.'

[하긴……. 데이터상 암일 가능성이 적기는 합니다. 그럼…… 이건 뭐죠?]

'일단 조영제까지 다 보고 얘기하자고.'

[허…….]

바루다는 바람 빠지는 소리를 내었다. 그사이에도 수혁은 화면을 뚫어져라 응시하고 있었다. 얼굴엔 미소가 가득 피어나 있었는데, 아주 당연한 일이라 할 수 있었다. 자신이 예상했던 병변이 CT에서 확인되었기 때문이었다.

'역시 저혈당……. 이게 핵심이었어.'

[경련이 아니고요?]

'그래. 아, 이제 조영제 들어간다.'

수혁은 환자의 혈관을 향해 쏟아져 들어가는 조영제를 향해 고개를 돌렸다. 조영제로 인한 부작용은 인구 10만 명당 0.3명 정도로 극히 희박하지만, 그럼에도 대학 병원에서는 종종 저 조영제로 인해 사망하는 경우가 있었기 때문이었다. 아무래도 대학 병원에서 CT를 찍는 환자들이 일반 인구에 비해 몸 상태가 많이 안 좋아서 그럴 터였다. 이 환자의 경우엔 꽤 나이가 젊긴 했지만, 그래도 안심은 금물이었다.

쑤우욱. 다행히 부작용은 없어 보였고, 촬영은 계속되었다. 그리고 혈관이 하얗게 염색된 사진이 전송되기 시작했다. 제대로 조영 증강이 되고 있다는 뜻이었다.

[엄청 밝네요?]

바루다의 말처럼, 아까 췌장 머리 부분에서 발견되었던 작은 덩이는 엄청나게 밝게 변해 있었다. 그 말은 곧 혈액이 많이 몰리는 종양이란 뜻이었다. 또한 뭔가 에너지를 아주 활발히 소모하고 있는 곳이란 뜻이기도 했다.

'그래. 주로 췌장 머리 쪽에 호발하고, CT상 이렇게 보이는 종양이 뭐가 있냐?'

[잠시만……. 분석이 필요합니다.]

'똑딱똑딱.'

[다시는 그거 안 하겠습니다. 죄송합니다.]

'똑딱똑딱.'

수혁은 너무도 만족스럽다는 얼굴로 고개를 끄덕이고는 방을 빠져나갔다. 어느새 촬영이 끝나 버렸기 때문이었다.

"고생했어요, 인턴 쌤."

그러곤 납복을 벗어 던지고 있는 노영태 인턴의 어깨를 두드려 준 후, 환자를 데리고 처치실로 돌아왔다. 노심초사 그만 기다리고 있던 진승이 달려와 물었다.

"그……. 뭐 나왔어?"

"네. 나왔죠."

"그래?"

"네, 형. 저 노티 좀 드릴게요."

"아……. 그래. 진용이지? 욕봐라."

김진용의 악명은 비단 내과 내에만 퍼져 있는 게 아니었다. 오히려 다른 과에서 더 싫어한다고 볼 수도 있었다. 협진만 내면 그게 합당하든 그렇지 않든 일단 화를 내고 봤으니까.

진승은 목소리도 듣기 싫다는 듯 고개를 털며 처치실을 빠져나갔다. 그사이 수혁은 심호흡을 한 후 핸드폰을 집어 들었다.

"후우."

그러곤 김진용에게 전화를 걸었다. 원외 당직인 만큼 바로 전화를 받아야 정상이었지만, 김진용은 소문 그대로의 사람인지라 그렇지 않았다. 무려 세 번이나 걸고 나서야 무척 달갑지 않다는 투로 전화를 받았다.

"어, 왜."

그나마 수혁이니까 망정이지, 다른 1년 차였다면 개념 없게 주말에 전화한다고 욕부터 박았을 터였다.

"네, 선생님. 이수혁입니다. 노티드릴 환자 있어서 전화드렸습니다."

"내분비 환자 맞아? 우리 응급실로 입원하는 경우는 별로 없는데?"

맞는 말이긴 했다. 하지만 그렇다고 절대적으로 없는 건 아니었다. 여긴 태화의료원이었으니까.

"네, 내분비내과 환자입니다."

"하아……. 말해 봐."

"환자 35세 남자로, 몇 달 전부터 지속된 경련 및 발작으로……."

"야, 내분비 맞아?"

"네."

"근데 뭔 경련 및 발작이야? 너 아니면…… 뒈진다?"

김진용은 다른 레지던트들과는 달리 뒈진다는 말을 서슴없이 내뱉었다. 그간의 정보 수집을 통해 수혁이 로열도 뭣도 아니라는 것을 잘 알게 되었기 때문이었다. 그저 똑똑할 뿐, 아무것도 아니었다. 진용은 그런 사람에게까지 친절하게 대해 줄 만한 인격자가 아니었다. 도리어 밟으면 모를까.

"계속해 봐……. 아니, 아니. 일단 진단명이나 말해 봐. 뭔데? 뭐 때문에 내분비내과인데?"

"네. 환자분 진단명은……."

[인슐리노마! 인슐리노마! 저혈당이 계속되면! 다른 증상은 사라지고! 신경 증상만!]

맞다니까요?

[인슐리노마(insulinoma)! 인슐리노마!]

물론 바루다는 수혁이 입을 열기 전에도 이미 분석을 끝마친 후였다. 다만 수혁이 그의 말에 귀를 기울이지 않고 있을 뿐.

[백번 말했다! 인슐리노마!]

'자꾸 들으니까 욕 같거든? 좀 조용히 해 줄래? 사람보다 느린 깡통아?'

[와……. 와……. 제가 쌓은 데이터 토대로 얼렁뚱땅 때려 맞힌 거면서!]

'얼렁뚱땅은 개뿔. 그냥 내가 천재인 거지. 내가 생각했던 것보다도 더.'

[와…….]

수혁은 그렇게 바루다의 입을 틀어막은 후, 마침내 김진용에게 자신이 생각하는 정답을 말했다.

"인슐리노마가 의심됩니다."

"인……. 뭐?"

"인슐리노마입니다. CT로도 의심할 만한 병변이 있습니다."

"아……."

김진용은 '야'까지만 말하고 잠시 말을 잇지 못했다. 어디서 들어 보긴 했는데 바로 생각이 나진 않았기 때문이었다. 하지만 수혁은 감히 3년 차, 그것도 악명이 자자한 김진용을 다그칠 정도로 사회성이 떨어지는 사람은 아니었다. 물론 바루다 때문에 본의 아니게 실수하게 되는 경우는 종종 있었지만.

'시발……. 어디서 들어 봤더라?'

덕분에 김진용은 제법 시간을 벌 수 있었다. 그렇게 곰곰이 생각을 이어 나가다 보니, 언젠가 한번 본 기억이 있기는 하다는 걸 깨달았다.

'존나 드물다고 했는데?'

인슐리노마. 췌장에 생기는 양성 종양 중 하나. 조절되지 않는 인슐린 과다 증세를 보일 때 의심해 볼 수 있으나, 무척 드문 질환이었다. 작은 병원에서 레지던트 과정을 밟는 사람 중 3년 내내 단 한 번도 보지 못하는 경우 역시 제법 있을 정도였다.

근데 그걸 응급실에서 냅다 진단을 해냈다고? 그것도 1년 차가? 김진용은 믿을 수 없다는 생각보다도 우선 화가 치밀어 올랐다.

'이 새끼가 사방에서 오냐오냐하니까 아주 정신을 못 차리는 모양인데…….'

정말 천재라도 되는 양 행동하고 있지 않은가. 되지도 않는 흙수저라는 게 온 천하에 판명 나기 직전인 주제에. 빅 엿을 먹이고 싶어지는 순간이었다.

'게다가…… 서효석 교수……. 주말에 노티하면 진짜 지랄할 텐데.'

그럴 거면 나가서 개원이나 하지 왜 대학 병원에 남았나 하는 생각이 들 정도로 주말에 연락하는 걸 싫어하는 사람이었다. 그런 사람에게 1년 차 말만 듣고 노티를 하는 건 미친 짓이었다. 즉 병원에 들어가서 직접 환자를 보고 노티를 해야 한다는 건데, 주말에 연락받기 싫은 건 서효석이나 김진용이나 마찬가지였다.

김진용은 일단 수혁부터 갈구기로 했다. 이게 편하고 쉬운 길이니까.

"야, 인슐리노마가 얼마나 드문 건지는 아냐?"

"아……. 네. 알고 있습니다."

딱히 인구 10만 병낭 유병률을 따지는 것이 무의미할 정도로 드문 질환이었다. 하지만 수혁은 영상 외에도 수많은 증거를 찾아낸 참이었다. 대답에 망설임이 전혀 없었다. 김진용에게는 더없이 거슬리는 말투가 된 셈이었다.

"이 새끼……. 이거 아주 1년 차가 무슨 스태프인 줄 알겠어. 어? 너 뭐가 그렇게 당당하냐?"

"네? 아……. 죄송합니다."

수혁은 갑작스러운 시비가 무척 당황스러웠다.

[이 새낀 또 왜 이럽니까?]

바루다 또한 당황스러운지 냅다 욕부터 박았다. 하지만 수혁은 그럴 수가 없었다. 그는 1년 차였고, 그를 둘러싼 소문을 몰랐으니까. 해서 사과부터 해 댔다.

"죄송? 죄송한 줄 알았으면 이런 개뜬금없는 진단명 가지고 혼자 노티하지도 않았겠지."

"죄송합니다."

수혁은 다시 한번 사과를 반복하면서 김진용이 왜 개새끼로 통하는지를 뼈저리게 느낄 수 있었다. 그렇게 실력이 달리는 것도 아닌데 아래 연차들의 공공의 적이 된 것은 결코 우연이 아니었던 것.

"너 내일 회진 돌 때까지 그 환자를 왜 인슐리노마로 판단했는지 싹 정리해 놔. PPT 열 장 이상, 인슐리노마 자체에 대한 내용까지 해서."

"아……. 그럼 우선 입원은 시켜 둘까요?"

"미쳤냐? 응급실에서 봐."

"깔아…… 두라고요?"

수혁은 저도 모르게 환자 쪽을 돌아보았다. 이제 막 안정제 효과에서 벗어난 그는 조금은 멍한 얼굴로 사방을 돌아보고 있었다. 저 상태로 응급실에 두라고? 그건 의학적으로도 옳지 않을뿐더러, 도의적으로 옳지 않아 보였다.

"그래, 깔아. 뭔 시발 확실하지도 않은 거로 주말에 3년 차한테 전화질이야, 전화질이. 이게 다 시발 벌 당직 없어져서 그래."

하지만 여기서 입원을 재차 주장하는 건 자살행위일 터였다. 적어도 김진용은 말이 잘 통하지 않는 사람이었으니까. 그는 몇 번인가 더 상스러운 욕을 해 댄 후에야 의미 있는 말을 내뱉었다.

"잘 들어. 너 나한테 노티한 적 없는 거야. 알아?"

"아, 네. 선생님."

"그리고 내일 가서 봤는데 발표가 미흡하다. 그럼 넌 진짜 뒈지는 거다, 알았어?"

"네."

어차피 수혁은 증거가 미흡할 것 같진 않았기에 순순히 고개를 끄덕였다. 그 단호한 답이 김진용을 더 화나게 했다. 열등감을 긴드린 까닭이었다.

"CT 찍었다고 했지? 1년 차가 노티도 없이 CT 찍고, 어? 아주 잘하는 짓이다, 잘하는 짓이야."

김진용은 본래 처방권은 환자를 본 의사에게 주어지는 게 당연함에도 불구하고 억지를 부렸다.

"너, 그 CT 영상의학과 가서 판독 받아."

"네."

"레지던트 말고, 교수한테 받아."

"그……. 내일까지요?"

"그래. 딱 진단명 말했잖아. 그럼 레지던트한테 구두 판독 말고, 제대로 받으라고. 그렇게 자신 있으면."

이 말에 대해선 수혁도 자신 있게 답을 하지 못했다. 환자들이야 영상의학과라고 하면 그게 무슨 과인가 싶겠지만, 적어도 이 대학 병원 내에서 영상의학과는 갑 중의 갑이었기 때문이었다. 오죽하면 영상의학과 1년 차 비위를 다른 과 치프들이 맞춰야 한다는 말이 있을까.

그런데 한낱 1년 차가 교수 판독을 받으라고? 주말이라 안 나왔을 가능성이 훨씬 큰데. 이건 그냥 죽으란 말과 같았다.

"야, 왜 대답이 없어. 씹냐?"

"아……. 아닙니다."

"내일이야. 내일까지 내가 말한 거 다 해 놔."

김진용은 드디어 말끝을 흐리는 수혁의 답이 마음에 들었는지 저열한 미소를 지은 채 전화를 끊었다.

'어디 흙수저 새끼가……. 남의 발표 자리에서 지랄을 해, 지랄을.'

마침내 발표 자리에서 겪었던 수모를 이제야 갚은 기분이 들었다.

"야! 탑 안 지키냐?"

게다가 지금은 하던 게임이 급했다. 김진용은 저열한 미소를 간직한 채 핸드폰을 내려놓았다.

⚡⚡

수혁도 들고 있던 핸드폰을 가운 주머니 안에 집어넣었다.

[같은 3년 차인데 김인수와는 천차만별이군요.]

그러자 여태 침묵을 지키고 있던 바루다가 말을 걸어왔다.

'김인수 선생님은 좀 냉담해도……. 자기 일 밑에 안 넘기는 사람이야. 똑똑하기도 하고.'

[하긴. 군 펠로우 남을 거라는 소문이 파다하긴 했습니다.]

'이 인간은……. 진짜 개차반이지.'

[하지만 상급자입니다. 지시한 사항에 대해선 따라야 합니다.]

'아, 짜증 나네.'

수혁은 고개를 저은 채 환자 쪽을 바라보았다. CT상에 보이는 덩이가 인슐리노마가 맞다면 지금 즉시 입원해서 수술 일정부터 잡아야 했다. 하지만 지금처럼 응급실에 깔려 있는 상황에서는 외과에 협진조차 낼 수 없었다. 조절되지 않는 인슐리노마에 대한 수술은 극히 위험할뿐더러, 그럴 만한 권한도 수혁에게는 없었으니까.

[일단 여기서 할 수 있는 치료를 하십시오, 수혁.]

고민에 빠진 수혁을 향해 바루다가 재차 말을 걸어왔다. 여느 때처럼 별반 감정이 느껴지지 않는 어조였다. 하지만 언제나처럼 옳은 말이기도 했다.

'그래야겠네.'

[수술이 불가한 상황입니다. 디아족사이드(diazoxide, 인슐린 분비 억제제) 투여를 추천합니다.]

'그 약 희귀 약품인데, 여기 있으려나?'

[태화의료원입니다. 대한민국에 있는 약은 여기 다 있습니다.]

'하긴.'

수혁은 고개를 끄덕이며 몸을 일으켰다. 전화를 끊고 난 바로 직후보다는 한결 얼굴이 풀려 있었다. 디아족사이드라면 시간을 꽤 벌 수 있을 것이기 때문이었다. 췌장의 베타 세포에서 인슐린이 분비되는 것을 막는 약인데, 지금처럼 수술이 당장 불가능할 때 최적의 치료법이라고 되어 있었다.

"어떻게 됐어?"

환자를 향해 몸을 옮기고 있으려니, 오진승이 다가와 물었다. 얼굴엔 걱정이 묻어 있었다. 아무래도 어느 정도는 엿들은 모양이었다.

"1년 차가 너무 희귀한 진단명을 말씀드린 게 마음에 들지 않으셨나 봐요. 혼났어요."

"진용이가 원래 좀 그래. 나는 동기인데도 그런다니까? 그러니까 너무 마음 쓰지 마."

"네, 근데…… 입원을 못 시키게 하니까 그게 좀 그렇네요."

"여기서 보면 위험한 상황이야? 정신과에라도 잠깐 입원시킬까?"

수혁은 진승의 말에 순간 혹함을 느꼈다. 하지만 이 환자를 생각하니 고개가 저어졌다. 정신과 병동보다는 이곳이 오히려 더 안전할 것 같았다. 이곳의 간호사들은 내분비내과 응급 상황에 특화된 사람들은 아니지만, 거의 모든 응급 상황에 관해 베테랑이었으니까.

"아니에요, 형. 어차피 제가 당직이라……. 여기서 보면 돼요."

"그래……. 혹시 환자분 면담이나 보호자 상담 필요하면 나 불러."

"네, 형. 감사합니다."

"그래. 난 또 다른 콜 있어서. 이따 보자."

"네."

김진용과 방금 통화를 해서 그런가, 멀어져 가는 오진승의 등에 후광이라도 비쳐 오는 듯한 착각이 일었다. 이 삭막한 대학병원에 저런 인격자라니. 성자가 따로 없었다.

[일단 치료나 좀 하시죠.]

하지만 계속 이렇게 멍하니 있을 시간은 없었다. 수혁은 바루다의 말을 쫓아 디아족사이드를 처방했다. 역시나 익숙지 않은 처방인지 간호사가 와서 확인을 받은 후에야 환자에게 투약할 수 있었다. 환자는 여전히 어리둥절해 보이는 얼굴이었지만 일단 주는 약을 마다하진 않았다. 그리고 그 약이 꽤 효과가 있는지 투약한 지 무려 서너 시간이 지날 때까지 별 증상을 보이지 않았다.

[환자는 안정된 것으로 보입니다. 마지막 혈당 검사한 결과도 90을 상회합니다.]

'그럼……. 영상의학과로 가야겠네.'

[주말에 교수가 있을까요?]

'있긴 할 거야. 태화의료원이니까.'

큰 병원 좋은 게 뭐란 말인가. 다른 것도 있겠지만, 역시 인력이 풍부하다는 게 최고 좋은 점이었다. 다른 병원이라면 주말에 텅텅 비어 있겠지만 여긴 달랐다.

"교수님한테⋯⋯ 직접 의뢰를 드리겠다고?"

그렇게 찾아간 영상의학과 당직의, 즉 3년 차 레지던트는 수혁을 '이게 미쳤나?' 하는 눈빛으로 바라보았다. 당장 레지던트한테 의뢰할 때도 죽을 만큼 탈 각오를 해야 할 텐데 교수라니.

"네, 선생님. 그럴 만한 사정이 있습니다. 혹시 오늘 복부 당직 교수님 원내에 계시나요?"

"잠깐만⋯⋯. 아, 아까 김진실 교수님⋯⋯ 엘티(liver transplantation, 간 이식) 환자 초음파 보러 오시긴 했네. 저기 오시네."

레지던트는 죽는 게 너지 나겠냐 하는 심정으로 멀리서 다가오는 교수를 가리켰다. 질끈 묶은 머리가 인상적인, 전체적으로 날카로워 보이는 교수였다. 성격도 그러한지 레지던트는 남몰래 묵념까지 했다. 하지만 수혁은 김진용의 말을 거역할 수 있는 입장이 아니지 않은가. 수혁은 김진실 교수에게 조심스럽게 다가가 인사를 올렸다.

"안녕하십니까, 김진실 교수님. 내과 1년 차 이수혁이라고 합니다."

"이수혁? 아, 그 액티노마이코시스. 무슨 일이지?"

그런데 김진실 교수의 반응이 퍽 놀라웠다. 왜인지는 몰라도 아주 친근했다. 자리까지 내어 줄 정도였다.

"아, 네. 감사합니다. 계속되는 저혈당 및 동반되는 신경 증세 있어 복부 CT 시행한 환자 판독 의뢰드려도 괜찮을지요."

"음. 영상 띄워 봐. 뭐 의심하는데?"

"인슐리노마입니다."

"오, 그거 되게 드문 건데. 어디…… 맞는지 볼까."

달칵. 수혁은 부리나케 손을 움직여 양재원 환자의 영상을 띄웠다. 그사이 김진실 교수는 팔짱을 낀 채 수혁을 지긋이 바라보았다.

'원장님이랑 신현태 과장님이 틈만 나면 칭찬을 해 대던데.'

어찌나 수혁 얘기를 해 대는지, 이젠 영상의학과 교수이자 부원장이기도 한 이하언 교수는 수혁 얘기만 나오면 경기를 일으킬 지경이었다.

─알았어, 알았다고! 우리 과에는 그런 인재 없다고!

원래 이하언 교수라고 하면 복부영상의학회에서 거의 입지 전적인 인물이라고 할 수 있었다. 전이가 없는 간암 또는 다른 곳, 특히 대장에서 전이되어 온 간암 병변을 수술 없이 고주파로 태우는 것을 우리나라 최초로 시도한 사람이었으니까. 그런 사람이니만큼 자존심이 어마어마하게 강한데 저런 발언까지 했을 정도니, 이현종이 얼마나 집요하게 떠들었는지는 안 봐도 뻔한 상황이었다.

"여기……. 이 부분입니다, 교수님."

수혁은 김진실 교수가 잠시 회상에 빠진 동안 복부 CT 영상을 띄웠다. 바루다가 CT 영상 번호를 정확하게 기억하고 있었기 때문에 실수는 없었다. 덕분에 진실은 딱 고개를 돌리자마자 병변이 제일 잘 보이는 컷부터 볼 수 있었다.

"흠."

조영제가 들어간 지 얼마 안 되었을 때 찍힌 영상이었다. 이른바 동맥기(arterial phase, 조영제 주입 후 20초 정도)인데, 조영 증강이 잘되는 녀석들은 이때 벌써 증강이 되기도 했다. 바로 눈앞에 있는 이 종양처럼.

'췌장 머리 쪽……. 동맥기에 조영 증강. 모양도 그렇고……. 확실히 인슐리노마를 의심할 만하기는 한데.'

문제는 모든 질환을 영상의학적 판단만으로 진단하는 건 불가능하다는 데 있었다. 특히 췌장처럼 흐물흐물한 장기의 경우에는 CT만으로 진단하는 건 퍽 위험한 일일 수도 있었다.

"임상 증상은 어떻다고?"

반드시 임상적 추정과 동반해서 생각해 봐야만 했다. 다행히 수혁은 거의 완벽하다고 할 수 있을 정도의 추론을 끝마친 상태였다.

"지금 주된 증상은 경련 및 발작입니다."

"경련?"

"네. 저혈당이 만성적으로 계속될 경우, 초조함이나 손 떨림 등과 같은 자율 신경 계통 증상은 사라집니다. 대신 발작, 경련, 어지럼증, 정신 착란 등과 같은 신경학적 증상만 남게 됩니다."

"아……."

그 말을 듣고 보니, 과연 그런 내용을 공부했던 기억이 있었다. 영상의학과라 직접 환자를 보지는 않지만, 그에 못지않게 많은 공부를 하고 있지 않던가. 척하면 척 알아들을 수 있었다.

"그리고 환자는 증상이 나타날 때 혈당이 50이 되지 않습니다. 당을 주면 호전되고요."

"휘플 트라이어드(Whipple's triad, 휘플이 고안한 저혈당증 증후의 세 가지 기준)에 부합하는구나."

"네. 거기에 더해 영상의학적 특이 소견까지 보입니다. 그래서 인슐리노마라고 판단했습니다."

"흠."

김진실 교수는 수혁의 말과 다른 검사 결과를 토대로 다시 한번 영상을 바라보았다. 확실히 증상과 혈액 검사 등과 종합해서 봤을 때, 인슐리노마 외의 다른 질환을 떠올리는 건 무리였다.

'얘……. 진짜 천재인 건 맞구나.'

기록을 보니 환자가 온 이유는 발작과 경련 때문이었다. 환자의 보호자는 이것이 신내림을 받지 않아 생긴 증상이라고 생각하고 있었고. 탓할 만한 일은 아닌 것이, 그 어떤 병원에서도 명확히 진단을 내려 주지 못한 상황이었다. 그걸 저혈당에 대해 협진을 보러 간 내과 1년 차가 진단을 해낸 것이었다. 2차 병원이고 정신과 의원이고 다 놓친 진단명인데.

'이거 이하언 교수님한테 말씀드리면 어떻게 될까.'

아마 난리가 날 터였다. 김진실 하나 키워 낸 것으로는 늘 부족하다고 생각하는 사람이었으니.

"아, 근데. 이 환자 왜 응급실에 있어? 입원장도 안 나간 것 같은데?"

진실은 그런 생각을 하다가 문득 환자 차트가 응급실 앞으로 떠 있다는 것을 발견했다. 이상한 일이었다. 이렇게 진단까지 다 되었는데 응급실이라니. 병실이 없나 하는 생각을 하며 수혁을 돌아보았다.

"그게……."

그런데 지금까지 내내 똘똘한 모습을 보이던 수혁이 말끝을 흐렸다. 대학 병원에서 잔뼈가 굵었다고 할 수 있는 진실은 즉각 뭔가 있다는 것을 알아차렸다.

'그러고 보니……. 레지던트 당직이 있는데, 굳이 나한테 왔단 말이지?'

수혁이란 이름을 들어 봤으니 망정이지, 그렇지 않았다면 어이없어서 가라고 했을 터였다. 아니면 레지던트한테 먼저 물어보고, 모른다고 하면 오라고 하든가. 아무튼, 일반적인 상황은 결코 아니었다.

"괜찮으니까 말해 봐. 어차피 지금은 뭐, 할 것도 없고."

김진실 교수는 일부러 주변을 돌아보았다. 평일이라면 가득 차 있을 판독실 컴퓨터들이 텅텅 비어 있었다. 수혁도 그녀를 따라 고개를 돌려 보니, 정말 할 일이 별로 없나 하는 생각이 들었다.

"그……"

"뭔데."

"노티를 드렸는데, 인슐리노마가 너무 희귀한 병이라고 해서요. 3년 차 선생님이."

"희귀? 그거랑 환자 깔아 두는 거랑 뭔 상관이야?"

김진실의 반응에 수혁은 재차 머리를 굴렸다.

'아……. 나 노티한 거 아닌 거로 하라고 했는데. 어쩌지?'

[수혁, 이제 곧 6월이 옵니다.]

'그게 뭐.'

[김진용은 전문의 시험 준비 때문에 10월이면 치프직에서 물러납니다.]

'아…….'

예전 내과가 4년제였던 시절엔 전문의 시험을 준비하는 연차는 진짜 병원을 안 나왔었다. 내과 전문의 시험이라는 건 결국 의학 전체가 시험 범위라는 말이었기 때문이었다. 공부량으로만 말할 거 같으면 모든 과를 통틀어 내과가 제일이었다. 하지만 3년제가 된 지금은 병원을 안 나오게까지는 하지 못했다. 그래도 업무에서 상당 부분 배제되었는데, 이 말은 곧 권력에서도 밀려난단 얘기였다.

[틀어져도 그만입니다. 김진용은 군의관을 하러 가야 하니까요. 돌아오면 오히려 수혁이 위입니다.]

'그건…… 그것도 그렇네.'

악마의 제안인가 싶을 정도로 상당히 솔깃한 제안이었다. 바루다는 그렇게 수혁을 홀린 상태에서 말을 이었다.

[게다가 내일 발표는 김진용만 듣는 발표입니다. 그렇게 되면…….]

'자기가 인슐리노마를 진단했다고 하겠지.'

[분석 결과, 그러고도 남을 놈입니다.]

'안 되겠는데?'

[하지만 인슐리노마를 진단했다는 것을 다른 교수들이 알게 되면 어떻게 될까요.]

'그건 계속 가겠지. 지금도…… 사실 교수님들이 나를 특별 대우 해 주시는데.'

수혁은 무언가를 결심했다는 듯 고개를 끄덕였다. 생각해 보니까 김진용이라는 개새끼한테 설설 길 이유 따위는 없었기 때문이었다. 그냥 평범한 1년 차였다면 기어야 했겠지만, 지금 수혁에게는 모든 것을 압도할 정도로 뛰어난 실력이 있었다. 그게 바루다 덕분이라고 해서 써먹지 않을 것도 없었고.

"1년 차 판단이라 믿지 못하겠다고 했습니다."

"아, 그럼 지금 오는 중이야?"

"그건…… 아닙니다. 내일 아침에 보자고 했습니다."

"아침? 환자는 응급실에 깔아 두고?"

"네."

"이해가 안 되네. 누군데?"

수혁은 다시 한번 말해야 하나 말아야 하나 고민을 했지만.

[고.]

바루다의 충동질에 홀랑 넘어갔다.

"김진용 선생입니다."

"김진용? 어디서 많이 들어 봤는데."

김진실 교수는 고개를 갸웃거리다가 이내 자기네 레지던트와 눈을 마주치곤 책상을 탁 쳤다.

"아, 그……. 그래."

1년 차로 들어온 녀석이, 자기 인턴 때 제일 괴롭혔던 놈이 바로 김진용이라고 했었다. 실제로 현 3년 차들은 김진용 환자라고 하면 판독도 잘해 주려고 했고. 그녀는 소문이 괜히 나는 게 아니란 생각을 하며 수혁을 돌아보았다.

"아무튼, 그래서 응급실에 깔려 있고…… 판독은 왜 나한테 받은 거지?"

"그…… 김진용 선생이 레지던트 구두 판독 말고, 교수님께 정식 판독을 받으라고 했습니다."

"설마 내일까지?"

"네."

"흐음."

김진실은 일이 어떻게 돌아가는지 바로 알 수 있었다. 아무래도 김진용이라고 하는 모자란 3년 차가 이수혁을 엿 먹이려고 한 모양이었다.

'아마 인슐리노마일 리가 없다고 생각했겠지.'

그렇게 크게 잘못된 일은 아니긴 했다. 정말이지 엄청 드문 질환이었으니까.

'그런데 맞았네?'

그리고 하필이면 이수혁을 그렇게 이뻐라 하는 이현종, 이하언 라인을 타고 있는 김진실 교수가 이 사실을 알게 된 참이었다.

"환자 무슨 치료 중이지? 디아족사이드?"

"네. 응급실에서 할 수 있는 치료가 제한적이어서요."

"근데 신경학적 증상이 심했던 거로 봐서는……. 그리고 여기 보면 크기가 크잖아. 약만으로는 안 될 것 같은데?"

"네. 혈당이 떨어지는 지점에서 급히 당을 공급하긴 해야 할 거 같습니다."

"그걸 우리 병원에서 제일 잘하는 곳은 역시 내분비내과 병동이겠지?"

"네. 교수님."

간호사들이 물론 의사들만큼 과에 따라 다른 전문과 자격증을 따는 건 아니었다. 하지만 병원이라는 곳은, 또 의학이라는 것은 과에 따라 하는 일이 그야말로 천차만별이었다. 같은 간호사라 해도 어디서 근무를 해 왔냐에 따라 그 경험치가 달랐고, 또 잘하는 분야가 달랐다. 즉 내분비내과 환자가 제일 안전할 수 있는 곳은 응급실이 아니라 내분비내과 병동이라는 뜻이었다.

"그럼 거기 입원시켜야지."

"그런데 저한테는 권한이……."

"잠깐 있어 봐. 신현태 과장님 번호가……."

"네? 과장님이요?"

"그래. 내과 일인데 거기에 알려 주긴 해야지."

"어……."

수혁은 일이 생각했던 것보다 너무 커지는 건 아닌가 하는 생각이 들었다. 김진실 교수는 안색이 다소 어두워진 수혁의 어깨를 툭툭 두드려 주었다.

"걱정 마. 곤란하게 안 해."

"아, 네."

"받으셨네."

그러곤 신현태 과장과 일상적인 인사를 나누었다. 그동안 꽤 친해진 덕에 신 과장은 김 교수에게 완전히 말을 놓은 참이었다.

"공은 좀 맞아요?"

"오늘 뭔 날인지 모르겠는데. 원장님 파 치게 생겼다."

"파요? 18홀?"

"어. 미쳤어. 어디 나 몰래 레슨 다니나? 근데 웬일이야? 오늘 당직이라더니."

"아……. 그, 이수혁 아시죠?"

"수혁이? 알기만 할까. 우리 친해."

신 과장의 과장된 말에 김진실은 고개를 저어 대고는 말을 이었다.

"오늘도 또 홈런 쳤어요."

"어? 그래? 아, 아까 봤다. 당직이랬지, 참. 뭔데?"

"경련 및 발작을 주소로 정신과로 전원 온 환자인데."

"어어. 뭐였는데."

"인슐리노마요. 만성화된 저혈당 때문에 신경학적 증상만 남았다는 걸 캐치해서 복부 CT를 찍었더라고요."

"그래? 와……. 그걸 어떻게 연결 지었지? 하여간 걔 진짜 천재야."

신 과장은 골프가 안 풀려서 쌓인 한이 이제야 좀 풀리겠다는 듯 아주 큰 목소리로 외쳤다. 그러자 멀리 서 있던, 아마도 마지막 홀 드라이버를 휘두르려고 하고 있던 이현종이 거품을 물었다.

"매너, 매너 좀 지키자! 누가 드라이버 치려는데 소리를 질러!"

"병원 일입니다, 원장님. 병원 일."

"저, 저놈 핑계 대는 것 좀 봐. 아오……. 초장에 잡았어야 하는데."

"아무튼, 진단했는데. 왜 전화를 했어?"

신현태는 타이밍을 한 번 뺏었다는 것에 크게 만족하며 김진실 교수를 향해 물었다. 김 교수는 그 말만 기다렸다는 듯 대꾸해 주었다.

"저도 영상 보니까 인슐리노마가 맞더라고요. 그래서 입원해서 외과로 컨설트 오피 내라고 했죠."

"근데?"

"3년 차가 입원을 안 시켜 준대요."

"어?"

이건 또 무슨 미친 소리란 말인가. 당연하게도 신현태는 꽥 소리를 질렀고, 이현종은 공을 놓쳤다. 이현종의 고성이 오가는 상황에서 김진실 교수는 계속 말을 이었다.

"희귀한 진단명이라 맞혔을 리가 없다고 하면서, 입원을 안 시켜 준대요."

"직접 와서 보기는 했고?"

"아뇨. 내일 온다고 했다는데요."

"그……. 그 새끼 누구지?"

"김진용? 이런 이름이었던 거 같은데."

"이 새끼 뒈졌다. 전화 끊어 봐."

"네, 과장님."

김진실 교수의 대답을 끝으로 신현태는 전화를 끊었다.

"너…… 이런 매너가 어디 있어?"

조금 전에 친 드라이버 샷을 보기 좋게 해저드로 날려 버린 이현종 원장이 씩씩거렸다. 상당히 흥분한 상태인지 여전히 드라이버를 쥐고 있었다.

"어어. 이 형 이러다 사람 치겠어."

"오늘 한번 쳐 보려고. 어떻게 되나."

"에헤이. 겨우 공놀이 가지고 뭘."

"겨우 공놀이? 이 자식아! 평생 처음으로 지금 72타가 눈앞에 보이는 상황이었는데!"

본래 원장은 완숙한 싱글 플레이어로 대개 78에서 79타 사이를 왔다 갔다 하는, 아마추어 중에서는 상당한 솜씨를 지니고 있는 위인이었다. 그에 반해 신현태는 마의 80 벽에 부딪힌 채 수년을 허송세월하고 있는, 최상위 플레이어였고.

해서 둘이 내기를 할 때는 늘 이현종이 페널티 샷을 서너 개쯤 먹고 했는데, 오늘은 무려 열 개를 먹지 않았던가. 한데도 비등비등한 상황이었다. 그걸 깨 먹게 생겼으니 이현종 원장으로서는 열이 오를 수밖에 없었다.

"72타고 나발이고, 그건 스크린 가면 깨는 거니까……. 그보다 지금 우리 내과의 기강이 무너졌단 말입니다."

하지만 이미 판을 엎기로 마음먹은 신현태에게는 아무 감흥이 없었다.

"이……. 이……. 억."

이현종은 막 드라이버를 휘두르려다 말고 허리를 붙잡았다. 준비되지 않은 상황에서 너무 채를 뒤로 가져가려다 보니 삐끗한 탓이었다.

"골프장에서 돌아가시겠네, 이러다. 석좌 교수 괜히 줬다고 총장님이 우시겠어."

"이……. 이 새끼가 정말."

"아무튼, 지금 급하다니까요? 과의 기강이! 무너졌다고!"

"야, 야! 어디 가!"

"기강 세우러요!"

"나, 나부터 일으켜 세워 줘! 야! 야! 이 개새끼야!"

"이전의 복수요, 형님!"

"저, 저……."

신현태는 낄낄거리며 냅다 달렸다. 그러곤 원래는 채만 실어 두는 용도로 쓰는, 스페어 카트에 타고는 라운지로 향했다. 한참 뒤에서 이현종의 고함이 들려오기는 했지만, 점점 멀어지고 있었다. 카트가 제아무리 느리다 해도 사람 발걸음보다는 빨랐으니까.

'아니, 근데……. 김진용 이 새끼는 환자도 안 보고…… 내일 보겠다고 했다는 거야? 이게 실화야?'

한참 낄낄거리며 웃던 신현태의 얼굴이 잔뜩 굳어졌다. 대학 병원에는 다양한 형태의 의사들이 근무하지만, 대개 환자가 오면 제대로 봐야 한다는 생각은 있기 마련이었다. 여기 신현태는 그 수준이 상당히 높은 편이었고, 내과라면 모름지기 다들 그래야 한다는 생각까지 하고 있었다. 그러니 김진용의 행태에 열이 받은 것은 당연한 일이라 할 수 있었다.

'그래, 이건 파투가 아니라 해야 할 일을 하는 거야.'

물론 그렇다고 해서 원장과 했던 골프 약속을 파하는 것을 정당화할 정도는 아니라고 볼 수도 있었으나, 신현태는 겸사겸사라는 마음으로 차를 몰고 골프장을 빠져나왔다. 흔히 18홀을 돌고 난 후 즐기는 사우나도 생략한 상황이었다.

'이 새끼 죽었다.'

그 때문에 발생한 찝찝함에, 어쩐지 김진용을 탓하며 액셀을 세게 밟았다. 경기도 가평 인근에서 출발한 차는 어느덧 병원을 향해 들어서고 있었다.

"아니, 왜 교수님이 날 병원에서 보자고 하냐고. 그것도 내분

비도 아니고 과장님이."

그리고 그 시각, 김진용은 차량 출발 직전에 신현태가 건 전화를 받고 병원에 와 있었다. 상당히 불안한 얼굴이었다. 당연한 일이었다. 저지른 일이 있었으니.

"너 뭐 아는 거 없어? 어? 이른 거 아니야?"

김진용은 얼굴을 붉힌 채 수혁을 향해 소리쳤다. 수혁은 지팡이를 짚은 채, 묵묵히 고개를 숙였다.

"야, 말 안 하냐? 치프 말이 시발 우습냐?"

"아, 아닙니다."

"일렀냐고. 일렀냐고, 개념 없는 새끼야."

"그……."

수혁은 여전히 지팡이를 짚은 채 고개를 들었다. 성난 얼굴의 김진용과 그와 비슷한 얼굴의 황선우가 보였다. 혼사 죽기 싫은 김진용이 황선우까지 불러들였기에 다 같이 주말에 의국에 있게 된 참이었다. 당연히 이 상황이 달가울 리는 없었다.

"그 뭐."

"그……."

"이 새끼는 갑자기 벙어리가 됐나. 왜……."

김진용은 머리라도 때릴 기세로 수혁에게 다가갔다. 하지만 더 다가가지는 못했다. 그의 가운 주머니 안에 넣어 두었던 핸드폰이 요란하게 울렸기 때문이었다. 특별히 다른 알람 소리로 해 둔 번호였다.

"아, 네 과장님, 3년 차 김진용입니다. 지금 의국에 있습니다."

김진용은 부리나케 전화를 받아, 또박또박한 말투로 인사부터 했다. 아랫사람들을 대할 때와는 완전히 다른 얼굴이었고, 또 말투였다.

"내 방으로 와."

"아······. 네, 교수님."

차디찬 말투로 미루어 볼 때, 신 과장은 어지간히 화난 것으로 보였다. 김진용은 이게 다 수혁 때문이라고 결정한 후, 수혁을 노려보았다.

"너 이따가 보자."

그냥 노려보기만 한 게 아니라 두고 보자는 말까지 남겼다. 그러곤 곧장 신 과장 방으로 달려갔다. 평소와는 달리 문이 열려 있었다. 그래도 함부로 들어갈 수는 없기에 일단 벽이라도 두드렸다.

"들어와."

"네, 교수님. 저 김······."

김진용은 차마 말을 다 잇지 못했다. 왜인지는 몰라도 신현태 과장의 방에 김진실 교수도 와 있었기 때문이었다.

'이게······ 설마 심신실 교수 통해서 귀에 들어간 건가?'

영상의학과 복부 파트 김진실이라면 그 까다롭다는 이하언 교수의 수제자이자 이하언 못지않게 무서운 사람으로, 이미 임상 강사 시절부터 꽤 유명했던 위인이었다. 더 무서운 점은 무턱대고 화를 내는 게 아니라 일일이 레퍼런스를 든다는 점이었다. 김진용도 인턴 때인가 1년 차인가 할 때 무지막지하게 혼난 기억이 있었다. 당연하게도 어깨가 움츠러들었다.

"앉아, 일단."

신현태 과장은 손도 내밀지 않고 턱으로 구석에 있는 의자를 가리켰다. 거부할 입장이 못 되는 김진용은 고개를 숙인 채 의자에 앉았다. 그러자 신 과장은 비로소 자신이 보고 있던 모니터를 돌려 그에게 보여 주었다.

"이거, 잘 봐. 오전에 온 환자고. 저혈당으로 내분비내과 당직한테 노티됐어. 이 환자에 대해 들은 적 있어?"

이름이 양재원이었던가. 수혁이 인슐리노마라는 얼토당토않은 진단명을 붙였던 바로 그 환자였다. 당연히 들어 본 정도가 아니라 정식으로 노티까지 받았던 참이었다. 하지만 일단 잡아떼야 했기 때문에 고개를 저었다.

"아, 아뇨."

"그래? 그건 이따가 확인해 보면 될 일이고."

신 과장은 이미 확신을 가지고 있었다. 여기 오기 전에 통화한 게 비단 김진용만이 아니었기 때문이었다. 그의 핸드폰에는 수혁이 전송해 준, 최근 통화 목록 캡처 사진까지 있었다. 그렇기에 그는 의미심장한 미소와 함께 모니터를 가리켰다.

"여기 잘 보면 환자 저혈당 수치가 어때."

"48입니다."

"그래, 오전 평균이 이래. 응급이지? 근데 너한테 당직이 노티를 안 했다고?"

"어……."

아무리 생각해도 좀 이상한 상황이었다. 지금 당직은 2년 차 백당 없이 1년 차들이 보고 있었으니까. 사고를 대비해서 3년 차들과 2년 차들이 번갈아 콜당은 서고 있었고. 전화가 오면 늦어도 30분 안에 들어와야 하는 것이 원칙이었다.

"아무튼, 연락을 못 받았다 이거지? 더 봐 봐."

이번에 모니터에 뜬 것은 복부 CT였다.

"제가 판독을 했는데요. 췌장 두부에 3cm가량의 주변과 잘 구분되는 덩이가 있습니다. 동맥기에 조영 증강되는 것과 다른 임상 소견을 종합해서 보면 인슐리노마에 합당합니다."

이번엔 김진실 교수가 자신의 판독 소견을 주르륵 읊었다. 그 말을 듣고 있는 김진용은 섬뜩한 기분이 들었다.

'이 새끼……. 어떻게 흙수저 새끼가 김진실 교수한테 다이렉트로 컨택했지?'

이전 액티노마이코시스를 노디할 때 옆에 우연히 김진실 교수가 있었고 워낙 뛰어난 노티였던지라 김진실 교수가 수혁의 이름을 기억했다, 하는 숨겨진 사실까지는 생각이 도저히 미치지 못했다. 그저 식은땀만 줄줄 흐를 따름이었다.

"인슐리노마라고 당직의한테도 전달하신 거죠?"

"애초에 그거 의심하고 CT 찍고 진단까지 다 해서 왔던데요, 뭐. 저는 그냥 확인만 해 주었습니다."

"그런데…… 노티를 안 했다? 인슐리노마를 진단하고도?"

신현태 과장은 재차 김진용을 노려보았다. 이쯤 되면 눈치를 채고도 남았을 상황이었지만, 김진용은 현실을 외면하기로 했다.

'어차피…… 좀 있으면 나간다…….'

전문의만 따고 나면 의국하고는 영영 이별할 생각이었다. 어차피 대학 병원에 남을 생각도 없었고.

"네."

김진용은 될 대로 되라지 하는 심정으로 고개를 끄덕였고, 그게 신현태 과장에게는 역린을 건드린 셈이 되었다.

'환자를 안 보고 내깔겨 둔 것도 말이 안 되는데…… 거짓말까지 해? 과장 앞에서? 그것도 세 번이나?'

무슨 베드로도 아니고 뭔 놈의 부인을 세 번이나 한단 말인가. 완전히 열이 뻗친 신현태는 김진용을 향해 자신의 핸드폰을 집어 던졌다.

"야. 오늘 당직의 불러."

"여, 여기로요?"

"그래. 이렇게 노티 안 하는 새끼가 대체 누군지 좀 보자."

"그……."

"뭐 하고 있어? 빨리 안 불러? 내가 부를까?"

"아, 아닙니다. 제가 전화하겠습니다."

김진용은 마지못해 신현태의 핸드폰을 집어 들었다. 그리고 최근 기록에 신현태가 이수혁에게 발신한 기록이 떠 있다는 것을 발견했다.

'엿됐네…….'

이수혁이 걸었으면야 열은 뻗쳐도 조금은 여지가 있었으련만, 이건 가망이 없어 보였다. 신현태 교수가 김진실 교수에게 듣고 이수혁에게 전화를 걸었단 뜻이었으니까.

'아니……. 무슨 흙수저 놈한테 이렇게까지 관심을 갖냐고…….'

될 수 있으면 지금쯤 확 도망가고 싶었지만, 그건 안타깝게도 불가능한 옵션이었다.

"야, 안 걸어?"

"거, 걸겠습니다."

그렇게 진용이 죽지 못해 건 전화는 곧 수혁의 핸드폰을 울렸다.

"넌 시발 뭔 짓을 했길래, 우리기 다 불러 와. 내가 너 아주어? 원장님 숨겨 둔 아들 행세했을 때부터 마음에 안 들었어.

어쭈? 전화를 받아? 야, 누구 전화……. 아, 과장님. 그래, 일단 받아."

황선우에게 갈굼을 당하고 있던 터라 수혁은 아주 반갑게 전화를 받았다. 그러곤 신현태 과장 방으로 향했다. 과장은 이수혁을 보자마자 헤벌쭉 웃을 뻔했으나 용케 참긴 참았다.

"네가 당직이야? 너 이 환자 진단하고 노티 안 했다는 게 사실이야?"

수혁 또한 웃음을 참았다. 벌써 다 알고 온 주제에 이런 연기라니. 하지만 교수의 연기라면 장단을 맞춰 주는 것이 예의였다.

"아, 아닙니다. 교수님. 노티했습니다."

"증거 있어?"

"여기……."

수혁은 즉시 김진용 이름이 새겨진 최근 통화 기록을 건네주었다. 그냥 신호만 간 게 아니라 2분도 넘게 통화를 한 기록이 떡하니 있었다.

"걸었네?"

"그게, 그……."

김진용은 무슨 말이라도 하고 싶었지만, 신현태는 기회를 주지 않았다.

"너 같은 놈은 치프 자격 없어. 약국장 다른 애한테 인계하고, 내일부터 당장 환자 받아서 직접 주치의 해."

"네? 그, 그건 너무……."

"억울해? 그럼 나갈래? 노티 받고도 환자 보러 오지도 않고, 입원장도 안 내고. 징계 위원회 열까?"

"아, 아닙니다……."

"그럼 주치의 해. 서효석 교수한테는 내가 직접 얘기할 거야. 나가."

"아……. 네. 교수님."

김진용은 어깨가 축 처진 채 방을 나섰다. 수혁도 그를 따라 나가려는데, 신현태가 불렀다.

"아, 수혁이. 너는 잠깐 남아. 할 얘기 있어."

이 1년 차는 격이 다릅니다

[뭘까요?]

갑작스러운 과장의 부름. 불안해지는 것은 당연한 일이라 할 수 있었다.

'뭐지?'

[뭐가 됐든 돌아보긴 해야 합니다. 상대는 과장입니다. 김진용이 아니라.]

3년 차 정도는, 그것도 김진용처럼 애초에 교수들에게 예쁨을 받는 녀석이 아닌 경우에는 수혁이 얼마든지 엿을 먹일 수 있었다. 이것만 해도 황당한 일이긴 한데, 워낙에 실력이 좋으니까 그게 됐다. 하지만 과장은 어떨까. 무조건 납작 엎드려야만 했다.

"네, 교수님."

수혁은 지팡이를 부지런히 놀려 뒤로 돌아섰다. 하마터면 넘어질 뻔했는데, 옆에 있던 김진실 교수가 팔을 잡아 준 덕에 간신히 버틸 수 있었다.

"아, 감사합니다."

"아니야. 앉아요."

"네, 교수님."

신현태는 수혁이 완전히 자리를 잡고 앉을 때까지 기다려 주었다.

[손에 뭔가를 쥐고 있군요.]

바루다는 신 과장 손에 들린 서류를 가리켰다. 뭔가 도톰해 보이는 것이 한두 장이 아닌 듯 보였다. 그는 그 서류를 수혁에게 건네주면서 입을 열었다.

"알고는 있지? 태화의료원은 각 과에서 우수 전공의 하나씩 뽑아서 한 달 연수 보내 주는 거."

"아…… 네. 3년 차 대상으로 하고 있다고 알고 있습니다."

"그래, 맞아. 원래는 3년 차나 4년 차 들이 가게 되어 있지."

1, 2년 차는 굳이 말하자면 환자 보는 일부터 하잘것없는 잡일까지 도맡아서 해야 하는, 그 과의 노예들이었다. 때문에 1, 2년 차가 자리 비우는 것을 좋아하는 위 연차들은 전무하다시피 했다. 그 잡일을 자신들이 대신 해야 하니 얼마나 짜증 나겠

는가. 때문에 예전에는 1년 차 휴가는 3일씩 두 번 줬는데 그게 금, 토, 일일 정도였다.

[왜 이걸 수혁에게 건네줬을까요? 수혁은 쓰…… 아니, 1년 차인데.]

'나도 모르지. 뭐야, 이게.'

수혁은 잠시 받아 든 서류를 바라보았다. 뭔가 기입해야 할 자료들이 아주 많이 있었다. 누가 미국 병원 가는 거 아니랄까 봐 영어 성적도 적어 넣어야 했다. 토익 아니면 토플. 한 가지 특이한 게 있다면 바로 논문 항목이었다.

'아, 논문도 있어야 갈 수 있구나.'

하고 있으니, 신현태가 딱 그 항목을 가리켰다.

"넌 2년 차면 가도 될 거 같아서 말이야."

신현태는 이현종의 얼굴을 떠올렸다.

─야, 우리가 걔 자랑할 곳이 국내뿐이냐? 해외로 나가자! 해외로!

마음 같아서는 지금 당장 보내고 싶은 모양이었다. 하지만 그건 좀 곤란했다. 일단 상대 병원에 예의가 아니었다. 수혁이 우수하다는 건 물론 이제 누구나 인정하는 바였지만, 그들에게 필요한 것은 연차라든가 논문이라든가 아니면 학회 발표 실적이라든가 하는 뭔가 더 객관적인 지표였으니까.

"2년 차에…… 연수를요?"

"그래. 다른 애들한테는 말하지 말고. 알지? 과에 딱 하나 가는 거야. 네가 가면 다른 애는 못 가."

신현태는 그 말을 하면서 내년에 3년 차가 되는, 지금의 2년 차들을 떠올렸다. 미안한 말이었지만 끼인 연차라고 보면 되었다. 3년 차에는 김인수가 있고, 1년 차에는 이수혁이 있는데, 유독 2년 차에는 아무도 없었다.

'아, 황선우가 있지.'

2년 차가 되었는데 어찌 된 게 1년 차보다도 못한 녀석. 그런 연차에게 귀한 연수권을 주느니 그냥 지금 똘똘한 1년 차를 주자는 것이 이현종의 의견이었다. 그렇게 되면 같은 사람이 두 번 가게 될 수도 있다는 신현태의 말에 이현종은 껄껄 웃어 버렸다.

─뭐가 문제야? 원래 승자 독식이야. 몰라?

확실히 젊은 나이에 NEJM에 논문 싣고 승승장구하는 삶을 살아서 그런가, 사람이 싸가지가 없었다. 하지만 승승장구해 온 건 신현태 또한 마찬가지였다. 그래서 이 사람도 어느 정도는 싸가지가 없었다.

"아……."

"뭐, 어차피 나나 원장님이나 너 아니면 보낼 사람이 없다고 생각하고 있긴 하지만. 다른 애들이 알게 되면 질투할 거 아냐."

"그럴 거 같긴 합니다."

사실 요즘 뭔가 심상찮은 기류가 있긴 있었다. 워낙 이현종과 신현태가 티를 팍팍 내면서 수혁을 싸고돌고 있지 않은가. 거기에 조태진까지 끼어들어서 수혁이는 평생 우리 과만 돌았으면 좋겠단 소리를 해 대고 있으니, 다른 애들 기분이 좋을 리가 없었다. 그들 또한 고등학교 때까지 1등 밥 먹듯이 하다가 국내 제일이라는 태화대 의대에 온 인재들이었으니까.

"그러니까 비밀로 하자고."

"네, 교수님."

"이게 얼마나 좋은 프로그램인지는 알고 있지?"

"아……. 그냥 있다고만 들었지, 자세히는 모릅니다."

"거참. 이렇다니까. 우리 병원 홍보팀은 일을 하는 거야 마는 거야."

신현태 과장은 너스레를 떨면서 아까 수혁에게 건네주었던 서류 맨 뒤를 펴 주었다. 뭔가 특전 같은 것들이 잔뜩 있었는데, 신 과장은 딱히 그곳을 보지도 않고 말을 이었다. 하도 자랑스러운 나머지 다 외운 모양이었다.

"태화생명에서 직접 후원하는 프로그램이라, 진짜 풍족해."

"아…….'

"일단 왕복 비행기. 이코노미석이긴 한데 전액 지원돼."

"와……. 미국……!"

"뭐야, 너 미국 안 가 봤냐?"

미국이 아니라 비행기를 타 본 기억이 없었다. 신현태 과장은 수혁의 어두워진 얼굴을 보고 나서야, 이 녀석이 고아라는 사실을 떠올렸다.

'아, 맞아.'

그래서 다쳤을 때 하마터면 안도의 한숨을 내쉴 뻔했다는 사실까지도.

'좀 미안하네.'

그때만 해도 골칫덩이 그 자체였던 것이 수혁이었거늘, 이젠 과에서 심혈을 기울여 키워 줘야 할 존재가 되어 있었다. 사람 일이란 게 참 알 수 없는 거란 생각이 들었다.

"뭐 안 가 볼 수도 있지. 아무튼, 그래. 비행기 삯 다 나오고. 가서 체류하는 동안 호텔비도 다 나와."

"와……."

"생활비도 줘. 하루 10만 원. 후하지?"

"네, 네. 그럼 거의……."

"월급이랑 비슷하지. 그런데 월급 외로 나오는 거라, 이달은 돈깨나 남을 거야."

"진, 진짜 좋네요."

수혁은 왜 이걸 비밀로 해야 한다는 건지 완벽히 이해할 수 있었다. 이렇게까지 좋을 줄이야. 다만 영어가 좀 걱정이긴 했지만.

[그건 걱정 마십시오, 수혁. 제가 듣고 해석하고 말까지 책임지겠습니다.]

바루다가 호언장담을 해 대었다. 의학 외에는 좀 신뢰가 가지 않는 녀석이긴 한데, 그래도 영어는 어쩐지 잘할 것 같긴 했다. 파파고니 뭐니 하는 인공지능들 실력이 아주 급성장하고 있었으니까.

"그런데 한 가지 문제가 있어."

신현태 과장은 환하게 웃고 있는 수혁을 향해 말을 이었다. 아까와는 달리 약간은 표정이 어두워져 있었다.

"네, 교수님."

"논문이 있어야 해. 너 실력이면 뭐 어려울 거 같지 않은데……. 그래도 이게 가기 전에 퍼블리싱까지 되어야 한단 말이지."

"아……."

논문이 어딘가에 게재가 되는 과정은 지극히 복잡했다. 일단 지원하면 그쪽에서 받을지 말지를 결정했다. 문제는 자존심이 있어서 그런가, 한 번에 오케이 하는 경우가 없다는 점이었다. 꼭 한 번쯤은 아주 사소한 거라도 수정을 하게 만들었다. 그렇게 겨우겨우 다시 논문을 집어넣으면 이제 하염없는 기다림의 연속이었다. 만약 2년 뒤에 갈 거라면 시간 여유가 차고 넘칠 테지만, 당장 내년이라면 상당히 급했다.

"내가 논문거리를 주면 제일 좋은데. 감염내과는…… 요새 거의 실험 논문이라서, 좀 오래 걸려. 결과가 꽝이 나오는 경우도 있고."

의사들이 쓰는 논문은 크게 임상 논문과 실험 논문으로 나눌 수 있었다. 임상 논문이란 이미 실험 논문에서 입증된 사실이나 이론 또는 가설을 가지고 임상에서 실험을 해 보거나, 이미 검증된 치료법으로 치료한 환자 데이터를 기반으로 쓰는 경우가 많았다. 딱 들으면 느낌이 올 텐데, 확실히 난이도가 실험 논문에 비해서는 낮았다.

"그래서…… 원장님이나 조태진한테도 물어봤는데. 요새 딱히 뭐 아이디어가 없더라고."

"아……. 논문 아이디어가 필요하군요."

"그래. 근데 마침 여기 김진실 교수님이 논문 기계거든. 진짜 거의 기계야."

신현태 과장은 여태 보릿자루처럼 앉아 있던 김진실 교수를 바라보았다. 김진실 교수는 굳이 겸양을 떨진 않았다.

"많이 쓰긴 했는데, 기계는 아닙니다."

"하하. 마침 내과 자료가 필요한 논문이 있다고 했지?"

"네. 아직은 연구 계획을 써 둔 수준이기는 한데……. 능력 있는 주치의가 도와주면 빨리 쓸 수 있을 거 같아요. 저도 이제 교신 저자로 쓰면 되니까, 1저자는 이수혁 선생 주면 되고요."

"그래, 아주 잘됐지. 아무튼, 그러니까 수혁이 너 1년 차라 바쁘긴 하겠지만, 내년에 연수 가면 진짜 좋을 거야. 그러니까 열심히 해 봐."

과장이 이렇게까지 안배를 해 둔 상황이었다. 솔직히 그냥 아이디어 하나 딱 던져 줘도 감지덕지해야 할 텐데, 아예 교신 저자까지 붙여 줄 줄이야. 수혁으로선 절로 고개가 숙여지는 상황이었다.

"가, 감사합니다. 열심히 하겠습니다."

"그래. 그럼 잘해 보라고. 먼저 가 봐. 나는 김 교수랑 얘기 좀 할 테니까."

"네, 교수님."

"아, 맞다. 수혁아."

그렇게 방을 빠져나오려는 수혁을 과장이 다시 불렀다.

"네, 교수님."

수혁은 잠시 대체 이 방을 언제 빠져나갈 수 있을까 하는 생각이 들긴 했지만, 일단 뒤를 돌아보았다.

"혹시 김진용이 뭐라고 하면 딱 말해 줘. 넌 나랑 원장님이 특별히 키우고 있는 사람이라고. 아니다, 아예 지금 내가 사내 메일 보낼게. 전공의 전체 다 보라고."

"네? 그, 그렇게까지는……."

"야, 주면 그냥 감사히 받아. 애들 질투가 얼마나 심한데. 너 그러다 뒤로 당한다?"

생각해 보니 맞는 말이긴 했다. 지금도 벌써 동기들 사이에서도 좀 말이 나오고 있었으니까.

'개새끼들. 내 덕에 100일 당직도 해제됐는데.'

당연히 수혁으로서는 억울하기 짝이 없는 상황이었지만, 또 어쩔 수 없는 상황이기도 했다. 소인배들이 뒤에서 쿵덕거리는 걸 수혁이 뭐 어떻게 막을 수 있겠는가. 그런데 그걸 적어도 눈앞에서만큼은 못 하게 해 준다고 하니 감사할 따름이었다.

"네, 교수님. 감사합니다."

"그래. 그럼 이제 진짜 나가 봐. 당직인데, 쉴 수 있을 때 쉬어야지."

"네, 교수님."

수혁은 그렇게 인사를 하고 방을 빠져나왔다. 신현태 과장은 방금 말했던 대로 김진실 교수와 잠시 얘기를 나누곤 메일을 보냈다.

〈의국원들에게 알립니다. 내과 1년 차 이수혁은 지금까지 보여 준 진단 능력 및 성실함을 인정받은바 이현종 원장님과 저 신현태 과장 본인 및 조태진 교수 등이 차세대 태화의료원 내과를 이끌 인재로 선발, 육성 중에 있습니다. 이에 전 의국원들은 이수혁이 내과 일에만 전념할 수 있도록 쓸데없는 감정

소모가 없게 도와주시기 바랍니다. 감사합니다.〉

요약하면 '건들면 뒈진다.'라는 뜻이었다. 원장의 아들이라는 헛소문이 사라지려는 순간 더 강한 뒷배가 드러난 셈이었다.

/////

"주말 사이에 누가 입원했다고?"

내분비내과 교수, 서효석은 여전히 졸음이 묻어 있는 얼굴로 물었다. 보아하니 또 전날 밤새 술이나 처먹고 온 모양이었다. 대학 병원 교수란 사람이 일요일 날 저렇게 술을 먹다니. 괜히 지각없는 사람이란 말이 도는 게 아니었다.

"양재원, 인슐리노마가 진단되어 입원했습니다."

그런 서효석을 향해, 수혁이 직접 노티했다. 김진용이 치프에서 주치의로 격하되었기 때문이었다. 물론 서효석은 주말 내내 노닥거리느라 무슨 일이 벌어졌는지 하나도 알지 못했다. 심지어 과장 신현태가 직접 문자까지 보내 놨음에도 불구하고 그러했다.

"왜 네가 말하냐? 치프는 어디다 팔아먹었어?"

"아……."

수혁은 자기 입으로 말하기가 좀 그래서 김진용을 돌아보았다. 김진용으로서는 울화통이 터지는 순간이었지만, 그걸 지금 터뜨렸다간 징계 위원회가 열릴 판이었다.

'과장에 원장에……'

그렇게 되면 정말 병원에서 쫓겨날 수도 있었다. 지금까지 죽어라 수련받아 온 것이 모두 물거품이 될 수 있단 말이었다.

"제가…… 주말 사이에……. 이 환자 관련해서 실수를 좀 해서 과장님께서 치프 박탈……했습니다."

김진용은 결국 차마 자기 입으로 늘어놓기엔 너무 부끄러운 말을 하고야 말았다. 당연하게도 서효석 교수의 눈이 길게 찢겨 올라갔다.

"과장님이? 내분비내과 치프를?"

"네."

"아니, 내가 알지 못하는 걸 왜 과장만 알아?"

당연히 서효석이 전화를 받지 않았기 때문이었다. 그것도 과장까지 합세해서 건 전화도 받지 않았다. 병원에서 나가는 순간, 병원 사람들이 알고 있는 번호의 핸드폰은 꺼 버리는 위인이니 그럴 수밖에 없었다. 그런 주제에 이토록 뻔뻔스러운 반응이라니. 똑같은 개차반 김진용조차도 어이가 없을 지경이었다.

"그, 그게……. 영상의학과 김진실 교수님 통해서 노티가 가서 그렇게 됐습니다."

하지만 감히 서효석 앞에서 함부로 떠들 수는 없는 노릇이었다. 게다가 서효석은 이렇게까지 개판을 치는데도 병원에서만큼은 그 누구도 건들지 못하는 막강한 백을 지닌 위인 아니던가.

"김진실? 누군데, 그게?"

"그……."

"아냐. 됐어. 내가 과장한테 직접 물어봐야겠어."

서효석은 누구나 알고 있듯이 백으로 교수가 된 위인이었다. 당연하게도 그런 사람 특유의, 진짜 실력으로 된 사람들에 대한 열등감이 있었다.

이런 인간들은 대개 그냥 벌어진 일도 그냥 넘어가지 못하기 마련 아니겠는가. 뭔가 사실을 곡해하고 자기 마음대로 받아들이는 법이었다.

*****

"아, 과장님."

"서 교수? 웬일이야? 이 시간에?"

"저 모르게 김진용 선생이 치프 박탈이 됐다는데, 이게 어찌 된 일입니까?"

"아. 그거."

신현태는 회진을 돌다 말고 걸음을 멈추어 섰다. 얼굴이 상당히 굳어 있었다. 평소 같은 교수라고 인정해 주지도 않는 인간이 냅다 전화를 걸어 시비를 걸어오고 있었기 때문이었다. 하지만 신현태는 일단 한 과의 과장이었다. 그래서 장답게 행동하기로 했다.

"당직의가 인슐리노마라고 진단까지 했는데 병원도 안 와 보고 환자를 깔아 뒀어. 게다가 나한테는 거짓말도 했고. 그리고…… 알잖아? 김진용 평판."

"그 결정이 잘못됐다는 말을 하려는 게 아닙니다. 왜 제가 모르게 일이 처리됐냐는 거죠. 지금 김진용을 치프로 쓰고 있던 건 난데."

"전화했는데 안 받았잖아."

"집 전화번호 아시지 않습니까?"

"과장인 내가 아랫사람한테 그렇게까지 연락을 해야 하나? 그리고 핸드폰 켜면 콜키퍼에 다 잡혀 있을 텐데, 씹은 건 자네 아니야?"

구구절절 옳은 말씀이었다. 그래서 서효석은 더 화가 났다. 원래 소인배들은 그런 법이었다.

"그러니까 지금 제 잘못이다, 이거죠?"

"그래. 자네 잘못이지. 대체 대학 병원 교수가 뭐라고 생각하는 거야? 왜 주말만 되면 연락이 안 돼? 자네 때문에 사고 날 뻔한 거…… 다른 교수들이 막고 있는 건 알고 있어?"

"그……."

"아무튼, 그렇게 된 거야."

"음……."

"애꿎은 전공의한테 화풀이하지 말고. 이번에도 그러면 나 절대 그냥 안 넘어가."

김진용이나 황선우가 혼나는 거야 넘어가 줄 수 있는 일이었다. 걔들은 꼭 서효석 아니더라도 혼날 일을 만들어서 혼나는 놈들이었으니까. 하지만 우리 수혁이가? 교수 같지도 않은 서효석한테? 그건 도저히 참을 수 없었다.

"절대 안 넘어간다는 게 무슨 뜻입니까?"

애석하게도 딱 그 말이 서효석의 자존심을 또 한 번 긁고야 말았다. 그리고 이번에는 신현태 과장도 살짝 열이 올랐다. 실력으로 보나, 연배로 보나 한참 아랫놈이 딱딱 대들고 있었으니까.

"과장이 안 넘어간다고 하면, 징계겠지. 자네 논문도 없지? 올해 부교수 심사 또 떨어질 게 뻔하고. 그럼 난 계속 교수직 유지해야 하나 하는 의문이 드는데?"

"지금 그 말 책임질 수 있습니까?"

"뭐?"

"제 아버지…… 누군지 아시죠?"

결국, 서효석은 진짜 치사한 카드를 빼 들고야 말았다. 어지간한 병원 관계자라면 한발 물러설 수밖에 없는, 그런 카드였다. 하지만 상대가 나빴다.

"알지. 저번 주에도 장인이랑 해서 같이 봤는데."

"음."

"이제 곧 퇴직이라며? 제아무리 등기 이사라 해도 오래 하셨지. 근데 그럼…… 자네 뒤를 과연 누가 봐줄까?"

"그런……."

"그러니까, 사고 치지 말고 있어. 봐줄 때 잘하라고. 괜히 나 열받게 하지 말고. 끊는다."

신현태는 그렇게 전화를 끊어 버렸고, 서효석은 자신의 핸드폰을 내려다보았다.

'이런 개새끼가?'

자기가 잘못한 건 하나도 생각이 안 나고 방금 당한 수모만 느껴졌다. 하지만 당장 수모를 풀 수 없는 상대였다. 저쪽 장인도 태화전자 전무 이사고, 연배는 더 위였으니까. 실력으로 따지면야 아예 비교도 안 되었고.

"어제 당직의 누구냐?"

서효석은 만만한 애들을 건드리기로 했다.

[X됐나?]

수혁은 바루다의 말을 애써 씹으며 손을 들었다.

"네, 교수님. 1년 차 이수혁입니다."

"네가 인슐리노마를 진단한 거야?"

"네, 그렇습니다."

"그거 김진용한테 노티했고?"

"네."

"넌 왜 그거 듣고도 안 왔어."

뒷북도 이런 뒷북이 없었다. 하지만 김진용으로서는 어찌 되었건 입을 열어야만 했다.

"죄, 죄송합니다."

"왜 내가 과장 통해서 이런 얘기를 듣게 하냐고."

따지고 보면 자기 잘못이었지만, 권력은 휘둘러야 제맛이라는 걸 몸소 보여 주고 있는 서효석이었다.

[약간 불쌍하군요.]

'그러게. 똑같이 나쁜 놈이긴 한데.'

수혁은 처음으로 김진용이 불쌍하다는 생각이 들었다. 물론 그렇다고 도와줄 마음이 드는 건 아니었다.

"알아들어? 또 이런 일 있게 하면, 그땐 진짜 가만 안 둬."

"네, 교수님."

서효석은 그 뒤로도 한참을 떠들다가 김진용을 노려보며 말을 끝맺었다. 생각 같아서는 정강이라도 걷어차고 싶었지만, 얘기하는 내내 신현태의 으름장이 생각나서 그럴 수는 없었.

"아무튼, 인슐리노마 환자 플랜은 어떻게 돼."

그렇게 한바탕 쏟아 내고 나니 후련해졌는지, 서효석은 비로소 환자 얘기를 꺼냈다. 좀 이상하긴 했지만, 그제야 수혁은 내내 준비하고 있던 말을 꺼낼 수 있었다.

[교수가 왜 플랜을 물어볼까요? 뭘 알면서 묻는 얼굴도 아니고.]

'실력이 없어서 그래. 아마 잘 모를걸…….'

[그런데 교수가 됩니까?]

'세상이 그렇더라.'

수혁은 남몰래 짤막한 대화를 마친 후 입을 열었다.

"지금은 일단 디아족사이드로 저혈당 예방만 하고 있습니다."

"디아족사이드?"

수혁은 아무것도 모르겠다는 얼굴의 서효석을 보며 겨우겨우 한심하다는 표정을 숨겼다.

"네. 인슐린 분비 저해를 위한 약입니다."

"그렇게만 하면 돼?"

"아……. 일반 외과에 협진 오피 요청했습니다. 덩이가 그렇게까지 크지는 않아서 어려운 수술은 아닐 거라고 합니다."

"수술? 그럼 외과로 전과하나?"

"네?"

전과라니. 떡하니 환자가 인슐리노마라는 전형적인 내분비 내과 질환인데. 외과에서 떼어만 주면 후속 조치는 내과에서 해야 마땅한 병이란 뜻이었다.

"전과시켜. 수술하면 그 과에서 봐야지."

"하지만 환자 저혈당이나 인슐린 분비 조절은……."

"아, 시끄러워! 네가 이수혁이지? 1년 차면 1년 차답게 행동해. 과장이나 원장이 이뻐한다고 까불지 말고."

"아, 네. 죄송합니다."

"잔말 말고 지금 전과해."

서효석은 거기까지 말하고 고개를 절레절레 흔들며 스테이션을 빠져나갔다. 당황스러운 일이었다. 아직 회진을 안 돌았으니까.

"저, 교수님, 환자 얼굴은……."

이렇게 물으니 돌아오는 답이 가관이었다.

"어차피 다른 과 환자인데 내가 얼굴은 왜 봐!"

그렇게 서효석은 사라졌다. 그가 사라지자마자 김진용과 황선우도 사라졌다. 환자 보기 싫어하는 거로만 따지면야 서효석 못지않은 인간들이지 않은가. 결국, 병동에 남게 된 것은 수혁 혼자뿐이었다.

'미치겠네. 이걸 전과를 받아 줄까?'

[분석 결과 서효석은 상당한 권력을 가지고 있습니다. 그 이름을 언급하면 효과가 있을 겁니다.]

'환자 관리는? 외과는 거의 다 수술방 들어가 있느라…… 아무래도 우리처럼 세심하게 보지는 못할 텐데.'

더구나 최근에는 외과 인기가 날로 떨어지면서 미달까지 난 상황이었다. 도저히 중환자실 환자들을 세심하게 볼 여력이 안 되었다.

 [혈당 관리는 수혁이 해 주면 됩니다. 이참에 중환자실도 가 보고, 좋은 경험이 되지 않겠습니까?]

 '벌써 중환자실 보는 건 자신 없는데…….'

 환자가 내분비내과에 적을 두고 있으면 같은 내과 선배들에게 이것저것 물어볼 수 있는 기회가 꽤 되었다. 하다못해 김진용도 루틴 중환자실 처방 정도는 수혁보다 잘할 터였다. 하지만 이미 다른 과 환자가 된 사람을 잘 봐 줄까? 수혁은 절대 그럴 리가 없다고 생각했다.

 [무슨 걱정입니까? 제가 있는데.]

 '그래……. 너라도 믿어야겠지.'

 [너라도?]

 '아무튼, 전과 요청해야겠네.'

 수혁은 기분 상한 바루다를 무시한 채 외과에 전화를 걸었다. 외과는 당연하다는 듯 무척 황당해하긴 했지만, 서효석 이름을 대니 마지못해 받기는 했다. 수혁은 그게 좀 미안해서 마지막 말을 덧붙였다.

 "제가 환자 혈당이나 내과적 문제는 도맡아서 보겠습니다."

 "그래요……. 그렇게라도 해 주면 좋죠. 지금 수술방 준비됐으니까, 환자 내리는 것까지만 해 주세요. 다행히 전 처치를 잘 해 주신 덕에 오늘 바로 할 수 있겠습니다."

"네, 알겠습니다."

///////

수혁은 즉시 환자를 3층 수술방으로 내렸다. 그러곤 병동 업무 및 논문 아이디어를 위한 공부를 좀 하다가, 환자가 중환자실로 나갈 때 맞춰서 3층 외과 중환자실로 향했다. 당연히 양재원 환자를 보기 위해서였는데, 정작 눈길을 끄는 환자는 따로 있었다.

"마누라! 마누라가 바람을 피운다고!"

웬 건장한 체구의 환자가 침대에 동동 묶인 채 난리를 피우고 있었다.

[섬망일까요?]

'아마······. 그렇겠지?'

[그래도 혹시 모르니 살펴보겠습니까?]

'그럴까?'

A. I. 닥터 1

1판 1쇄 발행 2025년 5월 15일

지은이 한산이가
펴낸이 김재문

총괄책임 진호범
편 집 김동진 정초희
디자인 최재원
펴낸곳 출판그룹 상상
출판등록 2010년 5월 27일 제2010-000116호
주 소 (06646) 서울시 서초구 반포대로28길 42, 6층
전자우편 story@sangsang21.com
블로그 blog.naver.com/sangsangbookclub
페이스북 facebook.com/sangsangbookclub
인스타그램 @sangsangbookclub
대표전화 02-588-4589 | 팩스 02-588-3589

ISBN 979-11-91197-44-0 (04810)
　　　979-11-91197-43-3 (세트)

· 이 책의 판권은 지은이와 출판그룹 상상에 있습니다.
· 웹소설『A. I. 닥터』의 서비스 운영 주체는 (주)작가컴퍼니입니다.
· 이 책 내용의 일부 또는 전부를 재사용하려면 사전에 동의를 받아야 합니다.
· 잘못된 책은 바꾸어 드립니다.